공현의 낙수에서 배로 황하로 들어가며
즉흥시를 지어 부현의 벗들에게 부치다

自鞏洛舟行入
黃河即事寄府縣僚友

강물 낀 푸른 산 뱃길은 동쪽을 향하고
동남쪽 사이 활짝 열려 드넓은 황하로 통하네

겨울 나무는 먼 하늘 끝에 닿아 희미하고
석양은 물결 속에서 사라져 간다

來水蒼山路向東
東南山豁大河通
寒樹依微遠天外
夕陽明滅亂流中

Fantastic Oriental Heroes

녹림투왕

녹림투왕 3

초우 新무협 판타지 소설

초판 1쇄 찍은 날 § 2005년 7월 1일
초판 1쇄 펴낸 날 § 2005년 7월 11일

지은이 § 초우
펴낸이 § 서경석

편집장 § 문혜영
편집책임 § 장상수
편집 § 서지현 · 최하나

펴낸곳 § 도서출판 청어람
등록번호 § 제1081-1-89호
등록일자 § 1999. 5. 31
어람번호 § 제2-0637호

주소 § 경기도 부천시 원미구 심곡1동 350-1 남성B/D 3F (우) 420-011
전화 § 032-656-4452 팩스 § 032-656-4453
http://www.chungeoram.com
E-mail § eoram99@chollian.net

ⓒ 초우, 2005

ISBN 89-5831-405-2 04810
ISBN 89-5831-402-8 (세트)

Fantastic Oriental Heroes

무협 新무림 판타지 소설

綠林鬪王

녹림투왕 3

청어람

|목차|

第一章

오호룡, 광룡폭풍각

　자운은 어머니를 업고 가면서 사부가 알려준 신공 구결을 연구하고
있었다.

　사람이란 언제나 그렇듯이 큰 고행을 겪고 나면 발전을 하게 된다.
자운은 마을을 빠져나오기 전, 목숨을 건 결투 속에서 무엇인가 깨우친
것이 있었다.

　잡힐 듯 잡힐 듯하던 어떤 실마리를 잡은 듯한 느낌이었다. 자운은
그 매듭을 풀기 위해 자신의 모든 정신을 그곳에 집중하며 걷고 있었
다. 그의 노모는 자식이 무엇인가 깨우치려 한다는 사실을 눈치채고
방해하려 하지 않았다.

　단화와의 실전은 자운 자신의 무공을 새롭게 돌아보는 계기를 만들
어주었다고 할 수 있다.

　특히 대패로 펼치는 기공인 단혼십삼절의 근간을 이루는 무공은 천

음빙하신공(天陰氷河神功)이었다.

단혼십삼절이 어느 정도의 경지에 이르고 또 그 이상의 경지를 이루려면 천음빙하신공의 대성이 필수였다.

걷고 있는 자운의 얼굴이 점점 평온해지고 있었다. 그는 자신도 모르게 무념무상의 경지에서 천음빙하신공의 벽을 허물고 있었던 것이다.

천음빙하신공은 십성에 달해야 진기가 차가워지고 제 힘을 발휘한다는 사부의 말을 듣고 부단히 노력하였지만, 십오 년간 이루지 못했던 경지를 자운은 지금에서야 다가서고 있는 것이다.

얼으려 하면 멀어지고, 집착하면 부담이 오고, 방관하면 다가서지 못한다는 말이 있다. 그동안 이루고자 집착했던 마음으로 인해 멈추어졌던 천음빙하신공이 결전이라는 실전 경험을 통하면서 마음을 연 것이다.

천음빙하신공의 대성을 넘보고 있던 자운의 신형이 갑자기 멈추었다.

"어머님, 아무래도 조금 시끄러워질 것 같습니다."

"무슨 일이 있는 게냐?"

"아직은 모르겠습니다. 좀 기다려 보면 알 수 있을 것 같습니다."

그러나 기다릴 필요까지도 없었다.

자운의 말이 끝나기가 무섭게 맞은편 숲에서 한 명의 노인이 나타났다.

온몸이 붉은 피로 가득한 노인은 다리를 절고 있었으며, 배와 등에 큰 검상이 나 있어 금방이라도 쓰러질 것 같은 모습이었다.

자운은 묵묵히 노인을 바라보았지만, 등에 업힌 자운의 어미는 달렸다.

"애야, 저 어른이 많이 다친 듯하구나. 나를 잠시 내려놓거라."

자운은 조금 머뭇거리다가 어쩔 수 없다는 듯 무릎을 꾸부리고 앉았다. 자운의 등에서 내린 자운의 노모는 빠른 걸음으로 노인에게 다가가 노인을 부축하려 하였다.

노인은 큰 부상에도 불구하고 꿋꿋하게 서서 자운의 노모를 바라본다.

노모는 침착하게 말했다.

"많이 다치신 듯합니다."

노인은 숨이 찬지 조금 헐떡거리다가 자운의 노모와 자운을 번갈아 바라보며 조금 초조한 표정으로 말했다.

"나는 괜찮습니다. 그보다도 여길 어서 떠나십시오. 이곳은 위험한 곳입니다. 그들이 나타나기 전에 떠나시는 것이 좋을 듯합니다. 자네, 빨리 어머님을 모시고 떠나게. 어서!"

노인은 자신으로 인해 두 모자가 위험해질까 봐 몹시 걱정하고 있었다. 자운은 노인의 표정을 본 후 자신의 노모에게 다가서며 노인에게 말했다.

"걱정해 주시는 것은 고맙습니다만, 이미 늦은 것 같습니다."

자운은 말끝을 줄이고 노인의 뒤쪽을 바라보았다.

검은 그림자들이 차례대로 노인의 뒤쪽에 늘어서고 있었다.

그들의 앞에는 등에 파풍도를 멘 복면대한과 단창을 꼬나 쥔 복면대한이 있었다.

나현은 자운의 말을 듣고 천천히 등을 돌려 그들을 바라보았다.

"끈질기군."

파풍도의 대한이 말했다.

"운룡검 나현, 이제 포기해라. 우리는 한 번 문 먹이는 놓치지 않는다."

나현이라 불린 노인의 입가에 가는 미소가 어렸다.

"포기는 내가 죽어서 해도 늦지 않다."

복면대한의 눈에 매서운 한광이 뿜어져 나왔다.

"모두 죽여라!"

자운의 안색이 굳어졌다.

모두 죽이라면 자신과 노모까지 포함한다는 말이었다.

물론 자운은 이유없이 죽고 싶은 마음은 추호도 없었다. 그리고 자운은 한 가지를 더 알고 있었다.

노인이 자신과 노모의 안위만 아니었다면 이렇게 쉽게 이들에게 꼬리 잡히진 않았을 것이란 사실을.

그것을 안 이상 자운에게도 책임이 따른다.

자운은 품 안에서 대패를 꺼내 손에 끼었다.

대패 위로 난 가죽 끈이 그의 손과 대패를 단단하게 이어준다. 두 개의 쇠가 서로 겹쳐진 독특한 형태의 대패는 하얀 날을 어금니처럼 아래로 내리고 예리하게 빛난다.

자운은 운룡검 나현을 보면서 말했다.

"잠시 노모를 부탁합니다."

나현은 자운을 보다가 그의 몸에서 뿜어지는 기세가 만만치 않다는 것을 알고 조금 놀랐다. 설마 무인이란 생각은 하지 못했다. 물론 대패 같은 이상한 무기를 사용하리란 생각은 더욱 하지 못한 터였다. 그러나 걱정스럽다.

지금 나타난 자들이 얼마나 강한지 나현은 잘 알고 있었기 때문이다.

"저들은 강한 자들이네."

"저도 약하지 않습니다."

나현은 잠시 망설이다가 자운의 노모와 함께 뒤쪽으로 물러섰다. 자운의 표정에는 두려움이 없었고, 무기를 든 기세가 만만치 않았기 때문이다.

나현이 뒤로 물러섬과 동시에 복면인들이 그들을 덮쳐 왔다.

자운의 얼굴이 차갑게 굳어졌다.

그의 오른발이 앞으로 한 걸음 나서면서 그의 오른손에 든 대패가 위로 치켜 올라갔다.

그 모습을 나현은 불안한 시선으로 보고 있었으며, 파풍도를 등에 멘 대한은 같잖다는 눈빛으로 자운을 본다.

대체 목수들이 나무를 다듬을 때 사용하는 대패를 들고 뭘 어쩌겠다는 말인가? 그건 다른 복면인들도 같은 의문이었다. 그러나 그 의문은 결코 오래가지 못했다.

맨 선봉에 서 있던 복면인이 자운의 머리를 향해 검을 내리찍었다. 가장 먼저 자운에게 다가섰고, 제일 먼저 공을 세우려는 욕심에 상대의 실력을 경시했다.

자운은 대패를 든 손으로 복면인을 향해 밀어 올린다. 순간 두 개의 쇠로 이어진 대패의 동채 중 아래쪽에 있던 쇠 몸체가 반 바퀴 돌아가며 그 아래 달린 대패 날이 위치를 바꾸어 아래에서 위로 향한다.

상대의 검을 막는 동작은 전혀 없었다.

금방이라도 복면인의 검은 자운의 머리를 둘로 갈라놓을 것 같은 기세였다. 한데 복면인은 자운의 머리를 향해 찍어가던 자신의 검이 어떤 보이지 않는 힘에 의해 한쪽으로 쏠리는 것을 느끼곤 기겁하면서 뒤로 물러서려 하였다. 그러나 자운의 동작은 상상을 불허할 정도로 빨랐다.

'서걱' 하는 이상한 소리가 들리며 그의 안면이 턱 아래 두 치 두께로 깨끗하게 잘려 나갔다.

털썩 하면서 그가 바닥에 떨어졌을 때, 그의 잘려 나간 안면에는 하얀 서리가 내려 있었고, 잘려 나간 안면은 무면이 되어 있었다. 그러나 기이하게도 잘려 나간 부분은 순간적으로 얼어 피가 흐르지 않고 있었다. 마치 가면처럼 잘려 나간 복면인의 안면은 그 옆에 떨어져 있었는데, 무엇인가 괴리감을 느끼게 했다.

자운은 죽은 자의 모습을 보고 자신의 천음빙하신공이 십성의 초입에 들어섰다는 것을 알았다.

대패를 사용하는 단혼십삼절은 너무 잔인한 무공이었다.

상대의 안면이나 몸을 깎아내서 죽이는 무공이니 당연한 일이었다. 그래서 자운의 사문에서 나름대로 그 부분을 절충하기 위해 만든 것이 천음빙하신공이다.

천음빙하신공은 단혼십삼절을 사용하는 내공이면서, 상대의 상처를 순간적으로 얼려 피가 나오지 않게 만드는 묘용이 있는 신공이었다.

이는 피가 뿜어지는 것을 막음으로 인해 잔인해 보이는 부분을 조금이라도 상쇄시키려 했던 것이다. 하지만 순간적으로 상대의 상처를 얼릴 정도가 되려면 천음빙하신공이 최소 십성은 되어야 가능한 일이었다. 이는 곧 단혼십삼절이 대성의 경지에 달하고 있다는 증표이기도 했다. 자운의 나이를 감안하면 엄청나게 빠른 무공 진전이라고 할 수 있었다.

복면인들의 모든 동작이 멈추었다.

파풍도의 대한은 어이없다는 표정으로 자운을 보았다.

대패를 무기로 사용하는 무공이 있다는 것도, 이렇게 사람의 얼굴을 밀어버리는 무지막지한 무공이 있다는 것도 지금 처음 알았다.

한동안 무면의 수하를 바라보던 파풍도의 대한은 무엇인가 생각난 듯 놀란 표정으로 자운에게 물었다.

"너는 무면신마와 어떤 관계냐? 너는 그의 제자냐?"

"무면신마 따위가 어떻게 내 스승이 될 수 있겠는가? 그는 내가 죽여야 할 자일뿐이다."

파풍도의 대한은 자운의 말을 들으면서 점차 화가 나는 것을 느꼈다. 놀라움은 처음이다.

그 놀라움이 사그라지면서 자신의 수하 하나가 죽었다는 것을 깨우친 것이다.

"이런 개 같은 일이! 뭐 하느냐? 당장 저놈부터 죽여라!"

대한의 고함과 함께 복면인들이 일제히 자운을 향해 움직이기 시작했다.

자운은 그들과 파풍도의 대한을 보고 나름대로 판단을 내렸다.

'오래 끌면 내가 불리하다. 이들이 어머님을 노리기 전에 끝내야 한다.'

자운은 그들을 그냥 서서 기다리지 않았다.

"느리군. 그렇다면 내가 먼저 가마."

나직하게 말을 꺼낸 자운의 신형이 무서운 속도로 복면인들을 향해 움직였다.

그의 대패에서 푸른 서기가 뿜어지면서 복면들을 휘감아 간다.

단혼십삼절 가운데 살수인, 단혼청사(斷魂靑死)였다.

'따다당' 하는 소리가 연이어 들리며 십여 명의 복면인들이 바닥에 쓰러졌다. 쓰러진 그들의 모습은 처참했다.

얼굴이 밀려 나간 자, 가슴이 깨끗하게 도려져 나간 자, 그 와중에 운 좋게 피한다고 피했지만 코만 베어져 떨어진 자도 있었다.

베어지고 도려져 나간 자리에는 살얼음이 얼어 있었지만, 그 사이로 은은하게 피가 배어 나오고 있었다.

아직 자운의 천음빙하신공이 대성하지 못했다는 증거였다.

나현이나 복면인들이나 모두 멍청한 표정으로 자운을 보고 있었다. 그러나 언제까지 보고만 있을 수 없는 노릇이다.

파풍도를 메고 있던 복면대한과 단창을 들고 있던 복면대한은 각자 자신의 무기를 꺼내어 들고 고함을 질렀다.

"일제히 공격하라! 술탄님이 오시기 전에 모두 마무리한다!"

단호한 음성이었다.

주춤하던 복면인들이 다시 한 번 전의를 불사르며 자운을 포위 공격해 왔다. 그러자 자운의 신형이 그들 사이로 파고들었다.

일순 그의 대패가 무려 열여섯 개로 늘어나면서 다가오는 복면인들을 공격해 갔다.

단혼십삼절 중에 환영추혼절이 펼쳐진 것이다.

정면에서 공격하던 복면인들의 눈에 공포의 빛이 어렸다.

대패의 날이 그들의 안면을 사정없이 훑고 지나간다.

적야평.

붉은 꽃이 흐드러지게 핀 평원의 아름다움은 능히 일절이라 불리기에 부족함이 없었다.

푸른 숲에 황혼이 묶여 풀어졌다.

바람 불면 날리는 일편의 붉은 비늘.

잉어처럼 하늘을 헤엄칠 때,

어느 향기 울림 속에 시름은 날아가고,

세속에 다투던 게 그 언제인가?

두 손 잡은 연인처럼 설레이며 서 있네.

백 년 전 적야평을 즐겨 찾던 소림의 고승이 지었다는 시였다.

군이 그 시가 아니라도 적야평에 핀 붉은 꽃을 보고 있으면 세속의 시름이 다 사라질 것 같았다.

그러나 지금 적야평 안으로 들어선 네 사람은 그 아름다운 광경을 운치있게 즐길 여유가 없었다.

그들은 붉은 꽃 대신 붉은 장포의 염제를 바라보고 있었다.

관표가 대과령과 두 명의 아우들을 보면서 말했다.

"지금부터는 이 자리에서 움직이지 말아라. 너희들을 낮게 보아서가 아니라, 저들 중 누구와도 겨루려 하지 말아야 한다. 지금부터는 모두 내게 맡겨놓았으면 한다."

팽완과 유지문, 그리고 대과령은 관표의 목소리가 딱딱하게 굳어 있는 것을 보고 그 뜻을 능히 짐작할 수 있었다.

지금 눈앞에 서 있는 아홉 명의 인물들은 그들이 상대할 수 있는 인물들이 아닌 것이다.

"만약 저들 중 누구와 겨루게 되더라도 대과령을 중심으로 협공을 하거라. 만약 하나 이상의 적과 싸우게 된다면 모두 이 자리를 피했다가 나중에 내가 말했던 장소에서 다시 만나기로 한다."

관표는 다짐하듯이 말을 하고 천천히 걸어서 염제의 오 장 가까이로 다가섰다.

염제는 묵묵히 관표를 바라보고만 있었다.

비록 상대의 몸에서 내공의 힘이 보이진 않지만, 기백을 읽을 수 있었다. 그리고 무엇보다도 상대는 자신과 혈강시들의 힘을 알아본 것 같았다.

'내가 내기를 읽을 수 없다니… 대체 누굴까? 중원에 저 정도의 젊은 고수가 있었던가? 참으로 대단하다.'

염제는 조금 꺼림칙한 기분이 들었지만 무시하기로 했다. 설마 상대가 아무리 강해봐야 여덟 구의 혈강시와 자신을 이길 수 있다고는 생각지 않았던 것이다.

물론 아직 미완성이라 불안함은 있었다. 그러나 염제는 혈강시들의 위력을 시험해 보고 있었다. 이제 마지막 제련 과정만 거치면 되는 혈강시들이라, 지금의 힘을 본다면 완성품의 힘 또한 능히 가늠할 수 있으리라 생각한 것이다.

염제는 관표를 다시 한 번 관찰하듯이 보면서 말했다.

"기다리고 있었네. 보고받은 것보다 더욱 대단한 것 같군."

"관표라고 합니다."

"염제일세."

"이제 오십시오. 나는 기다리고 있습니다."

염제는 대답 대신 짧게 휘파람을 불었다. 그러자 그의 뒤에 있던 여덟 명의 복면인이 움직이며 관표에게 다가서기 시작했다.

처음엔 몰랐지만, 일단 움직이기 시작하자 그들의 몸에서 뿜어져 나오는 기세는 지금까지 관표가 상대해 왔던 그 누구보다도 더욱 강맹하고 대단한 것이었다.

'이건 상상 이상이다!'

관표의 얼굴이 굳어졌다.

더군다나 여덟 명의 복면인이 움직이는 모습으로 보아 절묘한 진법을 형성한 채 다가오고 있다는 느낌을 받았다.

혈강시들이 펼치는 금강혈사진(金剛血死陣)이 처음으로 세상에 나타난 것이다.

관표는 태극신공과 대력철마신공을 끌어올려 마음을 안정시키고 침착하게 그들을 바라보았다.

'쉽게 생각하면 당한다.'

기세, 여덟 명의 복면인에게서 느껴지는 투기만으로 관표는 그들의 실력이 지금까지 상대했던 그 누구보다도 강한 자들이란 것을 깨우쳤다. 그렇지만 무엇인가 이상한 점이 있다는 것을 알았다.

그들에게서 풍겨 나오는 기의 흐름이 정상적이지 못하다는 느낌을 받은 것이다. 그러나 한 가지, 그럼에도 불구하고 그들이 강하다는 사실은 분명했다.

관표는 상대의 실력을 파악한 순간 망설이지 않고 선공을 하였다. 그들 중 맨 앞에서 다가오는 복면인을 향해 그의 신형이 돌진해 들어가면서 맹렬하게 그의 얼굴을 차 나갔다.

염제의 인상이 굳어졌다.

설마 이렇게 서둘러 선공해 올 줄은 생각지 못했던 것이다.

'무공도 뛰어나지만 싸울 줄 아는 자다!'

염제는 관표를 다시 본다.

강하고 싸울 줄 아는 것만이 아니라 빨랐다.

관표는 맹룡십팔투의 정동금강퇴(鼎動金剛腿) 중 삼면살각(三面殺脚)의 초식으로 상대의 얼굴을 가격하고 있었는데, 염제의 상상 이상으로 빠른 공격이었다.

보통 발로 차서 공격하는 초식은 동작이 크고 손보다 느리게 마련이었다. 그래서 내공을 사용하는 무인들 중 퇴법이나 각법을 사용하는 고수가 드물다. 특히 내가의 고수들끼리 싸울 경우, 동작이 큰 발 공격은 역습당하기 딱 좋다.

그런데 관표의 퇴법은 조금 달랐다.

예비 동작이 거의 없고, 짧게 끊어 차는 발차기는 깔끔하고 빨랐다. 그러나 결국 발은 발이다.

다가오며 차올리는 시간상 복면인이 못 피할 정도는 아니었다.

정면의 복면인은 멈칫하는가 싶더니 빠르게 머리를 틀어 관표의 발을 피했다. 그러나 피했다고 생각하는 순간 관표의 발이 다시 돌아오는데, 그 빠르기는 처음 차올릴 때보다 더욱 빨랐다.

찬 발을 무릎에서 접어 다시 차는 것은 각법의 기본 중 하나지만, 지금 관표가 보여준 차기는 마치 한 번에 찬 것처럼 매끄럽고, 처음 찰 때와 나중에 다시 차올릴 때 결이 보이지 않았다.

그만큼 빠르고, 마치 하나의 동작처럼 연결되어 있었던 것이다.

당황한 복면인이 다시 머리를 틀었지만 관표의 발은 복면인의 복면을 찢고 나갔고, 지나간 발은 허공에서 다시 차온다.

즉, 관표는 발을 든 채로 무릎의 관절만 이용해서 단번에 세 번이나 발길질을 하면서 복면인의 얼굴을 공격한 것이다.

원래 정동금강퇴의 정이란 솥을 이야기한다.

솥은 다리가 셋이고 동이란 움직임을 뜻하는 것으로, 정동금강퇴는 말 그대로 움직이면서 상대를 공격하는 퇴법인데, 보통 한 번에 세 번의 연속 공격을 할 수 있게 내기의 흐름이 유기적으로 연결되어 있었다.

또한 그 세 번의 발차기는 한 번의 호흡을 세 번으로 나누어 분배하는 형식인데, 빠르기만 놓고 따지자면 십절기 중에서 최상위권에 해당하는 초식이었다.

'퍽' 하는 소리가 들리며 관표의 마지막 발길질이 복면인의 안면을 걷어찼다.

정확하게 공격은 성공했지만, 관표의 표정은 오히려 어두워졌다.

상대가 자신의 공격을 맞고 뒤로 서너 걸음 물러선 것을 제외하곤 멀쩡했던 것이다.

더군다나 벗겨진 복면으로 인해 모습을 보인 복면인은 기괴함 그 자체였다.

머리는 태양처럼 이글거리는 적색이었고 얼굴은 무표정했다.

그리고 이마에는 선명하게 오(五)라는 숫자가 적혀 있었다.

처음부터 무엇인가 이상하다는 생각은 했지만, 설마 상대가 이런 괴인일 줄은 생각지도 못했다.

관표는 괴인의 얼굴을 보고 나서야 복면인들의 기가 혼탁했던 이유를 알 수 있을 것 같았다. 그러나 조금 이상한 부분이 있다면, 단순한 강시라고 말하기엔 걷거나 움직이는 모습이 보통 사람들과 크게 다른 점이 없어 보인다는 것이다.

특히 기의 흐름이 보통 사람과 별반 다르지 않았다.

"강시인가?"

관표는 염제를 보면서 물었다.

뭔가 단순한 강시와는 분명히 달라 보였던 것이다.

"맞다. 하지만 일반 강시와는 다르다. 강시이되 강시가 아니라고 할 수 있지."

관표가 조금 놀란 표정으로 다시 한 번 혈강시들을 바라보았다.

반고충에게 강시에 대한 이야기를 들은 적이 있었다.

강시 그 자체도 무섭지만, 그중에서도 살아 있는 사람을 강시로 만들었을 땐 더욱 무섭다고 들었다.

보통 그것을 활강시 또는 생강시라고 하는데, 생강시가 무서운 만큼 제련하기도 힘들고, 그 방법도 아는 사람이 드물다고 했다. 또한 무림에서는 산 사람을 강시로 만들 경우 무림 공적으로 선언하고 추살한다고 들었다.

관표가 놀라서 혈강시를 다시 보자, 염제가 더욱 의기양양하게 웃으며 말했다.

"흐흐, 이미 늦었다. 혈강시에게 죽는 것을 영광으로 알아라. 혈강시는 생강시 중에서도 가장 강하고 무서운 괴물이다. 아직 미완성이지만, 네놈이 이기기란 불가능할 것이다."

관표는 처음 놀랐던 것과는 달리 무표정하게 변한 얼굴로 염제를 보면서 대답하였다.

"누가 죽는지는 두고 볼 일이다."

"네놈이 혈강시를 제대로 안다면 그런 소린 못하겠지."

"안다."

염제가 놀란 표정으로 관표를 보았다.

혈강시는 전륜살가림의 오제 중 한 명인 환제가 평생을 연구해서 만든 걸작품이었다.

강호에서 혈강시를 아는 사람이 있을 수가 없는 일이었다.

"이유가 어찌 되었든 강시 아닌가? 그걸로 됐다."

관표는 진지하고 솔직하게 한 말이었지만, 염제의 표정은 조금 일그러졌다.

속은 느낌이 든 것이다.

염제의 의중을 알기라도 한 것처럼 여덟 구의 강시가 관표를 향해 일제히 덮쳐 왔다.

관표는 조금도 망설이지 않고 다시 한 번 앞에 있는 오호 혈강시를 향해 달려갔다.

한데 관표의 이번 동작은 조금 무식한 면이 있었다. 마치 몸을 던지듯이 상대에게 달려든 것이다.

강시에게 이런 식으로 공격하는 것은 상당히 무리가 있어 보였다.

보검, 보도를 사용해도 죽일 수 없는 것이 혈강시다.

맨몸으로 혈강시를 상대하는 것은 농부가 맨주먹으로 바위를 깨려하는 것이나 마찬가지라고 염제는 생각하였다.

오호 혈강시는 관표가 공격을 가해오자 빠른 동작으로 혈마미가살수(血魔迷假殺手)를 펼쳐 반격을 해왔다. 혈마미가살수는 혈강시의 무공 중에서도 가장 강한 무공 중 하나였다.

오호 혈강시의 두 손이 은은한 노을 빛으로 변하면서 한 가닥의 기류가 번개처럼 관표를 향해 쏘아져 나갔다.

달려오는 관표의 속도와 날아가는 혈강기의 속도로 인해 그 거리는 한번에 좁혀졌고, 오호 혈강시의 공격이 관표의 몸을 금방이라도 격타할 것 같았다.

대과령이나 팽완, 그리고 유지문이 놀라서 관표를 볼 때였다.

관표의 신형은 혈강시의 공격을 그대로 스치고 나가면서 달려들었다. 언뜻 보면 혈강시의 강기가 관표의 몸을 관통하고 지나가는 것 같았다.

모두들 그렇게 보았다.

단지 염제만이 정확하게 관표의 움직임을 보았다.

관표는 혈강시의 강기가 자신의 몸에 닿으려 할 때, 삼절황의 하나인 잠룡둔형보법의 일보영을 펼쳤던 것이다.

관표의 동작은 일보영을 펼치는 순간 믿을 수 없을 만큼 빠른 속도로 혈강기의 공격을 피했고, 피함과 동시에 혈강시의 품 안으로 뛰어들었던 것이다.

그 방법이 너무 교묘해서 관표를 공격하던 다른 혈강시들은 공격을 멈추어야만 했다.

관표가 오호 혈강시의 품으로 뛰어들어서 자칫 같은 편을 공격할 수 있었기 때문이다.

관표의 행동을 보고 염제는 놀랐다가 다시 실소를 하고 말았다.

확실히 관표가 오호 혈강시의 공격을 피하고 공격하는 동작은 염제의 상상을 넘어서는 모습이었다. 전혀 예상조차 하지 못한 동작이었고, 염제의 시선조차 쉽게 좇아갈 수 없을 정도로 빨랐다.

하지만 관표의 공격 방법은 너무 무모했다.

혈강시의 몸은 강철보다 더욱 단단하다.

그뿐인가? 강시와 맨몸으로 맞붙어서 싸운다는 것은 상식적으로 가장 어리석은 결투 방식이라 할 수 있었다.

그러나 그의 실소는 금방 멈추어야만 했다.

사대신공 중 대력철마신공의 금자결과 운룡천중기가 동시에 운용된 관표의 몸은 이미 흉기와 같았다. 강철처럼 단단해진 피부와 엄청난

체중이 실린 관표의 어깨가 오호 혈강시의 가슴을 쳤다.

'퍽' 하는 소리와 함께 오호 혈강시는 무려 삼 장이나 훌훌 날아가 바닥에 고꾸라졌다.

염제가 놀라서 이 광경을 볼 때, 만족한 웃음을 머금던 관표 역시 그 웃음이 오래가지 않았다.

바닥에 쓰러졌던 혈강시가 아무 일 없던 것처럼 자리에서 일어선 것이다.

뿐이랴? 다른 강시들이 일제히 혈마미가살수를 펼치며 공격해 왔다. 관표는 급한 대로 용형삼십육타와 칠기맹룡격을 연이어 펼치며 그들과 정면으로 충돌하였다. 순간 관표의 등에 두 마리의 용이 문신처럼 떠오르며 그의 몸을 감싸고 혈강시들에게 달려든다.

그 모습이 너무 신비해서 팽완과 유지문은 관표의 무공에 놀라고 그 신기함에 연신 감탄하였다. 그러나 두 사람 역시 표정이 어두워질 수밖에 없었다.

상대는 생강시고, 어지간한 공격엔 타격을 입지 않는다는 것을 알기 때문이었다.

'파밧' 하는 기음이 연이어 들리며 혈강시들과 관표는 일순간에 이십여 합을 겨루었다.

관표는 무려 십여 걸음이나 뒤로 물러서고 말았다.

그의 가슴과 배, 등에는 은은한 혈장이 새겨져 있었다.

이미 가죽 옷은 걸레처럼 찢겨져 나갔고, 혈장을 맞은 곳엔 은은하게 피가 배어 나온다. 만약 태극신공이나 철마신공이 아니었으면 큰 상처를 입고 쓰러졌을 것이다.

무려 세 번이나 스치듯이 가격당한 것이다. 그러나 강시들이라고 해서 온전한 것은 아니었다.

그들의 복면은 전부 찢겨져 나가 얼굴을 내 보였는데, 모두 혈발에 이마에는 일(一)에서부터 팔(八)까지의 번호가 적혀 있었다.

관표는 숨을 몰아쉬었다.

설마 강시들이 이렇게 강할 줄은 몰랐던 것이다.

그러나 놀란 것은 관표뿐이 아니었다.

염제는 혈강시 여덟 구와 싸우면서 이십여 합이나 견딘 관표를 믿을 수 없다는 표정으로 바라본다.

'대체 누구인가? 저 정도의 실력을 가진 젊은 고수가 강호에 있었단 말인가?'

강호의 정보엔 누구보다도 밝다고 자신하는 염제는 당황스러웠다.

무림에 십준이 있어서 젊은 층의 무공을 대표한다고 하지만, 그들의 무공 실력은 지금 관표와는 너무나도 큰 차이가 있었다.

설혹 십준보다 훨씬 강하고, 능히 십이대초인의 다음을 이을 수 있는 청년 고수들로 유명한 무림사패(武林四覇)라 해도 관표보다는 아래일 것 같았다.

유일하게 관표와 견줄 수 있는 젊은 고수라면 무후천마녀(武后天魔女)뿐일 것 같았다.

무후천마녀는 강호에 가장 유명한 인물 중 한 명이지만, 알려져 있는 것이 별로 없었다. 그래서 무림의 최고 신비라고도 일컬어졌다. 손속이 악랄하고 무공으로는 상대가 없을 정도로 강하다고만 알려져 있지, 그 외에 것은 전혀 알려져 있지 않았던 것이다.

그녀를 상대한 무림의 고수들은 모두 시체가 되어서 발견되었을 뿐이다.

그녀를 먼발치에서라도 본 사람들은 그녀의 몸매가 능히 무림 최고 미인이라는 백리소소와 겨룰 만하다고들 하였다.

그래서 말 좋아하는 무인들은 백리소소와 무후천마녀를 묶어 절대 쌍미라고도 불렀다.

그녀가 강호에 나타난 것은 불과 삼 년 전에 불과했지만, 그녀의 명성은 이미 십이대초인과 어깨를 나란히 하고 있었다.

오죽했으면 천마녀라고 무서워하면서도 무후란 아호를 앞에 붙여주었을까.

입담을 즐기는 자들은 무공을 전혀 모른다는 백리소소와 무후를 견주어 말하기를, 백리소소는 부성을 자극하는 미모요, 무후는 강하고 건강한 미모라고들 하였다. 그렇게 말하면서도 정작 무후천마녀의 얼굴을 본 자는 없었다.

그녀의 나이를 감안한다면, 그녀의 무공 수준은 강호 역사에 초유의 일이라 할 수 있을 정도라고들 하였다. 그런데 지금 그녀와 겨룰 만한 젊은 강자가 또다시 나타난 것이다.

물론 이번엔 여자가 아니라 남자였다.

염제는 관표를 보면서 결심을 굳혔다.

'절대 살려두어서는 안 되겠다! 앞으로 우리가 하는 일에 가장 큰 적이 될 자다.'

결심을 했으면 바로 실행해야 한다.

특히 사람 하나를 없애는 일이었다.

하지만 염제보다 먼저 움직인 것은 관표였다.

"혈강시라더니 정말 무섭구나. 하지만 그래도 강시는 강시다. 꿈도 꾸지 못하는 것들에게 질 수는 없지."

관표의 몸에서 뿜어지던 기세가 달라졌다.

뿐만 아니라 그의 기세와 동화된 듯 그의 주위에 바람이 몰려들며 미친 듯이 회오리친다.

염제의 표정이 더욱 굳어졌다.

관표의 무공이 얼마나 강한지 궁금해진다.

맹룡십팔투의 필살기라고 할 수 있는 오호룡 중에 광룡폭풍각이 시전된 것이다.

관표의 투기에 반응하여 혈강시들의 몸에서 뿜어지는 기세가 더욱 강해졌다.

관표는 신형을 날려 혈강시를 향해 광룡폭풍각의 선풍맹룡추(颱風猛龍椎)의 초식을 전개하였다.

역시 오호 혈강시가 목표였다.

허공에 몸을 날린 관표의 몸이 맹렬하게 회전하며 그의 발이 오호 혈강시의 머리를 향해 날아갔다. 그리고 그런 관표의 뒤를 두 구의 혈강시가 혈마미가살수를 펼치며 달려들었다.

관표는 공격해 오는 강시들은 완전히 무시하고 오로지 오호 혈강시만을 향해 실수를 펼쳤다.

빠르고 강한 발길질에 오호 혈강시는 막을 생각도 못하고 몸을 숙여 피한다.

그리고 그 순간 오호 혈강시의 머리를 아슬아슬하게 스치고 지나간 관표의 발은 더욱 빠르게 회전하였고, 그의 발을 따라 관표의 몸이 더욱 뒤로 젖혀지면서 회전하였다.

第二章
나는 약한 자식은 되고 싶지 않다.
그래서 내가 이긴다

허공에서 회전하는 관표의 몸은 마치 회오리바람 같았다.

관표의 몸이 이유없이 허공에서 회전한 것은 아니었다.

그의 신형이 백팔십도 회전했을 때, 마침 관표의 등 뒤를 공격하였던 두 구의 혈강시 중 왼쪽에 있던 혈강시는 관표의 발 공격을 고스란히 받아야 했다.

관표는 오호 혈강시를 공격하면서 몸을 회전시켜 뒤에서 공격해 오던 두 구의 혈강시를 한꺼번에 공격한 것이다.

관표가 공격하면서 몸을 젖히는 순간 두 구의 혈강시가 뿌린 혈마미가살수는 허공을 치고 말았다.

이는 방어와 공격을 겸한 관표의 동작 때문에 일어난 일이었다.

'퍽' 하는 소리와 함께 관표의 발이 왼쪽에 있던 삼호 혈강시의 얼굴을 강타하였다.

물론 그 안에는 운룡천중기의 중자결이 포함되어 있었으며, 광룡폭풍각의 기세가 그대로 실려 있었다.

무게는 차는 파괴력과도 밀접한 관계를 가진다.

강렬한 타격의 충격으로 인해 삼호 혈강시의 몸이 자신의 옆에 있는 칠호 혈강시의 몸을 치면서 함께 삼 장이나 날아가 바닥에 처박혔다.

이번엔 충격이 달랐다.

십절기와 오호룡의 위력이 같을 수는 없었다.

정통으로 공격을 당한 삼호 혈강시의 머리는 살짝 금이 간 정도로 미미한 상처였지만, 머리 속의 뇌는 완전히 깨져 있었다.

광룡풍풍각은 내가중각법이었던 것이다.

관표의 공격은 거기서 멈추지 않았다.

아직 허공에 있는 몸을 그대로 틀어 머리 쪽에 있는 오호 혈강시의 얼굴을 두 손으로 움켜쥐었다.

관표의 공격을 피하려고 머리를 숙였던 혈강시는 관표의 손을 피하지 못했다. 물론 거기에는 실수가 아니라 단순한 잡기였기 때문에 방심한 탓도 있었다.

생각해 보라. 대체 혈강시를 두 손으로 잡아서 어쩌겠다는 말인가? 혈강시의 자랑 중 하나가 무식한 힘과 단단한 몸, 그리고 고통을 모른다는 것 아닌가.

혈강시와 서로 마주 잡고 싸운다면 불리한 것은 강시가 아닌 자일 것이다.

염제도 그렇게 생각했다. 그러나 세상일은 그렇게 생각대로 호락호락하지 않았다.

관표는 혈강시를 잡고 대력철마신공을 십성으로 끌어올렸다.

그때 이미 협공을 시작한 세 구의 혈강시가 살수를 펼치며 바로 지척까지 다가와 있었다.

관표는 공격해 오는 혈강시들을 무시한 채, 운룡천중기의 힘으로 오호 혈강시를 내리누르며 몸을 틀었다.

오호 혈강시의 입장에서 보자면 자신을 힘으로 누르려 하는 관표의 행동이 가소로울 수밖에 없었다. 상식적으로 강시는 인간보다 힘이 강하다. 특히 그중에서도 혈강시는 보통 강시보다 열 배 이상의 힘과 내공을 지니고 있었으니, 힘으로 자신을 상대하려 하는 관표를 무시할 만하였다.

혈강시는 눌러오는 관표의 힘을 무시하고 일어서려 하였다. 하지만 힘을 준 순간 혈강시는 무엇인가 잘못되었다는 것을 알았다.

위에서 내리누르는 관표의 무게와 머리를 조르는 힘은 인간의 그것이라고 믿기 어려웠다. 아무리 내공이 강하다 해도 상상할 수 없을 정도의 무게와 힘이었다.

운룡천중기의 엄청난 무게와 대력철마신공의 힘을 감당하지 못한 오호 혈강시의 머리가 '우두둑' 소리를 내면서 으깨져 버렸다. 뿐만 아니라 무리하게 일어서려 하다가 척추가 부러져 버렸다.

혈강시는 맥없이 그대로 주저앉았다. 그러자 혈강시의 머리를 잡고 있던 관표의 몸 역시 자연스럽게 아래로 내려갔다. 그 시간이 절묘해서 자연스럽게 다른 강시들의 공격을 무위로 만들어놓았는데, 마치 관표가 바닥으로 몸을 숙이면서 공격을 피한 것처럼 보였다.

관표는 힘에 의해 머리가 으스러진 오호 혈강시를 놓으면서 다시 한 번 회전하였다.

몸을 낮추고 오른발로 강시들의 발을 걸어찬 것이다.

역시 광룡폭풍각의 폭풍선회룡(暴風旋回龍)이란 초식이었다.

이는 허리 아래를 공격하는 각법으로, 주로 상대의 종아리를 걸어차 상대의 발을 꺾어놓거나 상대를 넘어지게 만드는 무공 초식이었다.

맹렬하게 회전하는 관표의 발이 사호 혈강시의 발을 차고, 남은 힘으로 칠호 혈강시의 발까지 차서 바닥에 쓰러뜨렸다.

그러나 관표의 발은 두 구의 혈강시를 쓰러뜨렸을 뿐, 발을 꺾어놓친 못했다.

관표는 혈강시들의 종아리를 걸어차는 순간 마치 철 기둥을 차는 느낌을 받고 다시 한 번 놀랐다.

하지만 놀람은 잠시, 공격해 온 세 구의 혈강시 중 아직 관표의 공격밖에 있었던 팔호 혈강시의 공격을 받아내야 했다.

관표는 몸을 틀어 피하면서 왼손으로 용형삼십육타로 펼쳐 팔호 혈강시를 가격하였다.

팔호 혈강시가 비틀거리며 뒤로 물러서는 순간 관표는 쓰러졌다가 막 일어서려는 사호 혈강시의 발을 움켜잡은 다음, 그대로 들어 올려서 팔호 혈강시를 향해 휘둘렀다.

물론 대력철마신공과 운룡천중기가 부부처럼 손을 잡고 함께 운용된 채였다.

그 모습을 본 염제는 물론이고, 대과령과 관표의 두 의동생마저 입을 딱 벌린다.

설마 쓰러져 있는 혈강시를 무기로 사용할 줄이야 누가 알았겠는가? 팔호 혈강시가 미처 대응하기도 전에 관표가 휘두른 사호 혈강시의 얼굴이 팔호 혈강시의 얼굴과 정면으로 충돌하였다.

'빠각' 하는 시원한 소리가 들리면서 팔호 혈강시의 얼굴이 부서지면서 함몰되었다.

다행이랄까, 공격자가 된 사호 혈강시의 얼굴은 아직 멀쩡했다.

이 모습을 본 염제는 기가 막혀서 숨 쉬기조차 곤란할 정도였다.

세상에! 힘으로 혈강시의 얼굴을 으깰 수 있는 사람이 있으리란 생각은 꿈에도 하지 못했다.

혈강시를 만든 환제가 보았다면 입에 거품을 물리라.

혈강시를 만들기 위해서 얼마나 많은 시간과 영약, 그리고 독들을 끌어 모아 사용했던가. 비록 아직은 완벽하지 않지만, 그래도 혈강시의 두부는 강철보다 단단하다고 할 수 있었다.

그런 혈강시의 머리를 두 손으로 잡아서 으스러뜨린다는 것은 쇠 공을 우그러뜨리는 것만큼이나 어려운 일이었다. 그리고 그 단단한 혈강시를 공격하기 위해 다른 혈강시를 무기 대용으로 사용할 줄은 전혀 상상하지 못했다.

생각해 보니 그거보다 적절한 방법도 없다.

강시들은 강도가 비슷한 몸이니 공격할 때 관표의 힘을 더한 혈강시 쪽이 더욱 유리할 것이다. 그래도 저렇게 머리가 부서져 나가는 것은 이해하기 힘들었다.

그가 어찌 운룡천중기의 서글픈 사연과 대력철마신공의 무서움을 알 수 있겠는가? 그저 저런 무식한 힘이 관표의 어디서 나오는지 궁금할 뿐이었다.

관표가 한 힘쓰게는 생겼지만, 이건 정도가 좀 심했다.

염제뿐 아니라 팽완과 유지문은 아예 넋을 놓고 보고 있었으며 대과령은 한숨을 내쉬었다.

'내가 상대할 수 없는 경지에 도달해 계시구나.'

대과령은 감탄하면서도 염제와는 또 다른 면에서 이해할 수 없었다.

자신과 비슷한 실력으로 생사를 가늠하던 때가 언제라고 저렇게 비약적인 발전을 했단 말인가? 결과만 놓고 본다면, 그동안 죽어라 수련한 자신이 내내 놀기만 한 것이 아닌가 하는 생각이 들 정도였다.

'앞으로 오 년 후면 강호에 적수가 없을지도 모른다.'

대과령의 막연한 느낌이었다.

팽완이나 유지문의 입장에서 보자면 지금 관표의 대결 방식도 상상 불허였고, 어떤 식으로 초식을 운용하는지 짐작조차 할 수 없었다. 그러나 무려 십여 장 둘레가 완전히 초토화되어 있는 것과 싸우는 자들에게서 뿜어지는 투기를 보고 지금 상황이 얼마나 살벌한지 느끼는 중이었다.

'대체 형님의 무위는 어느 정도인가?'

두 사람의 공통된 의문이었다.

그러나 이들이 놀라기엔 아직 일렀다.

일단, 그 장소에 있던 모든 사람들은 관표의 무식할 정도의 무력 앞에 잠시 잠잠해졌다.

관표의 어처구니없는 공격 앞에서 염제도 할 말을 잃었고, 그 사나운 혈강시들도 주춤하지 않을 수 없었던 것이다.

그사이 관표는 휘둘러 대던 사호 혈강시를 땅에 내려놓음과 동시에 사호 혈강시의 한 손을 잡았다. 그리고 다른 한 손으로는 사호 혈강시의 어깨를 잡은 다음, 대력철마신공과 운룡천중기를 운용하여 양쪽으로 잡아당겼다.

'으드득' 하는 소리가 들리며 사호 혈강시의 팔이 어깨 부근부터 뽑아져 나온다.

염제는 그 모습에 눈이 튀어나올 정도로 놀라 할 말을 잃었고, 혈강시에 대해서 잘 알지 못하는 대과령과 두 명의 의동생은 그저 놀랍다는 표정으로 관표를 바라볼 뿐이었다.

한데 더욱 놀라운 일이 발생했다.

팔이 뽑힌 사호 혈강시가 남은 한 손으로 관표를 향해 공격을 감행한 것이다. 비록 남은 한 손이지만 결코 무시할 수 없는 공격이었고, 둘 사이는 아주 가까웠다. 그러나 관표의 동작은 더없이 빨랐다.

일단 한 손을 들어 공격해 오는 혈강시의 손을 막는다.

혈마미가살수를 가득 운용한 손을 맨손으로 막는다는 것은 누가 보아도 미련한 짓이었다.

너무 가까이 있었기에 그럴 수밖에 없다고 본다면 관표의 손은 혈강시의 공격에 분명히 부서져 버릴 것이라고 염제는 생각했다. 그러나 결과는 그의 생각대로 돌아가지 않았다.

대력철마신공의 금자결과 탄자결, 태극신공의 신기결을 한꺼번에 운용한 관표의 왼손은 이미 만년한철보다 더욱 단단하게 변해 있었다.

'땅' 하는 쇳소리가 들리며 공격했던 혈강시의 손이 탄자결로 인해 뒤로 튕겨진다. 그 충격은 사호 혈강시의 내부마저 뒤흔들어 놓았다.

관표는 그때를 틈타 들고 있던 사호 혈강시의 팔을 사호 혈강시의 복부에 박아버렸다.

도검이 침범하지 못한다는 혈강시의 몸이었지만, 무식한 관표의 사대신공과 맹룡투의 사혼참룡수는 그것을 가능하게 만들었다.

또한 혈강시의 팔은 말 그대로 금강불괴 아니겠는가.

그런데 자신의 팔이 복부에 박힌 사호 혈강시는 그 상황에서도 다시한 번 관표를 공격하려 하였다. 그러나 대력철마신공의 탄자결에 내부가 흔들렸고, 팔 하나가 복부에 박히면서 금강체의 몸이 깨진 혈강시의 동작은 너무 느렸다.

관표의 발이 광룡폭풍각으로 반원을 그리고 올라갔다.

'퍽' 하는 소리가 들리면서 사호 혈강시의 머리가 으깨져 나간다.

삼호, 사호, 오호, 팔호 혈강시가 죽어간 것은 단 일순간이었다.

나름대로 무적이라고 자부했던 혈강시들의 죽음 앞에 염제는 당황스러움과 분노를 주체하지 못하고 얼굴이 붉게 달아올랐다.

눈에서 뿜어지는 광채만으로 적야평을 태울 것 같았다.

이제 살아남은 혈강시들이 관표를 에워싸고 다시 한 번 그를 향해 달려들었다.

"멈춰라!"

염제의 고함과 함께 혈강시들이 공격을 멈추었다.

염제는 불같은 시선으로 관표를 바라보면서 말했다.

"네놈은 누구냐?"

"관표외다."

"관표?"

잠시 생각에 잠기던 염제는 무엇인가 생각난 표정으로 새삼스럽게 관표를 바라보며 말했다.

"녹림왕 관표?"

"그렇습니다."

"허허, 녹림왕 관표라. 싸우는 모습을 보니 녹림투왕이라고 불러야 옳겠군. 정말 대단했다. 나는 염제라고 한다."

관표에게 처음으로 녹림투왕이라 지칭한 자는 적인 염제가 되었다. 추후 그가 한 이 한마디가 강호무림에 어떤 위치를 차지하게 될지는 말한 염제도 몰랐으리라.

"염제?"

관표는 아무리 생각해도 그가 아는 인물 중에 염제란 인물은 없었다.

"생각할 것 없다. 네가 아무리 기억하려 해도 나에 대한 정보는 없을 것이다."

"그럼 유령이군."

"유령이 되기 위해 이곳에 왔다. 아직은 그래야 하거든."

"그렇다면 우리를 전부 죽여야겠군."

"맞아. 정말 맘에 드는 후배로군. 그걸 알았으면 이제 준비를 하게."

관표는 염제의 호언장담에 어이없는 표정으로 네 구의 혈강시를 보았다.

"혹시 저 강시들을 믿고 하는 소리라면 이제 포기하는 것이 좋을 것이오."

"그럴 리가 있나. 사람이 가장 최후에 믿는 것은 언제나 자신뿐라네. 나 역시 마찬가지지."

관표는 염제를 바라보았다.

이미 상대에게서 뿜어지는 기세로 그의 무공이 혈강시들과는 비교할 수 없을 정도란 것을 짐작하고는 있었다.

염제는 관표에게 다가서면서 쓰러져 있는 네 구의 혈강시를 아까운 시선으로 보았다.

'참으로 아깝다. 만약 완벽한 혈강시들이었다면 녹림왕 하나쯤은 능히 죽이고도 남았을 텐데.'

후회는 아무리 빨라도 늦게 마련이었다.

염제는 아쉬움을 미련없이 떨치고 관표에게 다가서며 열화신공을 끌어올렸다.

뜨거운 내공의 진기가 몸에 가득 들어차면서 그의 주위로 불꽃 같은 강기가 일어났다.

마치 화염으로 만들어진 인간이 우뚝 서 있는 것 같은 모습이었다.

이 놀라운 광경에 팽완이나 유지문은 물론이고 대과령마저 놀란 빛을 감추지 못했다.

관표 역시 조금은 놀랐지만, 침착하게 자신의 내공을 끌어올렸다. 그의 전신을 감싸고 도는 맹룡의 강기가 마치 예리한 검끝처럼 그의 양팔을 향해 타고 올라온다.

마치 용갑을 걸친 것 같기도 하고 전신에 용 문신을 새긴 것 같기도 한 모습이었다.

혈강시와 싸울 때도 보았지만, 지금 다시 보아도 멋진 모습이었다.

용과 불의 대결.

대과령과 팽완, 그리고 유지문은 보는 것만으로도 오금이 저리는 긴장감을 느꼈다.

관표의 기운을 보고 염제의 표정이 딱딱해진다.

상대는 그가 생각했던 것보다 더욱 강한 고수였던 것이다.

'정말 대단하구나! 하지만 저렇게 어린 나이에 어떻게 저 정도로 강해질 수 있는 거지?'

염제의 의문이었다.

그건 염제뿐 아니라 지금 이 자리에 있는 사람이면 누구나 지니고 있는 의문이었다.

적야평에서 조금 떨어진 숲.

술탄은 어이가 없는 표정으로 자운을 바라보았다.

무려 백여 명에 가까운 수하들이 모두 무면이 되어 바닥에 누워 있었다.

그나마 상처가 난 곳이 얼어서 피비린내는 덜한 편이었지만, 전혀 위안이 되지 않는다.

자신의 수하들이었다.

그리고 그들 중에는 자신의 충복이라고 할 수 있는 두 명의 대한도 있었다.

전륜삼십육랑(轉輪三十六狼) 가운데 가장 자신을 잘 따르는 수하라 할 수 있는 자들이었다.

한 명은 가슴이 밀려 나갔고 한 명은 턱이 깨끗하게 잘려 나갔다.

모두 생명을 유지하기 어려운 치명적인 상처들이었다.

아쉽게도 그가 막 도착했을 땐, 청랑(파풍도를 가진 복면대한)의 가슴이 밀려 나가는 그 순간이었다.

바닥에 누워 헐떡거리는 청랑이나 창 하나로 전륜살가림의 전설을 만들었던 모랑(矛狼)의 눈에는 공포가 어려 있었다.

술탄은 어이없는 표정으로 자운을 바라보았다. 그리고 그의 노모와 함께 있는 나현을 바라본다.

"대단하다, 대단해. 강호엔 기인이사가 지천으로 숨어 있다는 말은 들었지만, 내 수하들이 이름도 모르는 자에게 이렇게 처참하게 죽을 줄은 짐작도 하지 못했다."

마치 혼자 중얼거리듯이 말하는 술탄의 표정은 침착했다.

그 모습을 보면서 자운은 위험하다는 느낌을 강하게 받는다.

나는 약한 자식은 되고 싶지 않다. 그래서 내가 이긴다 41

나타날 때부터 상대가 강자라는 것을 알아보았다. 그리고 지금은 상대가 처음 생각한 것보다 더욱 강자라는 것을 느낄 수 있었다. 그리고 상대는 침착하고 냉정한 자였다.

한마디로 위험한 자다.

슐탄은 자운을 바라보며 물었다.

"누군가?"

"자운."

"나는 슐탄이다. 네 손에 죽은 자들은 나의 수하다."

자운은 슐탄의 눈을 바라보았다.

슬픔과 진한 분노, 그리고 승부욕을 읽을 수 있었다.

자운은 그 기백에 감탄하며 말했다.

"좋은 눈. 오늘 내가 필생의 적수를 만난 기분이군."

자운의 말에 슐탄은 잠시 호흡을 가다듬고 말했다.

"오늘 넌 죽는다."

"그럴지도 모르지. 하지만 절대 그렇게 되지는 않을 것이다. 난 이 자리에 노모가 계시다. 그래서 내가 이긴다."

"미친놈. 그게 이유가 된다고 생각하나?"

"최소한 너보단 내가 살아야 할 이유가 한 가지 더 있는 셈이니까. 그리고 나는 약한 자식은 되고 싶지 않다. 그건 아버지 하나로 충분해."

슐탄은 자운의 말을 들으면서 가슴이 무거워지는 것을 느꼈다.

그러나 다시 한 번 마음을 가다듬었다.

'나는 전륜살가림의 십이전사 중 최고의 전사다. 내가 질 리 없다!'

불같은 투지가 슐탄의 가슴을 메우기 시작했다.

술탄은 자신의 무기인 검을 뽑아 들고 정확하게 자운의 미간을 겨누었다.

"간다."

"기다리고 있었다."

자운의 눈이 타오르는 것을 느낀 순간, 술탄의 검이 질풍 같은 기세로 자운의 미간을 향해 찔러갔다.

술탄은 그 자리에서 움직이지도 않고 있었는데, 검은 마치 삼 장이나 늘어난 것처럼 푸른 기운을 뿜어내며 찔러간다.

그것을 본 나현이 중얼거리듯이 말했다.

"검기라니……. 허, 나도 헛살았구나."

나현은 심한 자괴감을 느꼈다.

곤륜파의 대장로인 자신의 무공이 지금 눈앞에서 겨루는 두 젊은 사람의 무공보다도 못함을 인정했기 때문이다. 이미 자운으로 인해 놀랄 만큼 놀라 있는 나현이었지만, 술탄의 무공 역시 자운보다 아래가 아님을 알게 되자 일종의 박탈감을 느낀 것이다.

어쩌면 술탄에 대해서는 진작부터 알았을지도 모른다.

곤륜에서부터 여기까지 줄기차게 자신을 쫓아온 자들의 중심에 바로 술탄이 있었기 때문이다.

나현은 조금 걱정스런 표정으로 자운을 보았다.

비록 그가 강하다는 것을 알았지만, 자신이 알고 있는 전륜살가림의 전사들은 상상하기 어려울 만큼 강한 자들이 많았다. 그들에 대해서 가장 많이 안다는 자신조차 그들에게 얼마나 많은 고수들이 존재하는지 짐작조차 하지 못하고 있었다.

일부 아는 것이라곤 그들에게 최강의 고수들이라고 할 수 있는 삼존

오제가 있고, 젊은 고수들 중엔 십이전사들이 가장 강하다는 것 정도였다.

그리고 지금 나타난 슐탄은 살가림의 중추라고 할 수 있는 전륜십이전사, 또는 대전사라고 하는 자들 중 한 명이었다.

만약 그렇다면 자운이 위험할지도 모른다고 생각했다. 비록 자운이 놀라운 무위를 보여주었지만, 전륜십이전사는 그들과는 질적으로 다른 고수들이었다.

강호에서 어지간한 고수들이라고 해도 전륜십이전사를 상대하기 어렵다는 것을 그는 누구보다도 잘 알고 있었다.

곤륜파의 장문인조차 전륜살가림의 대전사 중 한 명과 겨루다가 치명적인 상처를 입었다.

그들의 강함이 어느 정도인지 능히 알 수 있는 부분이었다.

"조심하게. 그는 전륜살가림의 대전사 중 한 명일세. 그의 무공은 구파일방의 장문인보다 아래가 아닐세."

나현의 말에 자운의 표정이 더욱 진지해졌다.

슐탄은 자신의 성명절기인 전륜살가기검(轉輪殺加奇劍)으로 자운의 심장을 노리고 천천히 자운살가기(紫雲殺加氣)의 초식을 펼치기 시작했다.

전륜살가기검의 열세 가지 초식 중에서도 살기가 강한 초식 중 하나로, 상대를 선제 공격할 때 주로 사용하는 초식이었다.

자색의 검기가 밀려오는 것을 본 자운은 피하지 않았다.

그의 대패가 기묘하게 돌아가면서 자색의 검기를 막아내었다.

'퍽' 하는 소리가 들리면서 자운의 신형이 두 걸음 뒤로 물러섰다. 그리고 그것을 기회라고 생각한 슐탄은 망설이지 않고 달려들어 살가

환(殺加煥)의 초식으로 자운의 심장을 찔러갔다.

보통 휘두르는 것보다 찌르는 것이 빠르다.

더군다나 검봉에서 뿜어진 검기는 그 거리를 더욱 단축시키면서 자운이 몸을 제대로 가누기도 전에 이미 심장 근처까지 다가와 있었다.

다급한 자운은 오른발을 축으로 몸을 틀었다.

'찌익' 하는 소리와 함께 자운의 가슴 언저리 옷이 찢겨 나가면서 제법 깊은 검상을 만들었다.

바늘 끝 하나의 차이.

자운은 가슴이 서늘해지는 기분이었지만, 지금은 생사를 걸고 싸우는 결투 중이다.

놀람은 놀람이고, 결투에 있어서 빈틈을 보일 수는 없었다. 이미 한 번의 약세를 접한 슐탄의 검은 연이어 자운을 찔러오는 중이었다. 자운의 팔이 기묘하게 비틀어지면서 대패를 휘둘렀다. 그러자 대패의 날에서 뿜어진 차가운 기운이 공격해 오는 슐탄의 검을 타고 올라가며 검을 잡고 있는 슐탄의 손을 공격해 갔다.

대패의 강기가 슐탄의 손을 긁고 지나갈 것 같은 순간, 슐탄은 손을 움츠리며 검을 위로 치켜 올렸다. 그리고 그것이 신호인 양 두 사람의 그림자가 마치 두 마리의 용처럼 뒤엉켰다.

무서운 한기와 검기가 사방을 할퀴고 지나갔다.

일순간에 십여 합이 지나갔다.

아무도 두 사람의 그림자를 보지 못할 정도로 빠르고 사나운 결투였다.

두 사람의 결투를 보면서 나현은 나직하게 숨을 몰아쉬었다.

'대단하다! 저 정도의 나이에 저런 무공들이라니. 저들 정도의 무공이라면 강호무림에서 가장 무공이 강하다는 무림십준 이상이다. 이름조차 알려지지 않은 사람들이 저런 무공을 지니고 있다니. 살가림의 전사는 그렇다 치고, 저 청년은 대체 누구일까?

나현은 자운의 정체가 더없이 궁금했다. 그리고 자식이 목숨을 걸고 싸우는 모습을 담담한 표정으로 바라보는 자운의 노모도 보통 여자로는 보이지 않았다.

"이제 끝내자."

술탄의 목소리와 함께 그의 검에서 무서운 검기가 폭풍처럼 뿜어져 나왔다.

"전륜살가풍(轉輪殺加風)이다."

마치 주문을 외듯이 초식 이름을 외치는 술탄의 목소리엔 자신감이 넘치고 있었다. 그러나 자운 역시 기백에서 지고 싶은 생각은 없었다.

더군다나 노모가 자신을 믿고 지켜본다.

결코 져서는 안 되는 결투였다.

"추혼빙하탄(追魂氷河彈)!"

지지 않고 외치는 자운의 고함과 함께 자색의 검기와 백색의 강기가 무섭게 충돌하였다.

'펑', '꽈광' 하는 소리가 동시에 들리며 강기의 회오리가 무섭게 두 사람을 감싸고 돌았다.

나현은 자신도 모르게 마른침을 삼키고 두 사람의 동태를 살펴보았다.

'크옥' 하는 소리와 함께 뒤로 물러서는 자운의 몸은 엉망진창이었다. 이미 옷은 걸레가 되어 있었고, 여기저기에 검상을 입었다. 그러나 술탄 역시 자운보다 나은 것 같지 않았다.

옷은 얼어서 부서져 내렸으며 여기저기가 예리하게 갈라져 있었는데, 다행이라면 그 상처 부분이 얼어서 출혈은 없어 보였다.

자운과 술탄이 생사를 걸고 싸울 때 이곳과는 또 다른 곳에서 더욱 무서운 결투를 하고 있는 두 사람이 있었다.

염제와 관표는 이미 상대가 만만치 않다는 것을 알았기에 처음부터 자신이 아는 최고의 초식을 전개하였다.

염제는 경천열화신장(驚天熱火神掌)을 펼쳤고, 관표는 망설이지 않고 오호룡의 광룡실수를 펼쳤다.

우웅 하는 소리가 들리며 두 사람이 펼친 강기의 소용돌이가 곧 정면충돌할 것 같더니 그 자리에서 사라진다.

공격을 하던 두 사람이 중간에서 초식을 거둔 것이다.

단 일 수였다. 그러나 두 사람은 그 한 번으로 상대의 실력을 충분히 짐작했다.

전력으로 펼치던 공격을 일순간에 거둔다는 것도 그들 정도의 실력자가 아니라면 불가능한 일이었다.

두 사람 사이에 묘한 긴장감이 흐른다.

염제의 손에 불꽃이 어리기 시작했다.

第三章

이제부터 자네는 녹림투왕일세

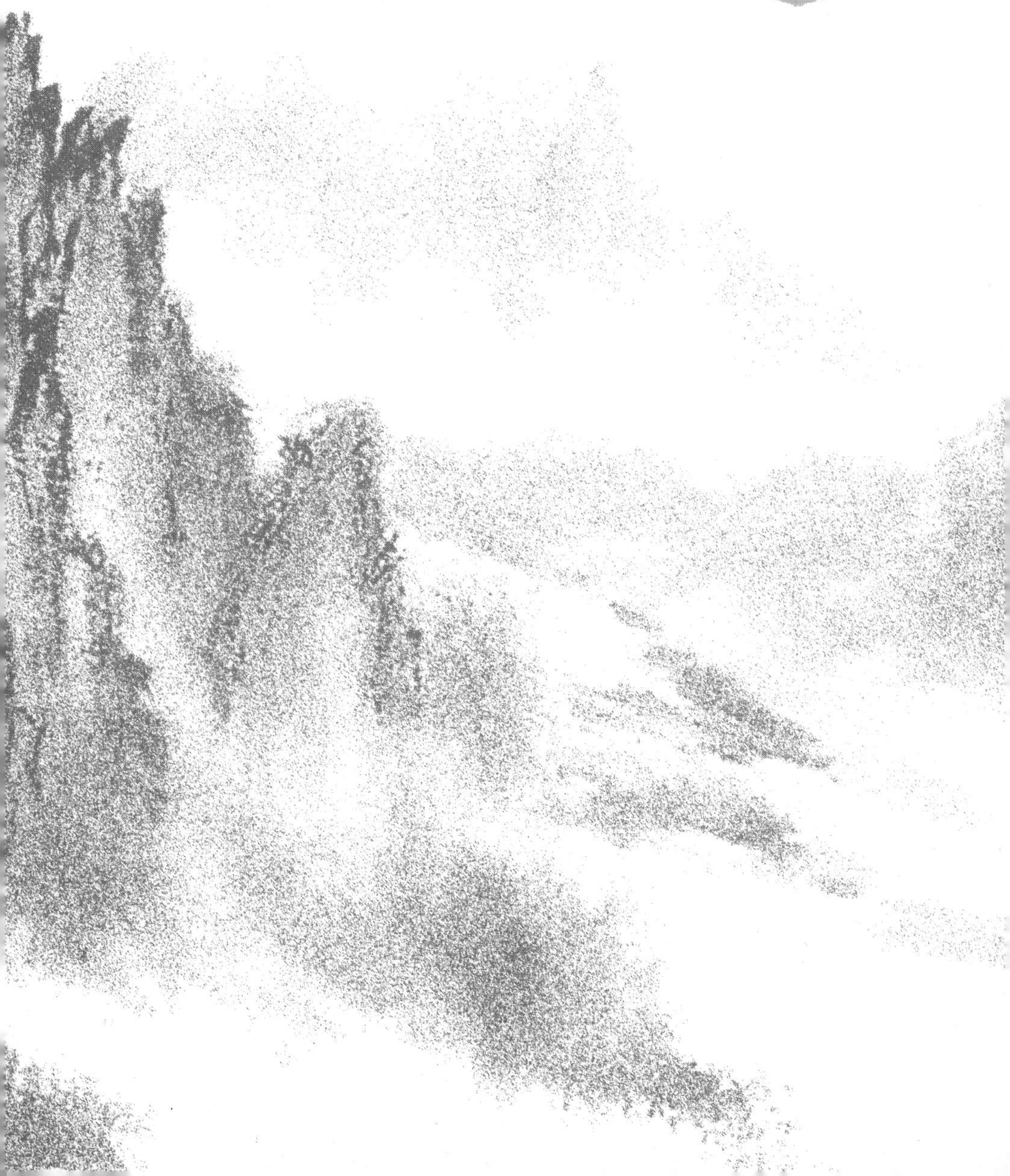

염제는 불같은 눈으로 관표를 보면서 말했다.

"네가 나의 공격을 세 번만 제대로 받아낸다면 오늘 일은 없었던 것으로 하겠다."

"마치 내 목숨이 당신의 손에 걸린 것처럼 말하는군요."

관표가 태연한 표정으로 말하자, 염제는 자존심이 상한 표정으로 말했다.

"너무 자신의 실력을 과대평가하는군."

관표가 고개를 흔들었다.

"그건 생각하기 나름이고, 그럼 이렇게 하는 것은 어떻소? 삼 초를 정해놓고 겨룬 다음, 승자를 가리는 게."

결국 관표의 말인즉, 염제를 자신보다 강한 자로 인정할 수 없다는 뜻이었다.

염제는 화가 났지만, 관표라면 능히 그럴 만한 자격이 있다고 생각했다.

"좋다. 그렇게 하지. 그럼 잘 견디거라!"

"얼마든지."

관표의 무덤덤한 말을 들으면서 염제는 묘하게 기분이 뒤틀리는 것을 느꼈다.

염제는 단 세 번만 받아내면 용서한다는 말로 상대적인 우월감을 나타내려 했던 것이다.

그러나 관표의 반박과 대답으로 인해 그 분위기가 깨지는 것을 느꼈다.

염제는 경천열화신장을 끌어올리며 마음의 동요를 가슴속에 숨겼다.

"염화소(炎火燒)란 것이다."

느릿한 말과 함께 염제의 손에서 붉은 불기둥이 관표를 향해 쏟아져 나갔다.

그 모습을 보고 대과령이나 팽완, 그리고 유지문은 기겁을 하고 말았다.

수많은 양강의 무공에 대한 이야기를 들었고, 직접 보기도 했다. 그리고 그 무공들의 위력을 어느 정도 알고는 있었지만, 사람이 불기둥을 쏘아낼 수 있는 무공이 있다는 말은 들어본 적이 없었다.

더군다나 그 뜨거운 열기는 십오 장 이상 떨어져 있는 대과령들까지 뒤로 물러서야 할 정도였다.

염화소라는 말이 조금도 부족하지 않은 절기였다.

관표는 순간적으로 움찔하였다.

설마 불기둥으로 공격해 올 줄은 상상하지 못했던 것이다. 그리고 그 움찔한 순간 불기둥은 관표의 지척까지 다가와 있었다.

관표의 손이 빠르게 원을 그리면서 앞으로 질러 나갔다.

사혼참룡수의 하나인 용형신강(龍形神罡)이었다.

용의 형상을 한 강기가 불기둥을 차단하면서 두 기운이 정면으로 충돌하였다.

'퍽' 하는 소리가 들리면서 두 기운은 서로 엉키며 사방 오 장 안을 완전히 뒤엎고 맴돌다가 천천히 소멸되어 갔다.

그 조용해진 자리엔 관표와 염제가 태연한 표정으로 서 있었다. 그러나 자세히 보면 관표가 한 걸음 정도 뒤로 물러선 상황이었다. 방어하는 입장이었던 것을 생각하면 결코 손해 본 상황은 아니었다.

염제의 얼굴이 여러 번 변한다.

놀라움에서 감탄의 그것을 지나 냉정함으로 멈춘다.

"대단하군, 정말 대단해. 하지만 이번엔 조금 다를 것이다."

염제는 경천열화신장에서 가장 강한 초식인 열화멸천(熱火滅天)을 두 손에 끌어올렸다.

염제의 손에 불꽃이 일면서 무서운 속도로 회전하기 시작했다.

"가라!"

고함과 함께 염제의 손에서 뿜어진 열기가 불덩어리로 변하면서 관표를 향해 날아갔다.

관표는 경시하지 못하고 사혼참룡수에서 가장 무서운 살수인 참룡무한(斬龍無限)을 펼쳐 다가오는 불덩어리를 공격하였다.

참룡무한의 절기는 날카롭게 날아가 불덩어리와 충돌하였다. 모두 숨죽이고 두 사람을 지켜보는 가운데, 두 기운은 서로 정면으로 충돌할 것 같았다.

'퍽' 하는 소리가 들리며 두 기운이 충돌하는 순간이었다.

염제의 불덩어리가 그 자리에서 폭발하였다.

소리도 없이 밝은 빛이 번쩍 하면서 터진 불덩어리는 수십 개로 쪼개지며 앞으로 쏘아져 나갔다.

예상하지 못한 결과였고, 거리가 너무 짧았다.

피하지 못한 관표는 수십 개의 불덩어리를 그대로 맞아야만 했다. 대과령과 팽완, 그리고 유지문은 모두 당황한 눈으로 관표를 바라본다.

관표를 단숨에 태울 것 같은 불덩이가 천천히 사라졌다.

염제는 득의의 표정으로 관표를 지켜보다가 믿을 수 없다는 표정으로 다시 한 번 관표를 본다.

다섯 걸음이나 물러서 있는 관표는 온몸에 작은 화상을 입고 옷이 여기저기 불에 타 있기는 했지만, 그대로 제자리에 서 있었다.

관표의 몸에 붙어 있던 작은 불꽃들은 마치 누가 쳐낸 것처럼 사방으로 떨어져 나가고 있었다.

작지 않은 내외상을 입은 것 같지만 그렇게 심한 것 같지도 않았다.

"어떻게……."

염제는 납득할 수 없었다.

어떻게 경천열화신장의 정수라 할 수 있는 열화멸천의 폭발 속에서 살아났단 말인가? 그가 아는 열화멸천의 불꽃은 일반 호신강기는 우습게 뚫고 들어간다. 그리고 금강불괴라 해도 한 번 불이 붙으면 쉽게 꺼지지 않는 성질을 지녔으며, 불꽃에 가미된 강기의 파편은 어지간한 신체라 해도 맞으면 내부가 박살날 정도로 강하다.

그런데 관표는 살아 있었던 것이다.

관표는 숨을 몰아쉬었다.

'위험했다.'

실로 위험한 순간이었다.

순간적으로 건곤태극신공의 신기결과 대력철마신공의 금자결, 그리고 탄자결을 동시에 운용하였기에 염제의 공격을 막아낼 수 있었다.

신기결은 부드러운 강기로 관표의 신체와 내부를 완전하게 보호하였고, 금자결은 순간적으로 피부를 강철처럼 단단하게 만들어 충격을 견디게 하였다.

그리고 탄자결은 충격을 밖으로 튕겨내면서 몸에 붙으려는 불꽃마저 튕겨낸 것이다. 그러나 관표는 이 한 번의 대결 속에서 세상엔 자신이 상상도 할 수 없는 무공들이 얼마든지 있다는 사실을 깨우쳤다.

관표가 겨우 마음을 수습할 때, 염제는 놀라움을 접고 빠르게 다음 공격을 하고 있었다.

"이노옴! 이것도 막아봐라!"

염제가 마지막으로 펼친 무공은 염화진천강(炎火震天罡)이었다.

후천진기뿐만이 아니라 선천진기까지 사용해야만 펼칠 수 있는 무공으로, 염제가 최후의 순간이 되어야만 펼치는 무공이라고 할 수 있었다.

염제는 이 무공을 배운 후로 평생 동안 단 한 번을 펼쳤었다. 그리고 그 단 한 번으로 인해 천룡사의 사대호법과 주지가 세상에서 소멸되어 버렸다.

그리고 이번이 두 번째다.

염제는 이 한 번의 공격으로 반드시 관표를 죽일 수 있으리라 생각하였다.

염화진천강이 펼쳐진 순간, 염제의 손에서 한줄기 섬광이 뿜어져 관표를 향해 날아갔다.

쏘아진 화살처럼 날아간 섬광의 속도는 시선이 쫓아갈 수 없을 정도로 빠르고 날카로웠다.

염제는 자신했다.

염화진천강이라면 어떤 호신강기라고 해도 견딜 수 없을 것이고, 지금 충격을 받은 관표라면 절대 피할 수 없을 것이라고.

그의 짐작대로 관표는 내부가 흔들린 상태라 동작이 둔할 수밖에 없는 상황이었다. 그리고 염화진천강은 너무 빨랐다.

모두 으앗 하는 순간, 염화진천강은 관표의 몸을 관통하고 지나가는 것 같았다.

이제는, 하고 득의하던 염제의 눈이 커졌다.

관표의 신형이 이상하게 유연해지면서 섬광을 타고 올라온다.

그 모습은 마치 한 마리의 용이 물줄기를 헤치고 거슬러 올라오는 것 같은 모습이었다.

관표의 모습은 느릿한 듯하지만 굉장히 빠른 속도로 염화진천강의 강기를 타고 올라오는 중이었다.

그뿐이 아니었다.

한 마리의 청룡이 관표의 몸을 감싸고 있었는데, 그 모습이 실로 아름다웠다.

삼절황 중의 하나인 잠룡둔형보법이 펼쳐진 것이다.

세상에 피할 수 없는 것이 없고, 어느 순간에도 상대의 공격을 무력화시킬 수 있다는 절기.

이론으로만 존재했던 무공이 건곤태극신공을 만나 완성되었고, 이제는 제 위력을 발휘하고 있었던 것이다.

등천.

용이 폭포를 가로질러 등천하는 모습을 보고 무공 이론을 만들었다고 했던가? 그리고 이 보법을 시전하면 한 마리의 용이 신체를 감싸고 외부에서 공격해 오는 어떤 공격도 다 튕겨낸다고 했다.

보법이라기보다는 호신무공이라고 할 수 있는 무공.

조금 전 혈강시와 겨루면서 펼쳤던 잠룡둔형보법의 일보영은 둔형보법의 가장 기본적인 절기였다.

원래 잠룡둔형보법은 오호룡의 하나였고, 당시의 보법 이름이 일보영이었다.

삼절황의 이름을 달게 된 이유는 맹룡무공을 만들었던 선조가 일보영의 보법을 기초로 잠룡둔형보법의 이론을 만들었고, 그 이론상의 무공을 완성하지 못했기 때문이다.

대신 맹룡칠기신법(猛龍七氣神法)이 오호룡의 하나로 발전하였다. 그리고 관표는 잠룡둔형보법을 대렵철마신공과 건곤태극신공의 도움을 얻어 완성할 수 있었던 것이다.

지금 관표가 펼친 무공은 잠룡둔형보법의 진정한 무공 중 하나라고 할 수 있는 잠룡신강보(潛龍神罡步)였다.

염제가 당황해할 때 관표의 손이 오호룡의 무공 중에서도 가장 살기가 강하다는 광룡살수를 머금고 들어 올려졌다.

염제와의 거리는 불과 오 척.

염제 또한 놀라서 다시 반격할 준비를 한 채 둘은 서로를 마주 본다.

그때 관표의 신형이 우뚝 멈추어 섰다.

"이 정도면 충분하지 않겠습니까?"

관표의 말에 염제가 고개를 끄덕인다.

"관표라 했지."

"녹림왕이라고도 합니다."

"이제부터 녹림투왕이라고 부르지. 자네는 자격이 있네. 나중에 기회가 있다면 또 볼 수 있겠지."

염제는 이렇게 관표의 아호를 녹림투왕이라고 바꾸어놓았다.

관표는 투왕이란 어조가 마음에 들었다.

당연히 말투도 호위적이었다.

"이젠 유령이 될 수 없을 테니 자주 볼 수 있겠군요."

"자주는 아닐 걸세. 하지만 다음에 또 본다면 둘 중 하나는 죽어야 할 것일세."

"각오하고 기다리겠습니다."

"나도 나지만, 지금 자네가 쓰러뜨린 네 구의 혈강시를 기억하게. 완전해진 혈강시의 무서움은 나도 감당하기 어려울 정도라네. 그리고 이들을 만든 환제가 참지 못할 것일세. 그는 나보다 더 무서운 존재일세."

"언제든지, 누구라도 마다하지 않겠습니다."

"그럼 가겠네."

"배웅하지 않겠습니다."

염제가 천천히 돌아선 다음 길게 휘파람을 분 후 신형을 날렸다. 그러자 네 구의 혈강시가 그 뒤를 좇는다.

염제가 사라지자 관표가 우웩 하는 소리와 함께 피를 토해내었다. 대과령과 팽완, 그리고 유지문이 걱정스런 표정으로 다가왔다.

"괜찮습니까?"

"많이 다치신 것입니까, 형님?"

"형님!"

달려온 지인들을 보면서 관표는 희미한 웃음을 머금었다.

"강한 자더군. 역시 세상은 넓어."

관표의 말을 들은 대과령과 팽완, 그리고 유지문의 표정도 딱딱하게 굳어졌다.

조금 전 관표와 염제의 무공 때문에 받은 충격도 적지 않았지만, 세상에 아무도 모르는 단체가 암약하고 있다는 사실이 그들의 마음을 무겁게 하였다.

그들의 정체가 무엇인지 궁금했다.

한 가지 확실한 것은 무림에 하나의 암류가 형성되어 있고, 아직 그 누구도 그것을 모른다는 사실이었다.

유지문은 피비린내가 진동하는 것을 느꼈다.

'난세가 다가오는가? 그렇다면 형님이야말로 이 난세를 위해 태어난 영웅일지도 모른다.'

유지문은 뜨거운 눈으로 관표를 바라보았다.

아직은 너무 확대해석하고 있는지도 모른다. 그러나 유지문의 직감은 이미 난세를 말하고 있었다.

그의 느낌으론 무림은 이제 폭풍 속으로 빨려들 것 같았고, 그 가운데 관표가 서 있는 것 같은 예감이었다.

난세엔 반드시 영웅이 나타난다.

유지문의 감각은 그 영웅이 바로 관표라 말하고 있었다.

'어쩌면 정말로 내 생애에 중요한 인연을 여기서 맺었는지도 모른다.'

유지문의 생각이었다.

정적.

자운과 슐탄은 서로를 바라보면서 상대에게 감탄하고 있었다.

자운은 슐탄을 보면서 말했다.

"이제 그만두는 것이 좋지 않겠소? 아무리 봐도 당신과 내가 끝까지 싸운다면 양패구상일 테고, 설혹 날 이긴다고 해도 저 노인장을 이길 힘이 남아 있을 것 같지 않은데."

자운이 나현을 가리키며 말하자 슐탄은 정색을 하고 말하였다.

"어차피 시작한 결투다. 나를 믿고 따르던 수하가 죽었는데, 그 원수를 눈앞에 두고 적당히란 말을 할 수 있겠는가? 오늘 나는 반드시 너를 죽이고 저 늙은이를 잡아갈 것이다."

"그렇다면 더 이상 망설일 필요가 없군."

자운이 막 슐탄을 향해 공격하려 할 때였다. 갑자기 멀리서 가는 휘파람 소리가 들려온다.

슐탄의 안색이 침중하게 가라앉았다.

"다음에 만나면 우리는 둘 중 누군가 한 명은 죽어야 할 것이다."

그 말을 남기고 슐탄은 멀리 사라져 갔다.

자운은 멍한 표정으로 슐탄의 등을 보기만 했다.

끝까지 싸울 것 같았던 슐탄이 이렇게 급작스럽게 사라질 줄은 생각하지 못했던 것이다.

관표는 앉아서 건곤태극신공을 운용하여 내상을 치유하고, 진기를 보충한 다음 자리에서 천천히 일어섰다.

팽완은 기다렸다는 듯, 다가서며 말했다.

"형님, 정말 대단하십니다. 내 생전 그런 무공들이 있으리란 생각은 해보지 못했습니다."

팽완의 말에 관표는 고개를 흔들었다.

"운이 좋았다. 정말 강한 자였다. 그런데 아무리 생각해도 염제란 인물이 무림에 있다는 소리는 듣지 못했다. 그리고 염제가 사용한 무공도 전혀 기억에 없는 무공이군."

관표의 말에 유지문이 고개를 흔들면서 말했다.

"저 역시 무림의 역사에 대해서는 나름대로 아는 편이지만, 염제란 이름은 처음 들었습니다. 제가 보기에 염제 정도의 무공이면 절대로 무림칠종보다 아래가 아닐 것입니다. 그런데도 듣지 못했다면 아마도 비밀 세력의 인물일 가능성이 많습니다. 그리고 염제가 사용하는 무공도 들어보지 못한 무공입니다. 제가 보기엔 중원의 무공이 아니라 천축의 무공일 거란 생각이 듭니다."

유지문의 말을 들은 팽완은 새삼스럽게 관표를 보았다.

군이 유지문의 말이 아니라고 해도, 팽완은 현 무림에서 관표의 상대는 칠종 이상은 되어야 한다고 생각하는 중이었다.

하지만 본인이 생각하는 것과 남이 다시 한 번 확인해 주는 것은 또 다르다. 그래서 팽완은 관표를 다시 한 번 본 것이다.

"천축이라면 그들이 왜 여기까지 왔단 말인가?"

"아마도 그들은 강호무림에 뜻이 있는 것 같습니다. 아니면 그들의 중요한 비밀을 간직한 자가 이리로 도망친 것 같습니다. 그것이 어느 쪽이든 좋은 무리는 아닌 것 같습니다."

"그런 무리들이 있다는 사실을 강호무림은 전혀 모르고 있을 텐데.

앞으로 어떻게 될지 걱정되는군."

"이제 곧 알게 될 것입니다. 그렇게 되면 문제가 커질 것이고, 형님도 조심하셔야 할 것 같습니다."

"나야 이미 각오하고 있네."

"간단하게 생각할 문제가 아닙니다. 아무래도 강호에 한바탕 피바람이 몰아칠 것 같은 예감이 듭니다. 그동안 강호무림은 나름대로 평화로웠습니다. 그리고 그 평화 기간 동안 비축해 놓은 무림의 힘은 상상을 초월합니다. 힘이란 남아돌면 쓸 곳을 찾게 마련입니다. 이제 더 이상 서로의 힘을 억제하지 못할 지경에 도달해 있습니다. 이런 상황에서 전혀 상상하지 못했던 비밀 세력이 나타났다면, 이제 그 분출구가 만들어졌다는 말과 같습니다. 더군다나 지금 염제란 자의 세력이 짐작대로 천축이고 강호를 넘보는 무리들이라면, 무림의 판도가 조금 복잡해질 것 같습니다. 그 틈바구니에서 살아남으려면 힘이 있어야 한다는 생각이 듭니다. 그리고 어쩌면 그들이 나타난 것이 형님에겐 다행일 수도, 불행일 수도 있습니다."

관표는 유지문을 바라보며 물었다.

"다행인 것은 무엇이고, 불행인 것은 무엇인가?"

"다행인 것은 지금 무림의 팽팽해진 힘의 분출구가 형님일 수 있었는데, 그들로 인해 비켜갈 수도 있다는 점입니다. 불행이라면 강적이 하나 더 생겼고, 그 힘이 상상하기 어려울 만큼 강하다는 것입니다."

유지문의 말에 관표는 잠시 생각을 종합해 보았다.

무림 명문 문파들의 힘이 넘친다고 했다.

유지문의 말대로 어쩌면 자신이야말로 그들의 넘치는 힘을 분출할 수 있는 좋은 먹잇감일지도 모른다는 생각이 들었다.

명분에서 그 가능성은 절대적이라고 해도 과언이 아니었다.

"조심해야겠군."

관표의 중얼거리는 말을 들은 유지문이 조금 조심스런 표정으로 말했다.

"형님은 당분간 숨어서 힘을 기르는 것이 좋을 것 같습니다. 형님의 무공은 충분하지만 세력에서는 아직 모자란 감이 많다는 생각입니다."

"아우 말이 맞네. 나 또한 나름대로 살길을 찾아야겠지."

관표의 의연한 말을 들은 유지문은 더 이상 말하는 것을 삼가하였다.

조언도 길고 많으면 잔소리가 되고 월권이 되는 것이다.

또한 지나치면 상대를 무시하는 것이 된다.

유지문은 누구보다도 그 점을 잘 알고 있었다.

잠시 생각에 잠겨 있던 관표의 시선이 적야평 넘어의 동쪽 숲을 바라본다.

관표의 시선을 좇아 대과령과 팽완, 그리고 유지문이 숲을 바라보았을 때, 그 안에서 두 명의 인물이 천천히 걸어 나오고 있었다.

정확히는 청년의 등에 업힌 노부인까지 모두 세 명이었다.

숲에서 걸어 나오던 자운 일행도 관표 일행을 보고는 걸음을 멈추었다. 그러나 그들은 서로 상대에게 적의가 없다는 것을 알고 조금씩 다가선다.

나현은 적야평에 쓰러져 있는 네 구의 혈강시와 마치 지진이 난 듯 뒤틀려진 땅의 지형을 보고 놀라움을 감추지 않았다.

분명히 결투의 흔적이었고, 그 속에서 염제의 흔적을 찾는 것은 너무도 쉬웠다. 그렇다면 누군가가 혈강시 네 구를 죽이고 염제와 겨루었다는 말이 되는데, 나현의 상식으로는 십이대초인을 제외하곤 있을 수 없는 일이었다.

이렇게 또 하나의 운명이 관표와 조우하고 있었다.

운룡검 나현의 시선이 네 사람의 얼굴을 차례대로 훑어보다가 관표의 얼굴에서 멈추었다.

옷이 찢겨지고 여기저기 잔상처가 가득한 것으로 보아 혈강시들을 쓰러뜨린 자가 관표일지도 모른다고 짐작한 것이다.

하지만 나현은 설마 하였다.

관표와 같은 나이 때의 고수가 혈강시를 죽이고 염제와 겨룰 수 있다는 것은 불가능에 가까운 일이었기 때문이다.

하지만, 최소한 이들이 무엇인가 알고 있을 거란 생각은 들었다.

나현은 포권지례를 하면서 물었다.

"이들 혈강시를 쓰러뜨린 것이 누구인지 알고 싶습니다."

관표는 나이 든 노인이 정중하게 묻자, 얼른 일어서서 포권지례를 하고 대답하였다.

"어쩌다 보니 제가 그렇게 했습니다."

나현은 다시 한 번 놀란 시선으로 관표를 바라보았다.

그는 누구보다도 혈강시들의 무서움을 잘 아는 사람들 중의 한 명이었다.

혈강시로 인해 곤륜파가 겪은 피해는 이루 말할 수 없을 만큼 컸기 때문이다. 그렇기 때문에 쉽게 믿음이 가지 않았다. 그러나 지금 관표의 표정이나 그의 동료들로 보이는 사람들의 표정을 보면 절대 거짓말 같지는 않았다.

"소협의 성명이 어떻게 되십니까?"

나현의 물음에 유지문의 얼굴이 조금 굳어졌다.

상대에게 이름을 물을 땐 먼저 자신의 이름을 밝히는 것이 순서였다. 그러나 나현으로선 자신의 이름을 함부로 말할 수 있는 상황이 아니었기에 먼저 물은 것이다.

그러나 관표 역시 정파의 인물로 보이는 나현에게 함부로 이름을 말할 수 있는 신분은 아니었다.

잠시 동안 노인을 바라보던 관표의 시선이 노인이 찬 검에 닿았다.

검의 손잡이엔 구름과 용이 절묘하게 양각되어 있었다.

그것을 본 관표는 얼른 포권지례를 다시 하면서 말했다.

"소생은 관표라고 합니다. 무림에서는 녹림왕이라고도 하지요. 혹시 노도사께서는 곤륜에서 오지 않으셨습니까?"

관표의 질문에 긴장한 것은 나현이었다.

단 한 번에 자신이 곤륜의 제자임을 알아볼 줄은 몰랐던 것이다. 그래도 조금 다행이라면, 관표란 이름은 이미 들어 알고 있는 이름이었다.

최소한 자신을 쫓던 인물들과는 상관이 없다는 사실이었다.

문득 관표의 시선이 자신의 검을 보았던 것을 생각했다.

자신의 신분을 어떻게 알았는지 짐작이 간다.

잘못이라면 자신의 부주의 탓이라고 할 수 있었다.

나현은 관표의 표정과 느껴지는 사람의 인격으로 보았을 때 그가 혈강시들을 처리한 것이 진실임을 알았다.

더 이상 자신의 신분을 숨기려 들지 않았다.

어떤 면에서 전륜살가림에 대해서는 조금이라도 더 많은 사람들이 알고 있는 것이 나쁘지 않다는 생각이었다.

"내 검을 보고 곤륜의 문하를 알아보다니, 대단한 견식입니다."

나현이 감탄하며 말하자 관표는 얼른 고개를 숙이고 말했다.

"저 또한 곤륜과 무관하지 않기 때문입니다."

나현이 조금 놀라는 표정을 지었다.

설마 녹림왕 관표가 곤륜과 연관이 있으리란 생각은 전혀 하지 못한 일이었다.

관표가 침착하게 사정을 설명하였다.

"비록 제가 곤륜의 문하는 아니지만, 제 두 분 사부님께서는 곤륜의 문하이십니다."

관표의 말에 나현의 눈이 크게 떠졌다.

설마 녹림왕 관표가 자신의 방계 사문일 줄이야.

"그럼 어느 분과 인연이……?"

나현이 조금 어정쩡한 모습으로 묻는다.

"제 두 분 사부님의 사부님이 곤륜쌍괴라 불리셨습니다."

그 말을 들은 운룡검 나현은 놀라움을 감추지 못했다.

곤륜쌍괴는 곤륜파에서 가장 괴이한 성격으로 유명했던 전전대의 곤륜파 장로들로, 나현에게는 태사숙뻘이 되는 분들이었다. 그러니까 지금 관표는 곤륜쌍괴의 사손이고 나현의 증사손이 된다.

경중쌍괴는 비록 무공을 제대로 전수받지는 못했지만, 분명히 곤륜쌍괴의 정식 제자였다.

다시 관표의 배분을 따지면 나현의 사숙이라는 말이었다.

명문파의 배분은 엄격하다.

그 엄격함이 얼마나 지나친지는 굳이 설명 안 해도 충분할 정도였다.

"곤륜의 제자 나현이 사숙을 뵙습니다."

나현이 정중하게 인사를 하자 관표는 당황하고 말았다.

설마 곤륜쌍괴의 배분이 그렇게 높을 줄은 상상도 못했다. 그렇다면 지금 살아 있는 경중쌍괴의 배분은 현 곤륜파의 가장 윗어른이라고 할 수 있을 것이다.

관표뿐이 아니라 팽완과 유지문, 그리고 대과령은 관표를 다시 보았다.

설마 녹림왕 관표가 곤륜의 후예였을 줄이야.

그리고 배분으로 따져도 나현의 사숙이란다.

뭐가 뭔지 어리둥절할 뿐이었다.

관표는 얼른 정색을 하고 말했다.

"배분이 그렇다 해도 저는 방계일 뿐입니다. 두 분 사부님은 제가 제자임을 인정하셨지만, 곤륜의 문하는 아니라고 말씀하셨습니다. 그러니 이렇게 예를 차리지 않아도 될 것입니다."

그러나 나현은 절대 굽히려 들지 않았다.

"그것은 안 될 말입니다. 누가 뭐라고 해도 곤륜쌍괴 태사조님들의 진전을 이은 것이 확실하다면, 그것은 곧 곤륜의 기를 이었다는 말이고 나의 사숙이란 사실에 변함이 없다는 말입니다."

관표는 나현의 얼굴에 가득한 고집을 읽었다.

"그럼 어서 허리를 펴십시오."

그 말을 듣고서야 허리를 일으킨 나현은 다시 한 번 관표를 찬찬히 훑어본다.

과히 용봉지재라, 겉으로 기가 드러나지 않았지만 혈강시 네 구를 죽였을 정도로 강한 무공을 익힌 청년 고수였다.

뿐만 아니라 그에 대한 소문은 어렴풋이 들어서 알고는 있었다.

곧은 품성을 지닌 듯한데, 녹림이라고 했다.

나현은 그것을 이렇게 해석했다.

'자신이 가고자 하는 길을 당당하게 밀고 나갈 수 있는 용기를 지닌 청년이다' 라고.

남들이 뭐라고 하든 자신이 옳다고 하는 길을 가는 것은 용기다.

특히 관표처럼 강한 무공을 지니고도 굳이 험한 길을 가는 것은 단순하게 만용 때문은 아니라고 생각했다.

칠십 평생을 살아가면서 터득한 그의 안목은 관표가 충후한 청년이라고 말한다. 그런데 그런 청년이 단순한 도적질을 하진 않을 것이라 믿었다.

잠시 관표에 대한 생각으로 다른 것을 모두 잊고 있던 나현은 불현듯 떠오르는 생각이 있었다.

"혹시 염제란 자를 보지 못했습니까?"

"봤습니다만."

"그는 어떻게 되었습니까?"

"나와 겨루다가 승부를 보지 못하고 물러섰습니다."

그 말을 들은 나현은 놀라움과 벅찬 감격을 감추지 못했다.

염제의 무공은 누구보다도 그가 잘 안다.

그런 염제와 승부를 가리지 못했다고 한다.

나현은 관표의 표정과 그와 함께 있었던 팽완, 그리고 유지문과 대과령의 표정을 보고 그 말이 진실이란 사실을 알 수 있었다.

그럼 도대체 관표의 무공은 어느 정도란 말인가? 나현이 아는 염제의 무공은 아직 미완성이라고 알고 있는 혈강시 따위와는 비교할 수 없는 것이었다.

강호무림에서 가장 강한 고수라고 알려진 십이대초인 정도는 되어
야 상대할 수 있는 인물이 바로 염제였다.

그럼 관표의 무공이 벌써 그 정도에 이르렀단 말인가?

나이를 감안하면 믿을 수 없는 일이었다.

나현은 조금 떨리는 목소리로 물었다.

"어떻게 된 것인지 말씀해 줄 수 있습니까?"

나현의 물음에 유지문이 나서서 있었던 일을 자세히 설명해 주었다.
나현은 들을수록 놀랍고 믿기지 않았지만, 안 믿을 수도 없었다. 여러
가지 정황이 그 말을 뒷받침하고 있었던 것이다.

'태사조님께서 곤륜의 어려움을 아시고 우리에게 인재를 하사하셨
구나! 참으로 감사합니다.'

나현의 눈에 물기가 조금씩 차 오른다.

나현은 관표를 보다가 얼른 고개를 숙이고 말했다.

"사숙께서는 앞으로 무림을 떨어 울리는 영웅이 되실 것입니다. 그
때 곤륜과의 인연을 절대 잊지 말아주시길 부탁드립니다."

나현의 말에 관표가 같이 고개를 숙이며 말했다.

"사람이 뿌리를 잊으면 안 된다고 사부님께서 말씀하셨습니다. 제가
어찌 곤륜을 잊겠습니까?"

나현은 더욱 가슴이 벅차오른다.

"이제 소질에게 말을 놓으셔도 됩니다."

"제가 어찌……."

"명문에서 배분은 중요합니다. 남들이 알면 곤륜을 업신여기게 됩니
다. 그러니 반드시 말을 내리셔야 합니다."

그 모습을 보면서 유지문은 빙긋이 웃었다.

지금 나현이 관표를 확실하게 곤륜의 사람으로 만들려는 의도를 눈치챈 것이다.

"형님, 그렇게 하십시오. 비록 아주 말을 내리지 않더라도 어느 정도는 사숙으로서의 체통은 지키는 것이 옳습니다. 다른 문파에서 보면 나현 선배님이 욕을 먹습니다."

유지문의 말에 관표는 고개를 끄덕이고 말았다.

나현과 유지문의 시선이 마주치자 유지문이 웃는다.

나현은 유지문이 자신의 의도를 눈치챘다는 것을 알고 조금 계면쩍은 웃음을 머금었다.

나현은 유지문과 팽완, 그리고 대과령을 보면서 더욱 기꺼운 생각이 들었다.

'주위에 좋은 인재들도 많이 있구나. 어쩌면 사숙이야말로 이 시대의 풍운아일지 모른다.'

문득 나현은 자운과 그 노모를 보면서 말했다.

"사숙, 이분은 자운 소협으로 사질의 생명을 구해준 은인입니다. 지닌 무공은 능히 그 나이 또래에서 찾기 힘든 고수라고 할 수 있을 정도입니다."

나현의 소개로 뒤늦게 자운의 존재감이 관표와 그의 동료들에게 드러났다. 물론 관표의 경우는 이미 자운의 기를 읽고 그를 주시하던 참이었다.

관표가 포권지례를 하면서 인사하였다.

"관표라고 합니다."

자운은 노모를 조심스럽게 자리에 앉히고 두 손을 모으며 마주 인사하였다.

"자운이라고 합니다."

관표가 자신의 동생들과 대과령을 차례대로 나현과 자운에게 소개하였다.

서로 인사를 하면서 나현은 의동생들이 모두 명문의 자제들이란 것과 특출해 보이는 모습들이라 상당히 기꺼워하였다.

특히 대과령이 관표의 수하란 말을 듣고는 상당히 놀랐다.

대과령의 명성이 결코 가볍지 않은 까닭이었다.

第四章

남자란 주군을 잘 만나야 빛이 나는 법이다

서로 인사를 주고받은 다음, 나현은 궁금한 표정으로 관표에게 물었다.

"제가 듣기로 쌍괴 태사조님들께서는 제자를 두지 않고 무공 연구만 하시다가 뒤늦게서야 한 명씩의 제자를 거두셨다고 들었습니다. 그것도 직접 본 사람은 아무도 없고 서신만 달랑 보냈다고 들었습니다. 나중에 곤륜으로 보내겠다고 하셨지만, 아직까지도 그분들의 소식을 듣지 못해 안타까워하던 중이었습니다. 사숙께서는 바로 그분들의 진전을 이으신 것입니까?"

나현의 표정엔 많은 의문을 품고 있었다.

물론 그것은 관표의 말을 의심해서가 아니었다.

최소한 나현은 곤륜쌍괴가 아무리 강하고, 그 제자들이 아무리 특출해도 관표와 같은 고수를 길러내기엔 무리가 있다는 사실을 알고 있었

기 때문이다. 그렇다면 그 안에는 남다른 사연이 있으리라 생각한 것
이다.

관표는 나현의 말을 듣고 무엇을 묻고자 하는 것인지 알 수 있었다.

"맞습니다. 그리고 저는 또 다른 몇 개의 기연을 얻어 지금에 이르
렀지요. 그 모든 것이 두 분 사부님의 은덕이었습니다."

나현은 관표가 말할 수 없는 어떤 사연이 있으리라 짐작하고 더 이
상 묻지 않았다. 앞으로 많은 시간이 있으니 언제고 알 날이 있으리라
생각한 것이다.

하지만 한 가지는 간과할 수 없는 일이 있었다.

"사숙께 부탁이 있습니다."

"무엇인지 말해 보시오."

"몰랐다면 모르지만, 이미 곤륜의 최고 어른이 살아 계시던 것을 알
게 되었습니다. 그렇다면 곤륜의 제자로서 당연히 그분들께 인사를 드
려야 하고, 문파로 모셔서 대접해 드려야 한다고 생각합니다."

관표는 나현의 말이 옳다고 생각했다.

그리고 이젠 두 사부님도 곤륜과의 인연을 소중히 할 때가 되었다고
생각했다.

"사질의 말을 알아들었으니, 그 문제는 나중에 이야기하기로 하겠습
니다."

"감사합니다, 사숙."

나현이 다시 인사를 하였다. 그의 얼굴엔 뿌듯함이 솟아나왔다.

한 문파에 어른이 있다는 것은, 그것만으로 큰 힘이라고 할 수 있었
다. 더군다나 그 어른이란 분들이 녹림왕 관표의 사부들이라면 더 말
해 무엇하랴.

그렇지 않아도 예전의 성쇠를 이어가지 못하던 곤륜이었다.

어쩌면 새로운 부흥기를 맞을 수 있을지도 모른다는 기대로 나현의 얼굴이 상기되었다.

이때 유지문이 나현을 보면서 물었다.

"노선배님께서는 이미 그들에 대해서 많은 것을 아시는 듯합니다. 이왕지사 이렇게 된 거 저희에게도 그 정보를 조금 나누어주셨으면 합니다."

유지문의 말에 관표와 팽완, 그리고 대과령은 기대에 찬 시선으로 나현을 본다. 어차피 이래저래 그들과 원한 관계를 맺었다면, 그들에 대해서 조금이라도 더 알아두는 것이 유리할 것이다.

관표 일행뿐이 아니라, 자운과 그 노모 역시 호기심 어린 시선으로 나현을 바라보았다.

나현으로선 어차피 숨기고 있을 만한 비밀도 아니었다.

"그들은 전륜살가림의 고수들입니다."

나현의 말을 들은 유지문이 다시 물었다.

"전륜살가림이란 문파가 있다는 말은 처음 듣는 문파입니다. 그들의 정체가 무엇인지 궁금합니다."

"살가림은 이미 천 년 전에 만들어진 단체일세. 그 뿌리는 천축을 근거지로 하고 있지만, 실제론 활동을 전혀 하지 않고 있었기에 아는 사람이 거의 없네. 강호무림에서는 물론이고 그들의 뿌리가 있는 천축에서도 그들에 대해 아는 사람이 별로 없을 정도네. 단지 전설상으로 살가림이란 이름만이 조금씩 떠돌고 있었을 뿐이네. 문제는 이제 그들이 준동을 시작하였고, 그들의 꿈이 중원에 있다는 것일세."

관표와 유지문 등은 이미 그 부분을 짐작하고 있었지만, 일단 나현에게 직접적으로 말을 듣고 나자 얼굴이 침중해졌다.

나현은 잠시 관표를 본 다음 유지문을 향해 다시 말을 이었다.

"천 년 전에 천축을 휩쓸던 살수 용병 집단이 있었네. 그들의 무공은 괴이하고 악랄해서 당대에 거의 적수가 없었지. 그러다 그들의 악행에 견디다 못한 천축 무인들이 힘을 합해 그들을 공격하기 시작하였네. 그 협공을 이기지 못한 살수 집단은 거의 모든 고수들이 죽고 십여 명만이 살아남아 총령고원(파미르고원) 지대로 숨어들었네. 그들은 숨어서 절치부심하다가 어느덧 나이가 들었음을 깨달았지. 그리고 그때가 되어서야 그들은 자신들의 삶에 대해 진심으로 반성하게 되었네. 그들은 반성의 의미로 후인들에게는 절대로 세상일에 관여하지 말고 오로지 무에 대한 연구만을 하면서 고원의 숲을 떠나지 못하게 규율을 정해놓았네. 그리고 그 전통은 천여 년 동안 변함없이 이어져 왔지. 그러나 그 전통은 백 년 전에 깨지고 말았네. 백 년 전 살가림의 림주가 된 아가람은 야심이 많고 원한이 많은 자였네. 그러나 그 안의 자세한 내막은 나도 잘 모르네. 단지 그자가 중원인이고, 무엇인가 원한을 지니고 있다는 사실만 아네. 그는 백 년에 걸쳐 살가림의 모든 힘을 손아귀에 넣었고, 자신의 뜻에 반대하는 자들을 전부 숙청하였네. 뿐만 아니라 수많은 제자들을 받아들여 세력을 키워왔지. 그 힘은 천 년 살가림의 최고조에 도달해 있다고 들었네. 이제 그들은 몇 가지 문제만 해결하면 바로 중원으로 들어올 것이네. 나는 우연한 기회에 이 사실을 알게 되었고, 덕분에 곤륜파가 큰 곤경에 처하게 되었네. 나는 어떻게든 이 사실을 중원에 알리려 하였고, 그들은 그 사실을 알고 여기까지 추적해 온 것이네."

잠시 서로 말을 하지 않고 각자의 생각에 잠겨 있을 때 유지문이 다시 물었다.

"대체 그 림주란 자는 중원인으로서 어떻게 살가림의 림주가 될 수 있었는지 궁금합니다. 그리고 그들의 힘이 얼마나 되는지도 궁금합니다."

"살가림은 사람을 받는 데 인종을 구별하지 않네. 그건 살가림 이전부터의 전통이었지. 그리고 그들의 힘은 삼존오제에서 나오는데, 염제는 오제 중 한 명일세. 오제의 무공은 서로 비슷한 경지이고, 삼존은 오제보다 강하다고 들었네. 그리고 그 아래로 십이대전사, 또 다른 말로 전륜십이전사라 불리는 자들이 있네. 이들의 무공은 각 대문파의 장문인급이라고 보면 될 것일세. 문제는 그들에게는 그 외에도 비밀병기들이 많다는 것일세. 혈강시도 그중 하나라고 할 수 있지."

관표를 비롯한 모든 사람들의 표정이 딱딱하게 굳어졌다.

염제의 실력은 이미 보았다. 그런데 그런 고수가 아직도 넷이나 더 있고, 더 강한 고수가 셋이나 있단다.

능히 강호무림을 상대로 자신들의 뜻을 가능하게 만들 만한 힘이었다.

반대로 강호무림엔 십이대초인들이 있지만 그들이 하나로 모이긴 불가능한 상황이었다. 그래도 전륜살가림이 함부로 중원에 들어오지 못하는 이유는 그들 때문일 거란 생각이 들었다. 하지만 강호에서 전륜살가림의 정체를 전혀 모르고 있다면 무엇인가 암수가 있을지도 모른다는 생각이 들었다.

"가장 큰 문제는 말일세."

모든 시선이 다시 나현에게 모인다.

"십이대초인 중에 그들의 간세가 있다는 말일세. 그리고 그가 누구인지 나도 모르네. 단지 그들 중 한 명이 오제 중 한 명일지도 모른다는 막연한 정보만 지니고 있을 뿐이지. 그나마 그것을 아는 데 곤륜의 젊은 피가 다섯이나 회생되었다네."

관표를 비롯해서 모든 사람들의 안색이 딱딱하게 굳어졌다.

그렇다면 그들은 이미 중원에 교두보를 마련하고 있다는 말이었다.

"나는 그 정보를 나의 오랜 친구인 노가구에게 전하려고 여기까지 온 것일세."

나현의 말은 그것으로 끝이 났지만, 다른 사람들에게 준 충격은 적지 않았다.

유지문은 잠시 생각에 잠겼다가 관표에게 예를 취하며 말하였다.

"아무래도 저는 사문으로 돌아가서 이 사실을 알리고 무엇인가 대책을 마련해야 할 것 같습니다."

유지문의 말에 관표는 아쉬운 표정으로 그를 바라보며 대답하였다.

"그렇게 하게."

관표의 대답이 끝나자마자 팽완도 자리에서 일어섰다.

"형님, 저도 이만 가봐야 할 것 같습니다. 이 사실은 조금이라도 빨리 가문에 알리는 것이 좋을 것 같습니다."

"그럼 어서들 가보게."

유지문과 팽완은 여러 사람들에게 인사를 한 후 관표에게 다가와서 말했다.

"형님, 완이와 함께 조만간 찾아뵙겠습니다."

관표는 두 사람에게 수유촌의 위치를 알려주었다.

"기다리겠네."

관표의 대답이 끝나자 두 사람의 신형이 사라져 갔다.

관표는 팽완과 유지문이 떠나고 난 후 자운과 그의 노모, 그리고 나현을 바라보며 말했다.

"그러면 나현 사질은 여기서 그분을 만나기로 한 겁니까?"

"그렇습니다, 사숙."

"그렇다면 나와 과령은 이만 떠나야 할 것 같습니다. 사질은 뒷일을 잘 처리하십시오. 그 이후 제가 알려주는 곳으로 오십시오. 그때 서로 자세한 이야기를 하기로 합시다. 그리고……."

관표는 말을 흐리면서 자운과 그의 노모를 바라보았다.

"어떤 사연이 있는지는 모르지만 갈 곳이 없다면 저와 함께 가는 것이 어떻겠습니까?"

자운이 관표를 바라본다.

"오해는 하지 마십시오. 사질을 구해준 은인인데다 제가 가는 수유촌은 항상 사람이 부족하답니다. 그리고 나이 드신 분을 모시고 먼 길을 방황하는 것도 좋은 것은 아니라고 생각합니다."

자운은 피곤해하는 노모를 보았다.

노모의 시선은 관표의 얼굴에서 떨어질 줄 모른다.

자운은 조금 망설이다가 관표를 향해 포권지례를 하면서 고마움을 표시했다.

"감사합니다. 그럼 신세를 지겠습니다."

관표는 밝은 웃음으로 대답을 대신하였다. 그런데 그때였다.

관표를 유심히 지켜보던 자운의 노모가 일어서서 관표에게 다가가 갑자기 인사를 하면서 말했다.

"관 대협께 부탁이 있습니다."

모두 놀라서 자운의 노모를 바라본다.

관표 또한 대협이란 말에 민망해서 어쩔 줄 모르는데, 자운의 노모가 말을 이었다.

"제 자식이 조금 미흡하지만, 거두어주셨으면 합니다."

이 말에 관표는 더욱 놀라서 자운의 노모와 자운을 번갈아 바라보았다.

관표뿐 아니라 나현 역시 놀란 표정으로 자운의 노모를 본다.

"이야기를 들어보니 관 대협으로 인해 우리가 위험을 벗어난 것 같습니다. 이는 곧 우리 운아의 생명을 구한 것이고, 이 쓸모없는 늙은 것의 생명도 구한 것이 됩니다. 세상에는 인연과 운명이란 것이 있다고 나는 믿고 있습니다. 우리가 이 시간에 하필이면 이리로 온 것도 인연이라고 생각합니다. 그리고 같은 적을 맞이하여 멀리서 생명을 구했으니 이는 운명이라고 할 수 있습니다. 운아가 세상을 몰라 아직 어리숙하지만 무공은 좀 할 줄 아는 것 같습니다. 관 대협이 잘 다스리면 제법 쓸모가 있을 것이라 생각합니다."

아마도 자운의 노모가 말하는 것은 염제가 물러가면서 슐탄을 부른 때문인 것 같았다.

관표가 당황해서 어쩔 줄 몰라 할 때, 자운의 노모가 자운을 보면서 말한다.

"뭐 하느냐? 너는 어서 관 대협께 인사를 드리거라!"

인자하고 여린 것 같지만, 막상 아들에게 말할 땐 추상과 같다.

자운은 노모의 추상같은 말에 얼른 관표의 앞에 와 무릎을 꿇었다.

"자운이 관 대협께 인사드립니다."

명령을 하는 노모나 그 말 한마디에 일언반구도 없이 따르는 아들의 모습은 참으로 기이한 모습이었다.

"저는 일개 녹림인에 지나지 않습니다. 아드님을 거느릴 만한 그릇이 되지 못합니다."

노부인이 웃는다.

"내 나이 동안 할 줄 아는 것이 있다면 사람을 보는 눈이라고 자부합니다. 꼭 그것이 아니더라도 내 이미 곤륜을 어느 정도 알고, 저들이 어떻게 물러섰는지를 압니다. 아무에게나 자식을 맡기는 부모는 없습니다. 관 대협은 이 늙은이의 부탁을 거절하지 말아주십시오."

관표와 나현은 서로 얼굴을 마주 본다.

산골에서 살았을 것 같은 노부인이지만, 분명히 남다른 점이 있어 보였다. 그리고 곤륜을 아는 것도 그렇고, 말하는 것도 예사 촌 부인의 그것은 분명 아니었다.

하긴 자식 또한 평범하진 않았다.

사연이 있으리란 생각이 들었지만 굳이 묻지 않았다.

"앞으로 네 주군으로서 잘 모시거라. 사내란 주군을 잘 만나야 빛이 나는 법이다."

자운이 그 자리에서 다시 한 번 큰절을 하면서 말했다.

"자운이 주군을 뵙습니다."

관표는 더욱 난처해진다.

자운의 노모가 가볍게 웃으면서 말했다.

"내가 난 자식이라 누구보다도 내 자식의 그릇을 잘 압니다. 비록 한 무리의 우두머리가 될 그릇은 되지 못하지만, 능히 한 기둥은 될 만한 그릇입니다."

관표는 한동안 자운의 노모를 보다가 자운을 보았다.

자운의 나이는 자신보다 훨씬 많아 보였다. 그러나 이미 녹림의 관행에 익숙해진 관표는 그것을 따지지 않았다. 그리고 자운의 노모를 보자 고향에 계신 어머니 생각이 난다.

불현듯 빨리 고향으로 돌아가고 싶은 생각이 들었다.

관표는 고개를 끄덕이고 말했다.

"자운, 일어나게. 이제부터 자네는 나의 형제이자 가족일세."

자운이 그제야 자리에서 일어섰고, 그의 노모의 얼굴엔 무엇인가 안심했다는 표정이 떠오른다. 아마도 이제는 자신이 죽더라도 자식이 의지할 수 있는 곳이 생겼다는 것에 대한 안심 같았다. 이렇게 관표와 자운이 맺어졌다.

추후 녹림쌍절 중 한 명으로, 죽음의 형법자, 또는 얼음의 심판자라는 예명으로 강호무림을 떨어 울릴 자운은 아직까지는 무명이었다.

나중에 무인들은 지금의 사건을 일컬어 노모의 선택이란 말로 대신하였다.

모과산 중턱.

다시 고향의 초입에 선 관표의 시선엔 많은 감회가 어려 있었다. 고향을 떠나고 벌써 얼마나 많은 세월이 흘렀는지 모른다. 그리고 드디어 그 나름대로의 성과를 이루고 돌아왔다.

관표는 뒤를 돌아보았다.

그를 따르는 수하들이 나란히 늘어서 있었다.

그의 뒤에는 거인이라 불리워도 전혀 모자람이 없는 대과령이 서 있었고, 오른쪽 옆으로는 장칠고와 자운이 노모를 업고 서 있었다. 그리고 왼쪽으로는 반고충이, 그 뒤엔 단혼검 막사야와 귀영철궁 연자심, 그리고 낭아곤 철우를 비롯해서 녹림도원의 형제들이 나란히 서 있었다.

　수하들의 등에는 마을에 가져갈 선물 꾸러미가 하나씩 걸려 있었다. 관표는 마음이 든든해지는 것을 느꼈다.

　이 정도면 마을에 들어가서도 가히 성공했다는 말을 들을 만하다고 생각했다.

　조금 아쉽다면 부모님께 며느리 될 여자를 데려가지 못한다는 점이었다.

　"가자."

　관표가 힘있게 말하며 앞장을 서서 걸어갔다.

　몽여해와 여량을 바라보는 그들, 아버지들의 마음은 표현하기 어려울 만큼 처참한 것이었다.

　커다란 나무에 꽁꽁 묶여 있는 몽여해와 여량의 모습은 실로 처참함 그대로였다.

　입은 붙어서 그 사이로 침이 새고 있었으며, 배변을 참지 못해 벌창이 되어 있는 모습은 둘째였다.

　한쪽 가슴을 움켜쥐고 있는 몽여해의 손으로 인해 여량이 받은 고통은, 여량이 잡고 있는 몽여해의 거시기로 인해 몽여해가 받아야 하는 고통에 비해서는 아무것도 아니었다.

　서로 잡은 곳이 허물이 벗겨져 아프고 쓰린 것은 둘째였다. 여량은 급한 대로서 소변이라도 볼 수 있었다. 그러나 몽여해는 그마저도 불가능했다.

　처음 나무에 묶이기 전, 바닥에 누운 채 여량의 손이 몽여해의 그것을 잡고 있자니 땀과 분비물로 인해 물기가 역으로 흘러들어 가면서 음양접이 함께 성기 안으로 스며들고 말았다.

결국 그곳이 막힌 몽여해는 소변을 보고 싶어도 그렇게 할 수가 없었다. 방광이 터지기 직전이란 말은 바로 지금을 두고 하는 말이리라.

여러 가지로 보는 사람들에게는 즐거움이 될지 모르지만 당하는 사람들이나 두 남녀의 인척들에게는 난감하기 이를 데 없는 모습이라고 할 수 있었다.

섬서의 패자 중 한 명이라는 철기보의 보주, 철기비영 몽각은 너무 화가 나고 어이가 없어 허탈해지는 것을 느꼈다.

헛웃음이 새어 나온다.

그 옆에 있는 여량의 아비, 구절편(九折鞭) 여사군 또한 미칠 지경이었다. 이런 경우 더욱 손해를 보는 것은 여자 쪽인 여량이었다. 그렇다고 몽각이 이런 상황에서 여량을 며느리로 맞을 리도 없을 것이다.

이미 둘의 소문은 강호로 번져 나갔을 것이니 여량은 시집가는 것을 포기해야 할 것이다. 하지만 문제는 그 정도에서 끝나지 않았다.

둘을 자세히 살피고 상황을 파악한 의원이 다가와서 몽각에게 보고를 하였다.

"붙은 손은 인위적으로 뗄 수가 없습니다. 결국 소공자님이 조금이라도 온전하려면 한 가지 방법뿐입니다. 우선 소공자님의 손을 보존하려면 여량 낭자의 가슴을 도려낸 후 살점을 하나씩 떼어내고, 또 다른 한 손을 위해서는 여량 낭자의 등을 도려낸 후 역시 같은 방법으로 살점을 하나씩 발라내는 방법뿐입니다. 그래도 서로 엉켜 붙은 손가락은 어쩔 수 없을 것 같습니다. 그것은 따로 방법을 찾아야 할 것 같습니다."

말을 하면서 의원은 여사군에게 아주 미안한 표정을 지었다. 그러나 어쩔 수 없다는 표정도 함께였다.

그 말을 들은 여사군의 안색이 창백해졌다.

가슴을 도려내고 등짝을 도려낸 여자라면 이젠 끝났다고 봐야 한다.

하지만 문제는 그걸로 끝이 아니었다.

아직 중요한 문제가 더 남아 있었다.

의원은 잠시 말을 주춤거린다.

"그리고……."

기가 막힌 표정으로 의원의 말을 듣던 몽각이 의원을 바라본다. 의원은 마지못해 말을 이었다.

"저…… 공자님의 거시기 말입니다."

의원의 말을 들은 몽각과 여사군의 시선이 여량의 손이 움켜쥐고 있는 몽여해의 거시기를 향했다.

의원은 민망한 표정으로 말했다.

"아무래도 제거해야 할 것 같습니다."

그 말을 들은 몽각의 표정이 창백해졌다.

"이, 이놈! 그게 무슨 말이냐? 그냥 손을 떼어내면 될 거 아니냐?"

의원은 식은땀을 흘리면서 말했다.

"그, 그게… 땀과 분비물이 흘러나오면서 아무래도 약 성분이 성기의 구멍 속으로 흘러들어 간 듯합니다. 아주 꽉 막혀 있습니다. 빨리 제거하지 않으면 방광이 터질 듯합니다."

말을 하면서도 식은땀이 흐른다.

하지만 정말 다급한 순간이었다.

"크아악!"

몽각이 비명 같은 고함을 지르자, 자신의 딸은 어떻게 되나 걱정하던 여사군은 입도 뻥긋하지 못하고 안타까운 시선으로 딸을 바라본다.

한동안 울화를 참지 못하던 몽각이 갑자기 검을 뽑아 들었다. 모두 놀라서 몽각을 바라볼 때 그의 검이 한줄기 빛을 그리고 여사군의 목을 치고 지나갔다.

여사군은 말 한마디 못하고 목과 몸이 분리되고 만다.

몽각의 검은 거기서 끝나지 않았다.

그의 검은 다시 한 번 허공을 갈랐고 이번엔 여량의 목이 날아갔다.

모두 얼어붙은 표정으로 몽각을 본다.

"어차피 여해가 조금이라도 온전하려면 여량이란 계집은 죽어야 할 것이다. 그럼 원한 관계가 생길 테고, 그래서 그의 아비마저 미리 죽였을 뿐이다."

담담하게 말하는 몽각의 전신에 살기가 가득했다.

결국 여사군은 딸자식 하나 잘못 둔 덕분에 비명횡사하고 만 것이다. 그래서 자식 교육은 아주 중요한 덕목 중 하나다.

"관표 이놈! 결코 그냥 두지 않겠다!'

이를 갈아붙이는 몽각의 눈에 새파란 살기가 섬광처럼 뿜어져 나왔다.

모두 그의 시선을 마주 보지 못하고 피한다.

"전서구를 날려라! 배신자도 절대 용서할 수 없다. 과문 이놈! 내가 얼마나 많은 은혜를 베풀었는데, 감히 나를 배신하다니! 반드시 사지를 찢어 죽이고 말겠다!"

사람은 준 것만 생각하지 받은 것은 절대 생각하지 않는다.

설혹 받았다고 하더라도 준 것에 비하면 항상 과소평가하게 마련이다.

지금의 몽각이 그렇다.

그는 과문이 왜 배신하게 되었는지 전혀 생각하지 않았다. 아니, 생각할 여유도 없었고, 생각하고 싶지도 않았다.

중요한 것은 과문이 자신의 뜻에 따르지 않고 감히 자신의 손아귀를 벗어나려고 한다는 사실이었다.

그리고 아들이 당한 것에 대한 화풀이도 겸하고 있었다.

이때 철기보의 수하 하나가 쭈뼛거리며 몽각에게 다가와 물었다.

"문순 호법님은……."

"죽여라! 멍청하게 제 소주인 하나 제대로 지키지 못하고 저 꼴을 당했는데, 살아서 무엇 하겠느냐!"

몽각의 고함에 나무에 발가벗겨져서 거꾸로 묶여 있던 문순의 얼굴이 파랗게 질려 버렸다.

불쌍하게도 그는 그렇게 죽었다.

그래서 사람은 주인을 잘 만나야 한다는 말이 옛부터 전해진 금과옥조인 것이다.

자운의 노모가 말하지 않았던가, 사내란 주군을 잘 만나야 한다고.

第五章

내 외손녀를 차지한 자가 곧 무림의 패자다

괴문은 일단 장안으로 돌아오자 빠르게 움직이기 시작했다.

그는 누구보다도 몽각의 음험함을 잘 아는 사람이었다.

괴문은 장안에 들어서자마자 수하들에게 말했다.

"가족을 데리고 빨리 장안을 빠져나가라. 그리고 약속했던 장소에서 다시 만나기로 한다. 만약 상황이 여의치 않으면 모든 것을 포기하고 움직여라."

괴문은 그렇게 명령하고 집으로 향했다.

집에는 부인이 집을 지키고 있었다.

물론 혼자 있는 것은 아니었다.

하인과 시녀 둘이 함께 있었다. 하지만 둘 사이에 아직 아이는 없었다.

장안성 동문대로 중간 부분에 있는 괴문의 집은 아담했다.

과문이 원래 뒷돈을 챙기는 데 무지한 편이라, 큰돈을 벌지는 못했다. 그러나 철기보에서 다달이 받고 있는 녹봉이 적지 않았기에 제법 풍족하게 사는 편이었다.

과문은 대문을 열고 안으로 들어서려다가 멈추었다.

문이 잠겨 있지 않았다.

평소 시녀 두 명과 하인 한 명만 집에 있었기에 과문의 부인은 항상 문을 잠가놓는 버릇이 있었다. 그런데 문이 열려 있었다.

평소라면 별로 이상한 일이 아닐지도 모른다. 그러나 지금은 작은 것이라도 조심해야 하는 상황이었다.

백 번 조심해서 나쁠 것이 없었다.

과문은 문을 열지 않고 집 뒤로 돌아갔다.

그는 품 안에서 작은 단검 한 자루를 뽑아 들었다.

시집을 때 그의 부인이 선물로 준 단검은 상당히 예리했고 품위가 있어 보였다.

과문은 그 단검으로 집 뒤에 있는 큰 복숭아의 나뭇가지 중에서 꼿꼿한 부분을 잘라내었다.

약 삼 척 정도의 작은 나무 창 네 개가 만들어졌다.

문득 자신의 손에 익은 단창이 아쉬웠지만 어쩔 수 없는 일이었다.

과문은 나무 창 네 개를 들고 자신의 집 담장을 넘었다. 그리고 안으로 들어간 그의 표정이 창백하게 변했다.

집 안의 모든 문은 활짝 열려 있었고, 방 안으로부터 집의 사방에 약 이백여 명의 철갑괴인이 줄지어 서 있었다. 그리고 방에는 그의 부인이 사지가 묶인 채 벌거숭이 몸으로 천장에 매달려 있었는데, 겁간을 당한 흔적이 역력했고, 이미 혀를 물고 죽어 있었다.

마당엔 하인의 시체가 있었고, 시녀 두 명은 유린당한 채 목이 잘려 죽어 있었다.

과문은 가슴이 미어져 오는 것을 겨우 참아내며 수하들의 보고를 받고 다가오는 노인을 바라보았다.

철갑으로 중무장하고 손에 청룡언월도를 든 노인을 과문은 너무도 잘 알고 있었다.

철기보의 제일철기대 부대주 청룡월(靑龍月) 우지황(禹地黃).

그의 청룡언월도는 무식하고 과격하기로 유명했다.

철기보에서 그의 위치는 보주 다음이라고 할 수 있었다.

제일철기대의 대주가 보주 몽각이었기 때문에 사실상 제일철기대를 이끄는 것은 부대주인 청룡월 우지황이었다.

철기보의 사실상 얼굴이라고 할 수 있는 철기대의 부대주란 아무나 할 수 있는 것이 아니었다.

그는 몽각의 처남이기도 했다.

웃는다.

사람이 웃으면 보통은 보기 좋게 마련이지만, 우지황의 웃음은 보는 사람을 소름 돋게 만드는 독특함이 있었다.

우지황은 이미 준비된 의자에 기분 좋게 앉아서 그런 모습으로 웃으며 과문을 바라보고 말했다.

"기다리고 있었다."

우지황의 말을 들은 과문은 자신이 화가 나서 날뛰지 않는 것이 이상하다고 생각하며 대답하였다.

"당신이 죽였소?"

"나는 아니지만 내 수하들이 죽였으니 그게 그거겠지. 물론 명령은 내가 내렸다. 흐흐."

과문은 잠시 호흡을 조절하였다.

평소에 아버지가 귀가 닳도록 하던 말이 떠오른다.

"화가 나면 심호흡을 해라. 가장 화가 났을 때 움직이면 실수하기 쉽다. 화가 났을 때 웃을 수 있어야 한다. 그렇게 할 수 있다면 큰 위험을 면할 수 있을 것이다."

이성은 아버지의 말을 떠올리지만, 감정은 전혀 조절이 되지 않는다. 숨이 막혀오는 기분이었다.

과문은 입술을 깨물었다.

피가 배어 나오면서 정신이 조금 맑아지자, 막혔던 숨이 돌아오는 것을 느꼈다.

마음이 진정되자 자신이 해야 할 일이 무엇인지 빠르게 깨우쳐진다.

'우선은 살아야 한다. 여보, 미안하구려. 내 이 복수는 반드시 해주리다!'

먼저 부인에게 잘못을 빈 과문은 우지황을 보며 차갑게 대답하였다.

"몽각은 역시 가슴이 좁다. 나를 담을 만한 그릇이 되지 못해."

우지황이 여전히 웃으면서 말했다.

"죽을 놈이 별걸 다 걱정하는군."

"걱정이 아니라 내가 선택을 잘했다고 하는 것이다."

"선택? 죽어야 하는 것이 잘한 선택이란 말인가?"

"난 죽지 않는다."

"네가 여기를 빠져나갈 수 있을 것 같으냐?"

과문은 우지황을 보고 그와 비슷한 표정으로 웃었다.

우지황이 그 웃음을 보고 기분 나쁜 표정을 지었을 때였다.

과문은 들고 있던 나무 창 하나를 우지황에게 던졌다.

마치 한 마리의 용이 꿈틀거리는 모양으로 날아오는 나무 창은 앗! 하는 사이에 우지황의 면전에까지 날아와 있었다.

귀령십절창의 절기 중 삼대살수인 비룡추혼(飛龍追魂)의 절기였다. 기겁을 한 우지황은 의자에 앉아 있던 몸을 뒤로 완전히 젖히고서야 겨우 나무 창을 피할 수 있었다.

그 대가로 그의 몸은 의자와 함께 뒤로 넘어져야만 했고, 그의 가슴을 아슬아슬하게 스친 나무 창은 그의 뒤에 있던 철기대의 대원 한 명의 복부를 뚫고 들어갔다.

'크윽' 하는 비명과 함께 철기대의 대원이 쓰러지고 우지황이 의자와 함께 구르는 순간, 과문은 나머지 나무 창 세 개를 자신의 뒤쪽으로 슬금거리며 포위하고 있던 철기대의 대원들에게 한꺼번에 던졌다.

나무 창 세 개를 한꺼번에 던지는 것은 쉬운 일이 아니었다. 그러나 과문은 자신의 독특한 절기를 이용해서 교묘하게 세 개의 창을 한꺼번에 던졌는데, 날아가는 기세가 범상치 않았다.

이 또한 비룡추혼의 절기를 응용한 것이었다.

나무 창이 세 방향으로 날아오자, 그것을 피하려고 과문의 뒤에 있던 철기대 대원들이 우왕좌왕한다.

그 틈을 놓치지 않고 과문의 신형이 담을 넘고 있었다.

아차 하는 순간에 일어난 일이었다.

우지황은 바닥을 구르면서도 고함을 질렀다.

"잡아라! 절대 놓쳐서는 안 된다!"

그의 명령이 떨어지기도 전에 제일철기대는 빠르게 움직이고 있었다.

그들은 창을 들어 막 담을 넘는 과문을 향해 던졌지만, 과문은 이미 담 장 너머로 사라진 다음이었다.

제일철기대의 대원들은 일제히 과문의 뒤를 쫓기 시작했다.

이제 다시 천축으로 돌아가는 술탄의 안색은 편하지가 않았다.

이번 원정에서 잃은 것이 너무 많았다.

특히 혈강시 네 구를 잃을 것은 너무 큰 타격이었다.

원래 마지막 단계를 남겨놓은 혈강시는 모두 서른여섯 구였다. 그리고 그중 마지막 단계를 넘어갈 수 있는 혈강시는 겨우 여덟 구뿐이었지만, 마지막 단계를 넘어가지 않은 혈강시라고 해도 결코 소홀히 할 수 없는 전력이었다.

그런 혈강시를 네 구나 잃었고, 세 명의 소전사를 비롯해서 많은 수하들, 그리고 상당수의 천강시를 잃었다.

이래저래 마음이 심란했다.

술탄은 현재 살아남은 수하들과 아직 움직일 수 있는 천강시 열여섯 구, 그리고 혈강시 네 구를 데리고 돌아가는 중이었다.

그의 곁에는 랑급 소전사(전륜삼십육랑)인 철각도(鐵桷刀) 탈라나와 좌수쾌검(左手快劍) 소호리고가 함께하고 있었다.

이들은 이번 원정에 함께 온 다섯 명의 소전사 중 살아남은 두 명이었다.

탈라나는 천축국의 사람이었고, 소호리고는 장족이었다.

이들은 운 좋게 다른 곳을 수색하는 중이었기에 자운과 마주치지 않왔던 것이다.

염제는 팔대호교 무사인 누화, 진령, 곡기 등과 함께 그들의 고향을 향해 갔다.

슐탄은 자운이 누화 곡기, 진령 등과 얽힌 인연이 있다는 사실도 전혀 몰랐고, 염제가 왜 그들의 고향에 갔는지도 전혀 모르고 있었다.

그리고 그것을 알 필요도 없었다.

그는 다만 빨리 고향으로 돌아가고 싶을 뿐이었다. 그러나 운이 안 좋은 날은 악재가 꼭 겹치게 마련이다.

길을 가던 찰라나는 소로를 따라 걸어오는 남자를 자세히 살피고 있었다.

등에 제법 묵직한 봇짐을 지고 걸어오는 청년은 참으로 매력적으로 생겼다.

원래 천축국의 소이족인 탈라나는 여색을 많이 밝히는 편이었다. 소이족에서 모시는 신이 성에 대해서는 상당히 관대한 편이었고, 누구든지 성을 즐길 권리가 있다는 성전의 교시가 있었던 것이다.

그런 탈라나의 눈에 비친 청년은 분명히 남장을 한 여자였다. 그리고 절세의 미녀가 분명한 것 같았다.

그는 슬쩍 슐탄의 눈치를 보았다.

슐탄은 탈라나가 자신의 눈치를 보는 것을 보고 그 속뜻을 짐작했다. 마침 기분도 좋지 않았던 슐탄이다. 여색을 밝히는 것은 아니지만 굳이 마다하는 성격도 아니었다.

"데려와라!"

슐탄의 명령이 떨어지자 탈라나는 숨도 안 쉬고 남장 여자에게 날아갔다.

마침 섬서성으로 들어와 장안을 향해 가던 백리소소는 자신에게 다가오는 사람들을 보고 반가운 표정으로 웃음을 지었다.

백리소소의 순진한 웃음을 본 탈라나는 순간적으로 아찔해지는 기분을 느꼈다.

'이건 정말 우물이다. 흐흐, 오늘 아주 제대로 한 건 하는구나.'

탈라나는 오금이 저리는 것을 느꼈다.

그는 겨우 마음을 진정시키면서 백리소소에게 천천히 다가섰다.

비록 술탄 다음 차례겠지만, 저 정도 우물이라면 충분히 만족할 것 같았다.

남장을 했다고 그 미모가 어디 가는 것은 아니다.

탈라나가 그렇게 느낄 만큼 백리소소의 웃음은 그야말로 살인적이었다.

탈라나는 다리가 떨리는 것을 참으며 백리소소에게 접근하며 말했다. 그래도 처음은 정중하다.

"보아하니 먼 길을 가시는 분 같은데, 우리 일행과 함께하시는 것은 어떻습니까? 혼자 가는 길은 위험합니다."

백리소소는 처음과는 달리, 조금 두려운 듯 흠칫하며 뒤로 두어 걸음 물러섰다. 낯선 사람을 경계하는 표정이었다.

"저… 전, 괜찮습니다. 뒤에 일행이 있습니다."

말도 안 되는 거짓말이다.

하지만 백리소소는 정말 탈라나를 위한 나름대로의 배려였다.

그래도 뒤에 일행이 있다고 하면 허튼짓은 안 할지도 모르고, 괜히 쓸데없는 움직임을 안 해도 될 거란 기대를 하면서. 그러나 그게 어디 마음대로 되는가? 더군다나 이미 백리소소의 미모에 이성을 잃은 탈라나였다.

"흐흐, 거짓말이 서툴군. 그렇지 않소, 낭자?"

백리소소의 표정이 애처롭게 변하면서 떨리는 목소리로 말했다.

"저, 전 남자예요."

목소리나 남자 흉내를 낼 것이지.

"그거야 옷을 벗겨보면 알겠지."

"전 가기 싫은데……."

탈라나의 표정이 조금 굳어졌다.

자고로 좋은 말로 해서 일이 잘 성사되는 경우를 보지 못했다.

할 수 없이 가장 고전적이고 무식한 방법을 써야 하는 자신의 신세를 불쌍히 여기면서, 인상을 있는 대로 구긴 채 성난 목소리로 말했다.

"이거 썅! 좋게 말해서 듣지를 않는군. 잔소리 말고 빨리 따라와라! 아님 여기서 뒈질래?"

반 협박성 고함을 지르면서 탈라나가 백리소소의 손을 잡아당겼다.

순간 백리소소의 여린 몸이 탈라나의 힘을 이기지 못하고 확 딸려오면서 그의 품에 안길 듯이 다가왔다.

탈라나가 음흉한 웃음을 입가에 머물 때였다.

백리소소의 몸이 조금 공중으로 뜨는 듯하더니 탈라나의 힘을 못 이기고 머리부터 탈라나의 얼굴로 짓쳐 들어온다.

엇 하는 사이에 백리소소의 이마가 탈라나의 얼굴을 강타했다.

'퍽' 하는 소리가 들리면 탈라나의 몸이 뒤로 천천히 무너졌다.

백리소소는 겸연쩍은 모습으로 쓰러지는 탈라나를 보고 있고, 느긋하게 두 사람의 실랑이를 지켜보던 술탄과 그의 수하들은 모두 어리둥절해했다.

대체 탈라나가 왜 쓰러졌는지 이유를 알지 못했던 것이다.

단지 백리소소의 머리가 탈라나의 머리와 충돌했을 뿐이었다. 그걸로 고수라고 할 수 있는 탈라나가 쓰러졌다는 사실은 믿기 어려운 일이었다.

더군다나 연약하다고 할 수 있는 백리소소는 멀쩡한 것이 아닌가? 술탄이나 그 수하들로서는 이해할 수 없는 일이었다.

전륜살가림의 수하들 서너 명이 후다닥 달려가서 쓰러져 있는 탈라나의 몸을 살피고 일부는 백리소소에게 다가선다.

그중에 한 명이 백리소소를 보고 고함을 질렀다.

한어가 상당히 서툴러서 듣기에 조금 거북한 발음이었다.

"네 이년! 무슨 암수를 썼는지 말해라! 어떻게 된 것이냐?"

그 물음에 백리소소가 큰 눈을 더욱 크게 뜨면서 말했다.

"이마끼리 충돌한 것뿐이데요?"

말한 살가림의 수하도 상황을 지켜보았으니 백리소소의 말이 아주 틀린 말이 아니란 것쯤은 안다. 그렇다고 '네 말이 옳아' 그러고 돌아설 수도 없는 일이었다.

그렇게 하면 쓰러진 탈라나는 너무 값어치가 없어진다.

"네년의 옷을 벗기고 어떤 암수를 썼는지 조사해 봐야겠다!"

그 말에 백리소소가 묘하게 웃으면서 말했다.

"힘들 텐데……."

"뭐라고?"

살가림의 수하는 백리소소의 말에 화가 나 고함을 지르며 그녀에게 다가섰다.

백리소소는 두 손을 봇짐의 띠를 잡고 서 있다가 상대가 다가오자 방실거리며 웃었다.

이유야 둘째 치고 참으로 아름답다.

전륜살가림의 수하는 우선 그 생각이 먼저 들었다.

자신도 모르게 얼굴이 헤벌쭉해진다. 그리고 그 순간, 시선 가득히 들어오는 백리소소의 얼굴을 보면서 서서히 정신을 잃어갔다.

하늘에 별이 총총하고, 무엇인가 엄청난 충격이 머리를 때린 것 같은 두통을 느끼면서.

뿐인가? 이제 막 정신을 차리려던 탈라나의 비명 소리가 십 리 밖까지 울려 퍼진다. 백리소소가 상대를 쓰러뜨리고 멋지게 허공을 돌며 착지를 했는데, 그녀의 두 발은 정확하게 탈라나의 사타구니를 밟고 있었다.

하필이면 그곳에 착지를 한 것이다.

그녀의 얼굴을 보면 분명히 우연의 일치 같았다.

"저… 저……."

랑급 소전사인 소호리고는 어이없다는 표정으로 백리소소를 보면서 말을 더듬었다.

슐탄의 안색이 굳어졌다.

"뭣들 하느냐! 저년을 잡아라!"

슐탄의 고함 소리에 정신을 차린 전륜살가림의 수하들이 백리소소에게 달려들었다.

백리소소의 신형이 바람처럼 움직이며 양손으로 쾌영십삼타의 절기를 펼쳐 전륜살가림의 수하들 뺨을 치고 간다.

'따다닥!' 하는 경쾌한 소리와 함께 그녀의 주변에 모여 있던 몇 명의 전륜살가림 수하들이 정신을 잃고 쓰러진다.

이제 백리소소를 우습게 보는 전륜살가림의 수하들은 아무도 없었다.

우연이란 한 번이면 충분하다. 두 번의 우연이란 있을 수 없다.

슐탄의 표정도 완전히 굳어졌다.

자연히 말도 거칠어진다.

다시 한 번 고함을 질렀다.

"한꺼번에 덤벼라!"

슐탄의 명령에 전륜살가림의 수하들이 한꺼번에 백리소소를 향해 달려갔다.

백리소소는 공격해 오는 무리들을 보면서 여유있는 표정으로 미소를 지었다. 그 웃음은 마치 아침 햇살처럼 밝았다. 그러나 점차 미묘하게 변하더니 전륜살가림의 수하들이 공격권 안으로 들어왔을 때는 살기를 머금기 시작했다.

마치 맑은 하늘에 갑자기 구름이 끼는 것처럼 그렇게 그녀의 표정이 변해갔던 것이다.

그 섬뜩한 웃음에 선봉으로 달려오던 자들이 주춤하고 말았다. 그리고 그와 때를 같이해서 그녀의 신형이 움직였다.

그녀의 신형은 갈대 숲을 스치고 지나가는 바람 같았다.

공격해 오는 자들의 사이로 비집고 들어가면서 한 명씩 머리로 받아버린다.

피하고 어쩌고 할 틈도 없었고, 막아도 소용없었다. 마치 연체 동물처럼 기묘하게 막은 손이나 무기를 피하면서 공격해 오는 박치기 앞에서는 속수무책.

따다다닥! 하는 소리가 연이어 들리면서 전륜살가림의 수하들이 줄

지어 바닥에 고꾸라진다. 그리고 거기서 끝이 아니었다.

그녀는 기묘한 보법으로 쓰러진 자들의 사타구니를 반드시 한 번씩 밟고 지나간다.

머리가 터져 쓰러진 자들은 두 손으로 사타구니를 부여잡고 발버둥 친다.

그 고통이야 당해본 자가 아니면 누가 알랴.

그래도 죽은 자는 없었다.

아직까진.

"감히 내 낭군님도 건드리지 못한 청백지신을 네놈들 따위가 넘봐!"

백리소소가 화난 이유였다.

이 믿을 수 없는 광경을 보면서 술탄과 좌수쾌검 소호리고는 가슴에 한기가 이는 것을 느꼈다.

그렇다고 언제까지 보고만 있을 수는 없었다.

"이 계집, 정말 대단하구나! 하지만 더 이상은 안 된다!"

술탄은 급하게 휘파람을 불었다.

그러자 천강시들이 일제히 백리소소를 공격하기 시작했다.

백리소소의 얼굴이 스산하게 변했다.

그녀는 쉽게 강시들을 알아보았다.

"그러니까 이것들은 인간이 아니군. 즉, 죽여도 된다 이거지?"

백리소소의 신형이 더욱 빨라졌다.

'따다닥' 하는 소리가 들리면서 강시 서너 구가 사방으로 튕겨 나갔다. 그러나 날아간 강시들은 삐거덕거리며 다시 일어서서 백리소소에 게 몰려왔다.

그 모습을 본 백리소소의 얼굴이 묘하게 변하였다.

"잠깐! 야, 못생긴 녀석아, 잠시만 기다려라!"

술탄이 어이가 없는 표정으로 백리소소를 바라보며 강시들을 일단 멈추게 하였다.

백리소소가 술탄을 보면서 말했다.

"이 멍청한 자식아! 나한테 흑심이 있으면 온전하게 잡아야지, 저런 무식한 것들을 보내면 어떡하냐?"

몹시 분한 표정으로 씩씩거리는 백리소소를 보면서 술탄은 좀 어처구니없다는 표정으로 말했다.

"계집, 기고만장이군. 하지만 걱정 마라! 죽여서 강시들에게 시간을 시키고 느긋하게 구경하마."

백리소소는 흥미롭다는 표정으로 술탄을 바라보며 피식 웃었다.

"그래, 머리에 든 게 없으니 생각하는 것도 단순무식하군. 여튼 잠시만 기다려라! 지금 한 말에 아주 멋지게 보답해 주지."

백리소소는 뒤에 지고 있던 봇짐을 내려놓더니 그 안에서 무엇인가를 꺼내 들었다.

백리소소가 꺼내 든 무기를 본 술탄과 소호리고의 표정이 기이하게 변했다.

백리소소가 꺼낸 것은 조그만 크기의 겸(鎌:낫)이었다.

그저 평범해 보이는 겸을 보고 술탄은 어이없다는 표정으로 웃었다.

"대체 그 조그만 낫을 들고 뭘 하겠다는 거냐?"

백리소소는 손에 겸을 들고 봇짐을 다시 등에 메었다.

"멍청한 놈. 모르는가? 겸이란 원래 잡초를 베는 데는 최고의 연장이다. 그리고 지금 내가 들고 있는 이 겸은 강시를 베는 데 최고의 무기다. 원래 사람을 죽이고 싶지 않아 무기를 잡은 적이 없었다. 하지만 강시라면 다르겠지."

슐탄의 입가에 잔인한 미소가 걸렸다.

"겨우 그걸로 말이지? 기대하마."

짧게 말하고 가늘게 휘파람을 불었다.

그러자 주춤거리고 있던 천강시들이 일제히 백리소소를 향해 달려들었다.

백리소소는 손의 겸을 바라본다.

절대로 사용하지 않으려 했던 무기다. 여자이면서 쓰고 싶지 않은 용각철두신공을 사용한 이유는 사람을 죽이고 싶지 않은 그녀의 배려였다.

그녀는 지금 자신이 들고 있는 무기가 얼마나 위험한 무기인지 잘 안다. 그러나 그녀는 지금 이 무기가 아니라면 강시들을 쉽게 쓰러뜨리지 못한다는 사실도 잘 알고 있었다.

특히 적의 우두머리라고 할 수 있는 슐탄의 뒤에 서 있는 네 구의 강시가 마음에 걸렸다. 보통 사람들은 잘 알아볼 수 없을지 모르지만, 특수한 무공을 익힌 그녀는 한눈에 혈강시들을 알아보았다.

물론 그것이 정확하게 혈강시라고 알아본 것이 아니라, 일종의 활강시 종류임을 알아본 것이다.

'절대 사용하고 싶지 않은 무기지만……'

그녀는 겸에서 시선을 옮겨 다가오는 천강시들을 바라보았다.

바로 지척지간까지 다가와 있었다.

순간 백리소소의 몸이 회전하며 그녀가 들고 있던 낫이 기이한 호곡성을 토하며 선을 그린다. 그리고 낫에서 실 같은 겸기가 뿜어져 선봉에 선 다섯 구의 강시를 덮쳤다.

단 한 번에 다섯 구의 천강시를 공격한 백리소소는, 공격당한 천강시들의 뒤에서 공격해 오는 다른 천강시들을 향해 몸을 날렸다.

그리고 그와 동시에 앞에서 공격해 왔던 다섯 구의 천강시는 모두 허리와 목이 예리하게 잘려져서 바닥에 무너져 내렸다.

슐탄과 소호리고는 입이 벌어지는 것도 모른 채 백리소소의 화려한 몸동작을 바라만 보고 있었다.

마치 춤을 추는 것 같았지만, 격렬한 움직임은 춤과는 전혀 달랐다.

힘이 있으면서도 부드럽고, 부드러우면서도 날카로웠다.

그리고 빠르다.

천강시들은 감히 백리소소의 겸기를 피할 생각조차 못하고 있었다.

불과 반의 반 각(약 삼 분)이 지나기도 전에 백리소소의 동작이 멈추었다. 그리고 그녀의 동작이 멈추었을 때, 천강시들은 모두 몸이 예리하게 잘려진 채 바닥에 무너져 있었다.

그녀가 혼잣말처럼 중얼거렸다.

"죽은 자가 산 자를 죽여서는 안 되지. 이제 가야 할 곳으로 돌아가거라."

백리소소의 표정이 처음으로 진지해져 있었다.

"저, 저……."

소호리고는 몸이 떨리고 입이 얼어붙어서 말이 나오지 못했다.

슐탄도 이마에 식은땀이 흐르는 것을 느끼면서 백리소소를 다시 본다.

그의 시선이 백리소소의 얼굴에서 그녀가 들고 있는 겸에 이르렀다. 순간 슐탄은 무엇을 느낀 듯 안색이 창백해졌다.

그제야 그의 머리 속에 떠오르는 무엇인가가 있었던 것이다.

그것은 정말 생각하고 싶지 않은 전설이었다.

강호무림사에 전해 내려오는 사대마병에 대한 이야기.

명부의 무공과 함께 숨겨져 전해온다는 사대마병.

무림사에 가장 무서운 병기이기도 하고 가장 살기가 짙은 무공이기도 했다.

사실 사대마병이라기보다는 사대마공이라고 봐야 옳았다.

굳이 사대마병이라고 불리는 이유는, 각 사대마병의 무기 속에 무공이 함께 전해 내려왔기 때문이고, 그 무기들이 세상에서는 찾아보기 힘든 만년흑철로 만들어졌기 때문이다.

또한 사대마공이 제 위력을 발휘하려면 사대마병이 있어야 한다고 했다.

한 번 펼치면 절대로 거둘 수 없고, 반드시 사람의 피를 본다는 사대마병.

사대마병과 관련된 전설들은 너무 많아서 일일이 열거하기도 힘들 정도였다.

그중 한 가지인 단혼창(斷魂槍)은 무후천마녀가 지니고 있다고 알려져 있었다. 그리고 지금 또 하나의 사대마병이 나타난 것이다.

사혼마겸(死魂魔鎌).

술탄의 짐작이 맞다면, 지금 백리소소가 들고 있는 겸은 사대마병 중 하나인 사혼마겸이 분명했다. 그리고 전설에서 말하는 사혼마겸의 마공과 지금 백라소소의 무공은 일치했다.

"이런 개 같은 일이!"

술탄은 기가 막혔다.

어째 이번 중원 원정에서는 정말 지독한 작자들만 만난다는 생각이

들었다. 그러나 잠시 후 그의 얼굴이 침착해졌다.

그는 누가 뭐라 해도 전륜살가림의 대전사였다.

'그래, 비록 사대마병이지만 저 계집의 나이로 보아 아직 완벽하게 사혼마겸법을 터득하진 못했을 것이다. 그렇다면 사대혈강시로 충분히 상대할 수 있을 것이다!'

일단 판단을 내리자 마음이 차분해졌다.

"흐흐, 계집아, 네가 사대마병 중 하나인 사혼마겸을 지녔다고 조금 기고만장한 모양인데, 이번 혈강시들은 좀 다를 것이다."

슐탄의 말을 듣고 백리소소가 배시시 웃었다.

이미 그들의 존재를 알고 있었기에 담담하다.

"호호. 그래, 어린 녀석의 간덩이가 팅팅 불었구나. 내 약속하지. 저 혈강시들을 전부 요리한 후, 네놈은 특별히 개처럼 기어서 집에 가게 만들어주지. 여자에게 함부로 하고 욕지거리를 한 대가가 얼마나 무서운 결과로 돌아오는지 아주 뼈저리게 느끼게 해주마. 강호무림의 전 여자들을 대표해서!"

그녀의 말은 마치 농담하는 것 같았다. 그러나 그녀의 몸에서 뿜어지는 기세까지 그런 것은 아니었다.

사혼마겸에서 뼈를 시리게 만들 정도의 냉기가 흘러나온다.

그래도 슐탄과 소호리고는 설마 하고 있었다.

그들이 어찌 백리소소를 알겠는가?

네 구의 혈강시가 백리소소를 천천히 포위하면서 다가서고 있었지만, 정작 그들의 공격 대상인 백리소소의 얼굴엔 동요가 없었다.

슐탄은 내심으로 불안함을 느꼈다.

상대가 너무 태연했던 것이다. 그리고 그녀의 표정에서 이 정도쯤이야 하는 자신감을 읽었기에 더욱 불안했다.

혹시나 하는 생각에 다시 한 번 백리소소를 살펴보았다.

아무리 보아도 사대혈강시를 이길 것 같지는 않았다.

'아무리 실력을 숨기고 있다 해도 정도가 있을 것이다. 이쪽은 미완성이지만, 혈강시가 넷이다. 질 리가 없다!'

다시 한 번 혈강시에 대한 환제의 자신감을 떠올리며 애써 부정적인 생각을 떨쳐 버리려 하였다.

이때 백리소소가 천천히 걸음을 옮긴다.

여전히 의연한 표정이었다.

삐익.

슐탄의 휘파람 소리가 날카롭게 울려 퍼지는 순간, 네 구의 혈강시가 백리소소를 향해 일제히 공격을 시작했다.

백리소소가 부드럽게 웃으면서 정면으로 다가오는 혈강시를 향해 미끄러지듯이 다가갔다.

그녀의 겸이 날카롭게 수평으로 그어지면서 혈강시의 목을 쳐갔다.

'빠르다!'

보고 있던 슐탄은 간담이 서늘해지는 기분이었다.

대전사인 슐탄이 보기에도 시력이 겸의 빠름을 좇기 어려울 만큼 그녀의 겸은 빠르고 신속했다.

단 한 번에 상대의 목줄을 따려 한다.

무서운 살기를 사혼마겸은 전혀 숨기려 들지 않았다.

악마의 무기라 칭하던 사대마병 중에 하나라는 무거운 중압감이 슐탄의 머리를 누르고 있을 때, 겸은 이미 혈강시의 목 언저리에 다가가고 있었다.

그러나 혈강시의 동작은 상상할 수 없을 만큼 빨랐다. 마치 기다렸다는 듯이 몸을 숙여 겸의 날카로움을 피해냈다. 그리고 그 순간 술탄은 실로 아름다운 광경을 보아야 했다.

백리소소는 겸이 지나가서 돌아가는 방향으로 아름답고 유연하게 한 바퀴를 회전하였는데, 반 바퀴를 돌았을 때 낫을 손에서 놓았다.

마치 회전력 때문에 낫을 놓친 것 같은 모습이었다. 그러나 백리소소 정도의 고수가 무기를 놓친다는 것은 있을 수 없는 일이었다.

그렇다면 회전력을 이용해서 던진 것이라고 할 수 있었다.

술탄이 그것을 깨우치고 있을 때, 백리소소는 완전하게 한 바퀴를 회전하면서 허공으로 몸을 끌어 올렸다.

이어서 회전이 끝난 순간, 허공에서 내려오며 이마로 머리를 숙였다가 막 일어서는 혈강시의 뒤통수를 향해 공격해 간다.

그녀가 겸을 휘두르고 회전하면서 겸을 손에서 놓고, 다시 이마로 혈강시의 뒤통수를 치기까지 걸린 시간은 믿어지지 않을 만큼 빨랐다.

술탄이 어어 하는 순간 일은 끝나고 말았다.

'퍽' 하는 소리가 들리면서 백리소소의 박치기에 뒤통수를 가격당한 혈강시가 허리를 펴다가 그대로 엎어져 버렸다. 그리고 백리소소의 손에서 날아간 겸은 마치 비발처럼 회전하며 백리소소의 뒤를 공격하려던 세 구의 혈강시를 휩쓸고 지나갔다.

세 구의 혈강시는 본능적으로 위협을 느끼고 겸의 공격을 피하기에 급급했다.

겨우 겸의 공격권을 벗어났을 때, 겸은 제 역할을 다하고 다시 백리소소의 손으로 돌아갔다.

술탄은 기가 막힌 표정으로 중얼거렸다.

"이기어겸술인가? 아니면 암기술인가?"

백리소소가 만족한 표정으로 말했다.

"사혼비섬류(死魂飛閃流)라는 것이죠. 이기어검술보다는 그래도 조금 더 발전한 형태랍니다."

슐탄은 다시 한 번 기가 막혔다.

이기어겸도 기절할 지경인데 그보다 발전한 형태라면 어떤 것을 말하는 것인가?

"휴."

가볍게 한숨을 쉰 슐탄은 땅에 엎어져 있는 혈강시를 바라보았다. 이제 일어날 때가 되었는데 꼼짝을 안 한다.

천강시도 이겨낸 박치기를 설마 혈강시가 당할 거란 생각은 하지 않았다. 그런데 아무리 봐도 일어설 생각을 안 한다. 그런 슐탄의 마음을 알았는지 백리소소가 친절하게 설명해 주었다.

"어머나! 내가 깜박했는데, 지금 쓰러진 혈강시는 아주 갔을 거예요. 내가 그만 내가중두술을 사용했는데, 그게 좀 무섭거든요. 아마도 머리 속은 잘게 부서져 있을 거예요. 내공 소모가 많아서 자주 안 쓰는 기술인데."

내가중두술이란다.

슐탄의 표정은 마치 암석처럼 굳어졌다.

내가중수법이니, 내가중각술이니 하는 말은 들었어도 내가중두술은 처음 들어보았다.

그러나 슐탄은 그 놀라는 시간에 도망갔으면 혹시라도 백리소소의 손아귀에서 벗어날 수 있었을지도 모른다.

물론 그래도 가능성은 아주 희박하겠지만.

다시 세 구의 혈강시가 백리소소를 공격하려 할 때였다.

백리소소가 슐탄을 보고 웃으면서 말했다.

"이들 강시를 움직이는 것이 당신이죠?"

슐탄은 자신도 모르게 고개를 끄덕였다.

"좋아요. 그럼 당신을 잡으면 되겠군요."

"뭐… 뭐……?"

백리소소가 움직였다.

세 구의 혈강시가 공격해 오는 정중앙으로 돌진해 오는 그녀의 모습은 마치 자살하려는 여린 여자의 그것과도 같았다.

한데 슐탄이나 그의 수하들이 눈을 크게 뜨고 보는 그 순간, 정말 믿을 수 없는 일이 벌어졌다.

혈강시들과 정면으로 충돌할 것 같았던 그녀의 신형이, 마치 냇물을 타고 오르는 한 마리의 잉어처럼 세 구의 혈강시 사이로 미끄러져 나왔다.

그리고 그들의 틈 사이로 빠져나오자 바로 오 장 밖에 슐탄과 소호리고가 서 있었다.

그 모습을 본 슐탄의 눈은 정말 잉어의 눈처럼 튀어나오기 직전이었다.

그로서는 듣도 보도 못한 기가 막힌 보법이었다.

그가 어찌 무림칠종 중 의종(醫宗) 백봉화타(白鳳華陀) 소혜령(少慧靈)의 진산절기인 은하수리보법(銀河水鯉步法)을 알겠는가.

보기보다 조금 복잡한 사문을 지닌 백리소소였다.

당대 그녀의 외조부이자 십이대초인 중 한 명인 투괴 철두룡은 이렇게 말했다.

"내 외손녀를 차지한 자가 곧 무림의 패자다."

그 말이 백리소소가 무공이 강한 것 하나만을 놓고 한 말은 아니었
으리라.

第六章
지치지도 않고 품삯 안 들고,
하인으로 딱이다

　백리소소의 동작은 거침이 없었고 빨랐다.

　그녀는 혈강시들을 젖혀놓고 나자 지체하지 않고 슐탄을 향해 신법을 펼쳤다.

　슐탄은 기겁하며 타고 있던 말에서 뛰어내렸고, 그 옆에 있던 좌수쾌검 소호리고는 말 그대로 번개처럼 좌수로 검을 뽑으려 하였다. 그러나 그녀는 소호리고 따위가 위협할 수 있을 정도로 약하지 않았다.

　이미 검을 거의 뽑아 들던 소호리고가 동작을 멈추었다.

　그리고 그의 손이 팔목에서부터 조금씩 금이 가더니 그대로 잘려 나갔다.

　이미 사혼마겸이 스치고 지나간 것이다.

　죽이려고 마음만 먹었으면 그의 목은 몸에서 분리되었을 것이다. 바로 지금.

백리소소는 차가운 눈으로 소호리고를 보면서 말했다.

"낭군님을 만나러 가는 길이라 목숨은 붙여놓았다. 그 자리에서 조금만 움직여도 이번엔 목이다."

기개.

지금 백리소소의 몸에서는 여장부의 기개가 그대로 드러나고 있었다. 그 기개 앞에 소호리고는 감히 대꾸도 못하고 고개만 끄덕인 채 그 자리에 뻣뻣하게 서버리고 말았다.

잘려진 팔이 검의 손잡이를 잡고 검집에 걸려 있었지만, 이미 백리소소에게 압도당한 소호리고는 감히 움직이지도 못했다.

슐탄은 놀라움에서 감탄이 어린 표정으로, 그리고 두려움이 섞인 시선으로 백리소소를 바라보았다.

'실로 무림에 새로운 재녀를 만났구나! 어쩌면 무후천마녀란 여자와 능히 쌍벽을 겨룰 만할 것 같다!'

슐탄은 백리소소를 인정하였다. 그러나 그 마음은 잠깐이었다. 적에게 감탄하면 뭐 하겠는가? 이미 백리소소의 공격은 시작되고 있었던 것이다.

차가운 검의 기운이 슐탄의 가슴을 노리고 밀려오자, 슐탄은 막을 생각은 하지도 못하고 그대로 말 뒤로 몸을 던졌다.

'팟' 하는 소리가 들리며, 예리한 검기가 슐탄의 옷깃을 베고 가슴에 상처를 내고 지나갔다.

슐탄은 정신없이 바닥을 구른 다음 일어서려 하였다. 그러나 백리소소의 신형은 슐탄의 상상을 넘어서고 있었다.

슐탄의 수하들이 그녀를 막아섰지만, 그녀는 왼손 하나만으로 쾌영십삼타를 휘두르자 삽시간에 대여섯 명이 뺨을 맞고 그 자리에서 고꾸라졌다.

모두 이가 서너 개씩 부러져 나갔고, 타격의 힘에 골이 흔들려 멀미한 것처럼 토악질을 해댄다.

그리고 슐탄이 일어설 즈음 그녀는 이미 슐탄의 코앞까지 다가와 있었다.

슐탄의 안색이 보기 안쓰럽게 변한다.

그는 살가림의 검법을 펼치며 백리소소의 복부를 찌르려 하였다. 그러나 그는 찌르던 검으로 우선 지척까지 날아온 그녀의 검부터 막아야 했다.

'탕' 하는 소리가 들리며 겨우 한 수를 막았지만, 슐탄은 그 충격으로 검을 떨어뜨릴 뻔하였다.

"으윽! 지독하다."

자신도 모르게 신음이 흘러나왔다.

그제야 슐탄은 백리소소의 무공이 염제를 비롯한 오제의 아래가 아니라는 것을 인정해야 했다.

무명의 고수들 중에서 삼존오제와 겨룰 수 있는 인물들이 불과 이틀 사이에 두 명이나 나타난 것이다. 그것도 모두 이십대의 남녀다.

슐탄은 기가 막혔다.

강호에 아무리 기인이사가 많다고 하지만, 지금 상황은 아무리 슐탄이라고 해도 납득이 되질 않았다.

불과 이십 세 정도인 남녀의 무공이 오제와 겨룰 수 있을 정도라면 무공에 모든 인생을 걸었고, 지금 삼십 전후의 나이에 전륜살가림의 대전사가 되어 그곳의 젊은 고수들에게 우상이 된 자신은 무엇인가? 너무 한심하고 우울해진다.

그리고 이상한 분노가 그 자리를 대신한다.

이유없는 박탈감과 분노를 느낀 슐탄은 이를 악물었다.

슐탄의 분노한 검이 기이한 호선을 그리면서 백리소소의 안면을 공격하려 하였다. 그런데 그 순간 백리소소의 검은 마치 뱀처럼 슐탄의 검을 감아 채면서 옆으로 비켜내었고, 바로 역공해 온다.

"으......."

자신도 모르게 신음을 낸 슐탄은 감히 마주쳐 낼 생각을 못하고 얼른 고개를 뒤로 젖혔다.

'꽉' 하는 소리가 들리면서 그의 얼굴을 검이 스치고 지나갔다.

뺨에 제법 깊은 상처가 나고 말았다.

백리소소는 자신의 공격이 실패하자 조금 뜻밖이란 표정으로 슐탄을 보면서 말했다.

"대단하네, 내 공격을 그 상황에서 피해내다니. 제법이군."

슐탄은 백리소소를 바라보았다.

의연한 그녀의 모습은 완전히 강자의 모습이었고, 화가 나지만 슐탄은 그것을 인정해야만 했다.

그녀의 뒤엔 세 구의 혈강시가 다가와 있었지만, 함부로 덤비지 못하고 기회를 본다.

완전히 이지를 상실하지 않은 생강시가 바로 혈강시다.

그들의 생존 본능과 위험을 깨우치는 감각은 인간보다 오히려 한 수위라고 할 수 있었다.

그렇기에 혈강시들은 백리소소에게 쉽게 달려들지 못하는 것이다.

백리소소가 들고 있는 사혼마겸 때문일 수도 있었고, 자신들의 주인이 위험하다고 판단한 때문일 수도 있었다.

그러나 그것이 어떤 이유에서든, 혈강시들마저 백리소소를 두려워한다는 사실엔 변함이 없었다.

슐탄은 마음을 가다듬고 다시 검을 비켜 들었다.

동시에 그와 마음이 통했는가? 혈강시들이 일제히 백리소소에게 달려들었다.

순간 백리소소는 혈강시들의 공격은 쳐다보지도 않고 그대로 슐탄을 향해 달려들었다.

상황을 모르는 사람들이 보면 혈강시들과 함께 슐탄에게 돌진하는 모습이었다.

슐탄은 급히 자신의 검을 혈기우선회(血氣右旋回)의 초식을 펼쳐 백리소소를 마주 공격해 갔다. 슐탄의 검이 오른쪽으로 돌아가면서 혈검기를 뿜어내었다. 마치 물길이 돌면서 구멍으로 빠져나가는 것처럼, 기의 폭풍은 오른쪽을 축으로 회오리를 일으키며 백리소소의 사혈을 노리고 밀려 나갔다.

사나운 혈검기가 사혈을 노리고 마주 날아왔지만, 백리소소의 얼굴은 오히려 더욱 평온한 표정이었다.

그녀의 손에 들렸던 사혼마겸마저도 어느새 그녀의 품속으로 들어가고 이젠 빈손이었다.

사혼마겸의 지나친 살기로 인해 슐탄을 죽이고 싶지 않았던 것이다. 물론 슐탄이 죽게 되면 그녀 스스로의 약속을 지킬 수 없게 되기 때문이기도 했다.

백리소소는 슐탄에게 네 발로 기어가게 만든다고 했었다.

혈검기가 막 그녀를 덮치려 할 때, 그녀의 신형이 묘하게 흔들리면서 혈검기의 곁을 스치고 슐탄의 뒤로 돌아간다.

다시 한 번 은하수리보법이 펼쳐진 것이다.

백리소소가 혈검기의 공격권에서 벗어나자 혈검기는 그녀의 뒤를 쫓아오던 세 구의 혈강시에게 밀려갔다.

슐탄은 급히 검기를 거두면서 몸을 돌렸다.

그녀의 희미한 그림자가 자신의 뒤로 돌아가는 것을 느낀 것이다. 그러나 그가 몸을 돌렸을 때 백리소소는 바로 그의 등 뒤에 서 있었으며, 이미 공격을 시작하고 있었다.

돌아선 슐탄은 시선 가득 들어오는 그녀의 아름다운 모습을 볼 수 있었다. 상대가 어떤 공격을 해오는지 알고 피하려 했지만, 그것은 마음뿐이었다.

그녀의 두 손이 그의 피하려는 동작을 교묘하게 저지하였던 것이다. 그렇다고 검을 사용하기엔 둘 사이가 너무 가까웠다.

'퍽' 하는 소리와 함께 슐탄은 정신을 잃었다.

전륜살가림의 대전사치고는 너무 허무하게 당하고 말았다.

슐탄이 쓰러지자, 세 구의 혈강시는 그 자리에 멈추고 말았다.

사주지로(비단길)를 한 명의 남자가 네 발로 기어가고 있었다. 그로서도 어쩔 수 없었던 것이, 그녀는 기묘한 방법으로 그의 몸에 금제를 가했는데, 일어서거나 기어가는 것을 멈추기만 해도 피가 거꾸로 솟아오르고 오장육부가 터져 나가는 듯한 고통을 겪어야 했다.

단지 기어서 움직일 때만 고통이 없었다.

슐탄은 백리소소를 생각하기만 해도 치가 떨렸다.

그녀의 무지막지한 구타에 못 이겨 혈강시와 천강시를 사용하는 방법을 전부 불어야 했고, 전륜살가림에 대해서도 아는 대로 전부 말해야만 했다.

그녀의 구타는 실로 교묘해서 아무리 인내심 강한 술탄이라고 해도 도저히 견디기 어려웠다. 결국 모든 것을 불어야 했고, 자신들이 왜 강호무림에 나왔는지도 말해야 했다.

다행이라면 혈강시 네 구를 없앤 녹림왕에 대해서 말했을 때였다. 그에 대해서 자세한 이야기를 듣자—술탄도 염제에게 들은 이야기를 했을 뿐이다—그녀가 더 이상 술탄을 추궁하지 않고 놔준 것이다.

지금처럼 만들고선.

그리고 나머지 살가림의 제자들은 전부 무공이 전폐된 채 뿔뿔이 흩어지고 말았다.

"으으, 그 계집은 악마가 분명하다. 악마가 분명해."

술탄은 자신도 모르게 계속 중얼거리고 말았다.

뺨에 난 겸혼에서는 아직도 피가 묻어 나오고 있었다. 그 흉터는 영원히 없어지지 않을 것 같았다.

지금도 그녀가 마지막으로 한 말이 떠오른다.

"혈강시와 천강시는 내가 결혼 예물로 잘 사용할 테니 그리 알아라!"

당연히 안 된다는 말은 하지도 못했다.

하지만 세상에 강시를 결혼 예물로 사용한다는 말은 그로서도 처음 듣는 이야기였다.

그 다음에 한 그녀의 말을 듣고 술탄은 귀를 파내고 싶었다.

"강시들이니까 지치지도 않고 품삯 안 들고. 하인으로 딱이다."

손뼉까지 치면서 좋아하는 마녀를 보고 혼절했었다.

모과산으로 올라가는 관표는 얼굴이 상기되어 있었다.
이제 조금만 지나면 모과산 수유촌.
드디어 고향으로 돌아오게 된 것이다.
멀리 마을 입구가 보였다.
산과 산 사이에 가려져서 모르는 사람들이라면 그 안에 마을이 있으리라고는 전혀 생각할 수 없는 지형이었다.
마을 입구가 보이는 곳으로 관표가 들어섰을 때였다.
관표는 멀리 보이는 마을 입구에 서 있는 그림자 하나를 볼 수 있었다. 비록 먼 거리였지만, 관표에겐 그 거리를 충분히 무시할 수 있는 무공이 있었다.
그곳엔 한 명의 소년이 길가에 서서 마을 밖을 바라보고 있었다. 관표의 입가에 미소가 어린다.
아무리 세월이 흘렀지만, 막내 동생의 얼굴을 어찌 잊을 수가 있겠는가? 관표는 뒤를 돌아보고 말했다.
"모두 잠시 그 자리에 있어라! 혹여 한꺼번에 마을로 들어가면 마을 분들이 놀랄 수가 있으니. 내가 사부님, 장칠고, 철우와 함께 먼저 마을로 들어가겠다. 후에 부르면 모두 한꺼번에 들어오도록."
누구도 반론이 없자 관표가 앞장을 서고 철우와 장칠고, 그리고 그의 삼사부라고 할 수 있는 반고충이 그 뒤를 따랐다.
관표가 일행과 함께 길가에 나타나자 소년은 움찔한 표정으로 바라본다.

화전민 마을에 낯선 사람들이 나타나면 항상 조심해야 한다.

좋은 의도로 마을에 오는 경우가 드물기 때문이었다.

특히 도적들이라면 마을이 큰 피해를 입을 수 있었다. 그러나 소년은 곧 이상하다는 생각이 들었다.

지금은 화전민들이 가장 어려울 때라 마을을 털어도 있을 만한 곡식이 없었다.

녹림이나 도적들도 이때는 화전민 마을을 공격하려 하지 않는다. 더군다나 지금의 수유촌은 작년 가을에 추수한 곡식마저 털리고 없는 상황이었다.

소년은 겁에 질린 표정이지만 애써 당당한 표정을 지으려 했다. 그 모습을 보고 관표가 대견한 듯 웃는다.

소년은 나타난 사람들을 천천히 살피다가 그들의 맨 앞에서 걸어오는 청년을 보고 눈이 점점 커진다.

낯익은 얼굴.

매일 마을 어귀에서 기다리던 형의 모습이 거기 있었던 것이다.

그래도 소년은 주춤거렸다.

아직은 확신을 못하고 그저 보기만 한다.

관표는 자상한 눈으로 동생을 바라보며 천천히 다가섰다.

관위는 관표의 눈을 보는 순간 확신할 수 있었다.

"형."

"막내야, 잘 있었느냐?"

"형!"

관위는 달려와 형에게 매달렸고, 관표는 관위의 어깨를 토닥거렸다. 그렇게 잠시 시간이 흐르자 관위가 고개를 들고 형을 보면서 말했다.

"왜 이제야 온 거야. 모두들 얼마나 기다렸는데."

"그래, 내가 여러 가지 이유로 조금 늦었다. 그런데 다들 잘 있겠지?"

관위의 표정이 굳어지는 것을 보고 관표의 표정도 조금 딱딱해진다.

"무슨 일이 있는 거냐?"

"마을에 가서 촌장이나 아버지께 직접 들어. 근데 형은 잘된 거야?"

관위는 물으면서 관표의 뒤에 서 있는 장칠고와 철우를 바라보았다. 험악한 인상의 장칠고와 전형적인 호걸풍의 철우의 모습을 보면서 형의 숨은 모습을 찾으려는 듯했다.

관표는 대답 대신 뒤에 서 있던 두 사람과 반고충을 바라보았다. 그는 관위의 손을 잡고 반고충에게 데려갔다.

"형의 스승님이시다."

반고충이 인자한 모습으로 웃자 관위는 얼른 허리를 숙이고 인사하였다.

"관위라고 합니다. 형의 막내 동생이에요."

비록 절차에 맞는 인사법은 아니었지만 나름대로 예의가 있었다. 화전민촌에서 막 자란 아이 같지 않은 눈치이고 행동인지라 반고충은 내심 감탄하였다.

'비록 화전민촌에서 자랐지만 참으로 반듯하구나. 대체 표의 부모님은 누구일까? 결코 평범한 사람 같지는 않은데.'

반고충은 관위를 보면서 두 형제의 부모님에 대해 더욱 궁금해졌다.

관표의 말로는 화전을 일구며 살아온 토박이라고 하였지만, 반고충의 오랜 경험은 그것을 부정하고 있었다. 단순한 화전민이 그 어려운 살림 속에서 한 명도 아닌 여러 형제들을 이렇게 반듯하게 키울 수도 없거니와, 지금 형제와 같이 훌륭한 씨를 뿌릴 수는 없을 것이다.

물론 가끔 돌연변이도 있고 개천에서 용이 나왔다는 말도 있다. 그러나 그것은 어쩌다 한 명에 불과할 따름이다.

관표도 그렇지만, 그 동생인 관위 역시 단순한 뿌리에서 나온 싹이 아니란 것을 반고충은 눈여겨본 것이다.

"나는 반고충이란 늙은이다. 너는 나를 그냥 할아버지라고 부르거라."

"예, 할아버지."

관위가 싹싹하게 대답하자 반고충은 더욱 기꺼웠다.

관표는 뒤에 있는 두 사람을 돌아보며 관위를 소개하였다.

"내 동생이다. 인사해라, 위야. 이 형의 친구고 또한 동생이기도 하다. 모두 녹림의 영웅들이란다."

관위는 관표의 말을 듣고 가슴이 두근거리는 것을 느꼈다.

드디어 가장 궁금해했던 부분을 들은 것이다.

더군다나 녹림의 영웅들을 동생들이라고 한다면 형의 위치는 어디인가 생각하니 가슴이 떨렸다. 그 부분을 궁금해하던 관위는 철우와 장칠고가 한 말을 듣고는 혼절할 뻔하였다.

"우리는 관표 형님의 수하인 철우와 장칠고라고 한다. 내가 철우고 이 녀석이 장칠고다."

그 말을 들은 관위는 멍한 표정으로 그들을 본다.

형의 수하라고 하였다.

보기만 해도 녹림의 영웅호걸로 생긴 두 사람이 수하라면 이젠 형은 정말 성공해서 돌아온 것이다.

그것도 마을 사람들이 기대했던 것 이상으로.

관위의 눈에 눈물이 글썽해진다.

그동안 마을 사람들이 겪어온 수모와 한을 풀 수 있을지도 모른다. 그리고 이젠 두 명의 누나가 강제로 팔려 가는 것을 막을 수 있을지도 모른다.

뿐만 아니라 자신도 개인적인 원한을 반드시 풀어야 했다.

'으드득! 왕춘 개자식, 두고 보자!'

관표는 관위의 표정을 읽으면서 마을에 일어난 일이 의외로 심각하다는 것을 깨우쳤다.

"위야, 마을로 가자."

"예, 형님! 제가 먼저 마을에 들어가서 알리겠습니다."

관위가 씩씩하게 대답하며 마을로 달려가자, 관표가 앞장서서 걸었고 그 뒤를 반고충 등이 따른다.

관위는 마을로 뛰어들어 가면서 고함을 질렀다.

"형이 왔습니다! 형이 왔어요! 수하들까지 대동하고 녹림의 영웅이 되어 돌아왔습니다!"

관위가 고함치면서 마을 중앙로를 달려가자 엉성한 초가집에서 사람들이 뛰어나온다.

관위의 목소리가 워낙 컸고, 조그만 동네라 삽시간에 사람들이 여기저기서 달려나왔다.

그들에게 마지막 희망이었던 관표가 돌아온 것이다.

마을 뒤쪽에 있던 관표의 집에서는 관위가 도착하기도 전에 이미 전 식구가 걸어 나와서 관위가 뛰어오는 쪽으로 다가오고 있었다.

관위는 아버지와 어머니에게 뛰어가면서 말했다.

"형이 왔어요! 수하들까지 데리고 왔어요!"

어머니 심씨의 눈에서 물기가 어리고 있었지만, 꼬장한 관복은 의연하고 침착하게 마을 어귀 쪽을 바라볼 뿐이었다. 그러나 그의 상기된 표정까지는 감추지 못했다.

관복 부부의 뒤로 관표의 동생들이 주욱 늘어서서 형이자 오빠인 관표를 기다린다.

한데 그들 모두는 기뻐하면서도 어떤 그늘을 지우지 못하고 있었다. 누가 보아도 마을에 일이 있었음을 알 수 있을 정도였다.

관표 일행이 마을 안으로 들어왔을 때, 소식을 듣고 맨 먼저 달려 나온 촌장과 몇몇 어른들이 마중 나와 있었다.

관표가 다가가서 인사를 하기도 전에 촌장이 얼른 달려와 관표의 손을 잡고 말했다.

"돌아왔구나. 네가 돌아왔구나. 참으로 많이 기다리고 있었다."

"늦게 돌아와서 죄송합니다, 촌장님."

"무슨 소리냐? 네가 돌아왔으니 이제 그것으로 되었다."

관표는 부쩍 나이 들어 보이는 촌장의 얼굴을 쳐다보았다.

무엇인가 한이 담긴, 그리고 서러움이 담긴 얼굴이었다.

"마을에 일이 있었던 모양입니다."

촌장의 얼굴이 파르르 떨렸다.

"나중에, 나중에 이야기하세. 우선은 부모님을 뵈어야 할 것 아닌가."

관표는 잠시 촌장과 마을 어른들을 본 후에 말했다.

"제 사부님과 새로이 사귄 형제들입니다."

관표가 반고충과 철우, 그리고 장칠고를 소개하자, 그들의 무시무시

한 안면의 압박감에 모두들 움찔하였다. 그러나 눈치 빠른 장칠고는 얼른 자리에 엎드려 절을 하면서 말했다.

"장칠고입니다. 형님의 충복이자 동생입니다. 앞으로 잘 부탁드립니다."

철우 역시 그 자리에 엎드려 어른들께 큰절을 하였다.

단지 반고충만이 살짝 고개를 숙이며 인사를 했을 뿐이었다.

촌장을 비롯한 마을 어른들은 한눈에 보아도 호걸풍인 두 사람이 관표의 수하들이라고 하자, 처음엔 놀랐다가 차츰 벅찬 기쁨과 희망을 가진 시선으로 관표를 보았다.

이렇게 마을 어른들과 반고충, 그리고 철우와 장칠고가 첫인사를 나누었다.

촌장을 비롯한 마을 어른들과 인사를 나눈 관표는 서둘러 집으로 향했다.

마을 사람들이 전부 나와서 그 뒤를 따르거나 마을 갈가에 서서 관표와 그의 일행을 보면서 환호하였다.

관표는 모두에게 일일이 인사를 하면서 가느라 걸음이 느려지고 있었지만, 즐겁고 반갑기만 하였다.

이윽고 집 가까이에 이르러 아버지 관복과 어머니 심씨가 보이자, 얼른 달려가 엎드려 절을 하며 말했다.

"소자 관표가 이제야 돌아왔습니다."

관복은 찬찬히 자식을 내려다보면서 의연하게 말했다.

"고생했다. 그간의 이야기는 안에 들어가서 듣기로 하자. 그리고 뒤에 계신 분들은 일행이시더냐?"

의연했지만, 목소리가 조금씩 떨리는 것을 그 자리에 있던 사람들은 누구든지 알 수 있었다.

어머니 심씨는 그저 눈물만 흘리며 아들을 자랑스럽게 내려다보기만 할 뿐이었다.

그녀는 아들이 무사히 돌아왔다는 그것만으로도 충분히 기뻤다.

관표는 아버지와 어머니를 보면서 반고충과 철우, 그리고 장칠고를 소개하였다.

"제 스승님과 새로 사귄 동생들입니다."

관표의 말이 끝나기가 무섭게 두 사람이 앞으로 나와 엎드려 큰절을 하면서 말했다.

"소생 철우가 아버님을 뵙습니다."

"소생은 장칠고라 하옵니다. 편하게 부르시면 됩니다."

거칠지만 진심이 우러나온다.

관복은 감개무량한 표정으로 그들을 본다.

홀로 나갔던 아들이 제법 뼈대 강해 보이는 장부들을 동생으로 거두어 돌아왔다.

최소한 허송세월을 하고 돌아온 것 같진 않았다.

"내 아들의 동생들이라고 하니 내 아들처럼 대하도록 하겠네. 모두 일어들 나게."

두 사람이 자리에서 일어서자, 관복은 반고충에게 다가와 공손하게 허리를 숙인다.

"못난 자식을 거두어주셔서 감사합니다."

반고충은 유심히 관복과 그의 아들, 딸들을 살피고 있다가 그가 다가와 인사를 하자 웃으면서 같이 마주 인사를 하였다.

"오히려 제가 감사합니다. 좋은 아드님을 두셨고, 덕분에 노후가 보람있게 되었습니다. 제겐 너무 과분한 제자입니다."

"좋게 봐주셔서 그저 감사할 뿐입니다."

두 어른이 서로 덕담을 주고받는 것을 보면서 관표는 어머니 심씨에게 다가가 그녀의 손을 잡았다.

심씨는 남은 한 손으로 눈가에 물기를 지우면서 아들을 바라본다.

"제가 돌아왔습니다, 어머니."

"그래, 애야. 그동안 고생이 많았겠구나."

"저야 크게 별일은 없었습니다."

"정말 다행이구나 애야."

심씨는 목이 메어 더 이상 말을 하지 못한다.

관표는 잠시 동안 심씨의 손을 잡고 있다가 그 뒤에 나란히 서 있는 동생들을 바라본다.

충후하고 순박해 보이는 관삼과 비록 허름한 베옷을 입고 있지만 늘씬하고 청순해 보이는 관소, 발랄하고 귀여운 모습의 관요가 자신을 보며 울고 있는 모습이 보였다.

특히 그중에서도 관소와 관요의 표정엔 큰 수심이 어려 있었다.

다시 한 번 두 여동생에게 무엇인가 좋지 않은 일이 일어났다는 것을 느꼈다.

관표의 시선이 자신들에게로 향하자 동생들은 기다렸다는 듯이 달려왔다.

"형."

"오빠."

관표가 환하게 웃으면 그들을 맞이하였다.

第七章
왕가촌에서 기다려라!
개 잡으러 거기까지 가기 싫다

관표의 집.

작은 방 안에는 많은 사람들이 옹기종기 모여 있었고, 마당에까지 멍석을 깔고 마을 어른들이 줄지어 앉아 있었다.

방 안에는 촌장과 아버지 관복이 앉아 있었고, 그 맞은편에는 관표와 반고충이 앉아 있었다.

관표가 지금 궁금한 것은 두 여동생에 관한 것과 마을에 무슨 일이 있었느냐 하는 것이었다. 그리고 조공의 모습이 왜 보이지 않느냐 하는 점이었다.

누구보다도 제일 먼저 나와서 마중하리라 생각했던 조공이 아직도 보이지 않는 것으로 보아 그에게 무엇인가 일이 생긴 것이 분명했다.

제발 큰일이 아니길 바랐다.

관표가 촌장을 보면서 물었다.

"무슨 일이 있었던 것입니까? 그리고 조공 형은 어찌 된 것입니까?"

관표의 물음에 촌장은 난감한 표정으로 관복을 바라보았다.

관복은 가볍게 한숨을 쉬고 관표를 본 다음, 촌장에게 고개를 끄덕였다.

아마도 말을 하라는 표시인 것 같았다.

"조공은 지금 사경을 헤매고 있네. 사실 죽은 것이나 마찬가지라 할 수 있지."

관표와 반고충의 표정이 굳어졌다.

관표가 급히 묻는다.

"공이 형이 사경을 헤맨다니, 대체 무슨 일이 있었던 것입니까? 그리고 지금은 점심을 먹어야 할 시간인데, 어디에도 밥 짓는 것을 보지 못했습니다. 그리고 모든 분들이 굶주려 있는 것을 느꼈습니다. 무슨 일이 있었던 것입니까? 사실대로 말해 주십시오."

촌장은 손을 들어 관표의 말을 막으며 말했다.

"알았네. 이제 내가 말해 주겠네."

촌장은 일단 관표의 말을 막은 후 잠시 숨을 몰아쉬었다.

호흡을 조절한 촌장은 관표를 보면서 말을 하였다.

"자네도 알다시피 모과산을 중심으로 모두 세 개의 마을이 있네. 그 중앙에 우리 수유촌이 있고, 오른쪽으로 왕가촌, 그리고 왼쪽에 장가촌이 있네. 각 마을은 모두 반나절 거리에 존재하고 있지. 그리고 자네도 알다시피, 왕가촌이나 장가촌엔 일찍이 영웅이 태어나 나름대로 터전을 잡고 있었네. 자네도 그것은 알고 있겠지?"

"왕군과 장호림을 말하는 거라면 알고 있습니다."

"그렇지. 그런데 자네가 떠난 후의 일일세. 그러니까 삼 년 전이라고 할 수 있지. 왕가촌의 왕군과 장호림이 크게 싸움을 하게 되어 장가촌이 망하고 말았네. 듣기로는 왕군이란 놈이 운이 닿아 녹림대왕과 끈이 닿게 되었고, 무술이란 것을 배우게 된 모양일세. 겨우 작은 녹림의 호걸에 불과했던 장호림과는 질이 달랐던 것이지."

"무슨 일로 두 사람이 다툰 것입니까?"

"일이 아니라, 왕군이 장가촌에 조공을 받치라고 하면서 벌어진 일일세."

그 말을 들은 관표의 얼굴이 굳어졌다.

"그동안 그런 일이 없었는데, 갑자기 어떻게 된 일입니까?"

"그 사정은 나도 모르겠네. 짐작하건대 왕군이 녹림의 대왕과 연결되면서 욕심이 커졌던 것 같네."

"그래서요, 그 다음은 어떻게 되었습니까? 장가촌이 그렇게 되었는데, 어떻게 우리 마을은 아직 온전할 수 있었습니까?"

"휴, 우리라고 온전한 것은 아닐세. 왕군은 장가촌만이 아니라 우리 수유촌에도 일 년마다 한 번씩 조공을 바치라고 했다네. 우리야 힘이 없어서 어쩔 수 없이 조공을 바치고 지금까지 살아남을 수 있었지만, 장호림은 당연히 그것을 거절하였네. 결국 왕군과 싸움이 벌어졌고, 결과는 처참하게 끝나고 말았네. 그리고 왕군은 장가촌의 살아남은 남자와 여자들을 잡아다가 노예로 써먹고 있다 들었네."

이때 듣고 있던 반고충이 궁금한 표정으로 물었다.

"그런데 어떻게 수유촌은 무사할 수가 있었죠? 이 마을에서 나오는 조공이라야 얼마 안 될 텐데, 차라리 모두 잡아다가 노예로 쓰든지 노예로 팔아먹는 것이 훨씬 더 나을 텐데 말입니다."

반고충의 말에 관복과 촌장은 가볍게 한숨을 쉬며 관표를 보고 말했다.

"우리 마을이 무사한 것은 바로 표의 두 누이동생 때문입니다."

관표가 의아한 얼굴로 촌장을 본다.

"왕군은 자네의 두 누이동생에게 눈독을 들이고 있네."

관표의 표정이 굳어졌다.

그의 눈이 차갑게 가라앉았다.

"사실, 자네 누이동생들의 미모야 제법이지 않은가?"

그 말은 사실이었다.

모과산 세 마을에서 관표의 두 누이동생은 이미 어렸을 때부터 최고의 미인이라고 소문이 나 있었던 터였다.

"그는 삼 년 전에 마을에 왔다가 자네의 두 동생을 보고 첩으로 달라고 했네. 그 대가로 이 마을은 조공만 바치는 것으로 끝내겠다고 했지. 그때 자네 아버지가 그래도 장남인 자네가 돌아올 때까지 시간을 달라고 한 다음 지금까지 시간을 끌어오던 참일세. 하지만 그것도 이젠 힘들어. 마침 내일 두 동생을 데리러 오겠다고 최후 통첩이 온 참인데, 자네가 돌아온 것일세. 어쩌면 이것도 운명일지 모른다는 생각이 드네."

촌장의 눈에 눈물이 글썽해진다.

"그리고 그동안 그들이 이 마을에 부린 행패는 일일이 말하기조차 어려울 정도라네."

"그럼 조공 형님은 어떻게 된 것입니까?"

"얼마 전에 왕군이 마을에 왔다가 참지 못하고 관소를 강제로 추행하려 했네. 조공이 달려들었다가 죽기 직전까지 몰매를 맞고 말았지. 덕분에 관소는 위기를 모면하기는 하였네."

관복은 촌장의 말을 묵묵히 듣고 있다가 관표를 돌아보며 말했다.

"사정이 이렇다. 그러니 너는 오늘 바로 두 여동생을 데리고 마을을 떠나거라!"

관표가 놀라서 아버지를 바라본다.

"마을을 떠나서 힘을 기르거라! 왕군을 이길 자신이 생기면 돌아오너라!"

그 말을 듣고 관표는 아버지의 뜻을 이해할 수 있었다. 이때 관복의 말을 들은 촌장 역시 억울한 듯 이를 악물고 말했다.

"아버지의 말을 듣게. 우리에겐 자네가 희망 아닌가. 자네가 살아 있다면 우리는 희망을 가질 수 있을 것일세. 그러니 당장 마을을 떠나게나. 왕군도 자네의 두 여동생이 없다고 우리를 죽이진 않을 것일세. 뭐, 노예로야 써먹겠지. 그렇게 견디고 있을 테니, 자네가 힘을 길러 우리를 구해주게. 우리 나이 든 것들이나 아낙들은 도망가고 싶어도 힘이 없어서 불가능하단 말일세."

관표는 고개를 흔들었다.

"왜 지금의 저는 믿지 못하시는 것입니까?"

관복은 아들의 말에 의연한 표정으로 말했다.

"왕군에 대해서는 나도 알아볼 만큼 알아보았다. 그는 시선의 재주를 배웠을 뿐 아니라 산대왕과도 연결이 되어 있다. 지금의 너는 그를 이길 수 없을 거다. 그러니 빨리 마을을 떠나야 한다. 항상 마을을 감시하는 자들이 있는 것으로 안다. 그들이 왕군에게 네가 온 소식을 전하고 왕군이 다시 이곳으로 오려면 약간의 시간밖에는 없다."

관표가 당당하게 말했다.

"걱정하지 않으셔도 됩니다."

관표의 자신있는 대답에 촌장과 관복은 안타까운 표정을 지었고, 촌장이 적극 말리는 자세로 다시 한 번 말했다.

"자네는 아직 왕군이 얼마나 무서운지 몰라서 하는 말일세. 그는 한 번 뛰어서 집 한 채를 넘어가고, 손짓 한 번에 바위를 부술 수 있는 사람이라네. 결코 힘으로 이길 수 있는 상대가 아니란 말일세."

촌장의 말에 지금까지 잠자코 있던 반고충이 말했다.

"왕군이 사람이든 괴물이든 표는 이길 수 있을 것입니다. 그러니 염려 놓으셔도 됩니다."

관표가 직접 말한 것이 아니고 그의 스승이 그렇게 말하자 관복과 촌장은 긴가민가하는 표정으로 관표를 바라보았다.

정말 그렇다면 얼마나 좋겠는가. 그러나 그 말을 믿기 어려운 관복과 촌장이었다.

하지만 무엇인가 조금은 기대가 되는 것도 사실이었다.

관복은 아들의 얼굴을 살피다가 물었다.

"정말 자신 있는 것이냐?"

"아버님, 제가 알아서 하겠습니다. 저에게 맡겨주십시오. 결코 소와 요를 그런 개자식에게 첩으로 주는 일은 없을 것입니다."

관표가 자신있게 말하고 장칠고를 불렀다.

"장칠고."

"예, 형님."

"가서 모두 데리고 오너라!"

"다녀오겠습니다."

장칠고가 밖으로 나가자 관표가 아버지를 보며 말했다.

"일행이 있습니다. 그리고 마을을 위해 선물을 좀 준비해 왔습니다.

그중엔 고기도 있고, 쌀도 있으니 마을 사람 전부가 먹을 수 있게 잔치를 준비해 주십시오. 그리고 전 사부님과 함께 공이 형에게 다녀오겠습니다. 모든 것은 철우와 의논해서 처리하면 될 것입니다."

관복과 촌장은 그저 관표의 얼굴을 볼 뿐이었다.

어리게만 본 관표가 장칠고에게 명령을 내리는 모습을 보니 듬직해 보였던 것이다.

관복은 아들 관표가 이미 결심을 굳혔고, 자신이 아무리 말려도 소용없을 거란 사실을 알았다.

부모만큼 자기 자식을 잘 아는 사람이 얼마나 있겠는가? 관표가 보기엔 순박한 면이 있어도 얼마나 굳건하고 고집이 센지 잘 아는 관복이었다.

결심한 일은 절대 포기하지 않는다는 것을 잘 안다.

그는 체념한 표정으로 물었다.

"그렇게 하겠다. 하지만 정말 조심해야 한다."

"걱정하지 마십시오."

대답과 함께 관표가 일어섰다.

조공의 집은 마을 뒤쪽 모과산 바로 아래 중턱에 위치해 있었다.

관표와 반고충이 안으로 들어가자, 이미 소식을 듣고 있던 조공의 부모가 마중을 나왔다.

인사를 나누고 방 안으로 들어간 관표와 반고충은 죽어가는 조공을 보고 치를 떨었다.

"왕군 이 개자식! 어디 두고 보자, 조공 형님을 이렇게 만들어놓고 내 동생들을 넘봐!"

관표의 얼굴에 살기가 감돌았고, 반고충 또한 오랜만에 만난 자공의 불행에 슬픔과 분노를 감추지 못했다.

잠시 동안 조공을 보던 관표가 자신의 팔뚝에 상처를 내어 조공의 입에 피를 흘려 넣었다.

조공의 부모는 놀라서 관표의 행동을 보고만 있었고, 반고충은 어쩌면 하는 기대를 가지고 관표를 바라본다.

그는 관표가 영약을 먹었다는 사실을 알고 있었다.

그 성분이 아직 조금이라도 남아 있다면, 하고 생각을 하면서도 조공이 살아남기는 힘들 것이라고 생각했다.

관표가 어떤 영약을 먹었는지 몰라도 지금쯤은 그 약효가 전부 사라졌을 것이고, 어지간한 영약이 아니라면 지금의 조공을 살리기란 힘들어 보였던 것이다.

그만큼 조공의 상태는 심각했다. 그러나 관표는 나름대로 자신이 있었다.

몸에 남은 약 성분은 얼마 안 된다고 해도 건곤태극신공의 정자결이 있었다.

정자결이라면 조공의 다리까지도 고칠 수 있을지 모른다는 게 관표의 생각이었다.

너무도 많은 신세를 진 형이다.

관표에겐 정말 친형이나 다름이 없는 사람 아닌가.

반드시 살려내리라 결심하였다.

일단 피가 조공의 입에 고이자, 관표는 다른 한 손으로 조공의 목에 있는 혈을 눌러 피가 입 안으로 넘어가게 하였다.

그 다음엔 건곤태극신공의 정자결로 조공의 혈을 누르기 시작했다.

한동안 조공을 뉘었다가 엎드리게 했다가 하면서 혈을 눌러준 관표는 심호흡을 하였다.

반고충은 관표의 이마에 땀이 맺힌 것을 보고 지금 관표가 하는 일이 얼마나 힘든 일인지 어렴풋이 짐작할 수 있었다.

무려 반 시진이나 내가진기로 혈을 눌렀으니 당연한 일인지도 모른다. 일단 굳었던 혈로가 열리자 관표는 두 손을 조공의 명치 부근에 대고 내공을 끌어올렸다.

반고충은 밖으로 나와 조공의 부모에게 관표가 조공을 치료하고 있다는 사실을 말해 주었다.

조공의 부모는 긴가민가하는 표정으로 반고충을 본다.

그들이 본 조공은 이미 송장이나 다를 바 없었던 것이다.

약 한 시진이 더 지나고 나자 관표는 내공을 거두고 천천히 자리에서 일어섰다.

조공의 얼굴에 혈색이 돌고 있었다.

이젠 안심해도 좋을 것 같았다.

어쩌면 다친 다리도 완벽하게 나을 것이고, 무공도 익힐 수 있게 될 것이다.

관표가 밖으로 나오자 조공의 부모가 초조한 표정으로 다가온다.

"백부님, 백모님, 들어가 보십시오. 이젠 괜찮을 것입니다."

조공의 부모는 설마 하는 기분으로 들어갔다가 얼굴에 화색이 도는 조공을 보고 놀라움과 기쁨으로 말문이 막혔다. 자식이라고는 오로지 조공 한 명뿐인 부부에게 조공은 곧 그들의 생명이라고 할 수 있었다.

부부가 밖으로 나와 관표의 손을 하나씩 잡고 그저 바라만 본다.

고마워하는 마음이 가슴을 훈훈하게 덮여주었다.

말하지 않아도 그 마음을 알 수 있는 사이였다.

한동안 감격을 누리고 난 후 먼저 조공의 아버지가 말문을 열었다.

"고맙네. 자네 덕에 공이가 살아났네."

관표는 오히려 민망한 표정을 지었다.

자신의 동생 때문에 조공이 저렇게 되었다. 그런데 두 분은 그것에 대해서는 한마디도 하지 않으신다.

고마운 것은 오히려 관표였다.

"제 여동생 때문에 생긴 일입니다. 그리고 그동안 형님이 제게 베푼 은덕을 생각한다면 이 정도는 당연하다고 생각합니다."

"이 사람아, 그건 그거고 이건 이것일세. 죽은 사람이 다시 살아 돌아왔는데, 더 무엇을 말하겠나."

"백부님."

관표는 조공의 아버지인 조산의 손을 꼭 잡았다.

눈에 물기가 어리는 것을 겨우 참는다.

아버지 관복과 조산은 친한 사이였고, 아버지가 조산을 형님이라고 불렀다. 그래서 관표는 조산을 큰아버지라고, 조산의 부인인 유씨를 큰어머니라고 부르면서 자랐다.

굳이 말하지 않아도 서로의 마음을 능히 알 수 있는 그런 사이였다.

반고충은 관표와 조산의 모습을 보면서 가슴이 가벼워지는 것을 느꼈다.

오랫동안 잊어버렸던 정이란 것을 새삼 느끼곤 콧날이 시큰해지는 것을 참는다.

조산의 부인 유씨가 관표를 보면서 말했다.

"이제 이곳은 우리가 알아서 할 테니 어여 집으로 가보게. 자네가 늘어지면서 몇 사람이 왔다가 갔네."

조산의 말에 그의 유씨가 눈을 흘기며 말했다.

"당신도 참, 그 손을 놔줘야 가든지 할 거 아니유."

조산이 그제야 관표의 손을 놓으며 멋쩍게 웃었다.

관표가 조산의 마음을 안다는 표정으로 웃으면서 말했다.

"그럼 전 먼저 내려가 보겠습니다."

"그러게나. 내 좀 이따 그리 가겠네."

"그럼 먼저 내려가겠습니다."

"가서 공이 살아났다고 전해주게. 그동안 자네의 아비가 많이 노심
초사하였네."

"꼭 그렇게 전하겠습니다."

관표와 반고충이 두 사람의 배웅을 받으며 가벼운 걸음으로 관표의
집을 향했다.

관표의 집은 그야말로 잔치 분위기였다.

관표가 늦어진다는 것을 알고 이미 저녁이 되었기에 기다리던 사람
들은 먼저 잔치 준비를 하면서 기다리던 참이었다.

특히 관표의 수하들까지 나타나자 마을은 갑자기 생기가 돌면서 북
적거리기 시작하였다.

관복의 집 마당이 너무 좁자, 관복은 아예 나무로 만든 울타리를 깨
끗하게 허물어 버렸다.

이미 관표의 수하들과 마을 사람들은 인사를 나누었고, 자운의 노모
는 방 안으로 모셔져 있었다.

처음엔 주춤하던 마을 사람들과 관복은 이들이 모두 관표의 수하들

이란 사실에 곧 친해질 수 있었다.

특히 관표의 동생들은 신이 나 있었다.

척 보기에도 영웅호걸풍의 장정 수십 명이 모두 자신의 형 수하들이란다. 그거보다 더 신나는 일은 없었다.

막내인 관위가 그중에서도 제일 신이 나 있었다.

또래의 친구들에게 부러움의 시선을 받자 어깨가 으쓱거린다.

하지만 어머니 심씨와 아버지인 관복의 얼굴은 막내아들 관위보다도 더 상기되어 있었다.

관복은 점잖게 아들 자랑을 한다지만, 어머니 심씨는 여자답게 노골적이었고, 아줌마들은 수다로 그것을 받아준다.

"이제 왕가촌의 조개비 년을 만나기만 하면 머리카락을 뿌리째 뽑아 버리겠다. 이전에는 왕군이란 놈 눈치 보느라 내가 참았지만."

평소 인자해 보이던 심씨의 얼굴이 무섭게 변하였지만, 마을 아줌마들은 오히려 덩달아 그 말에 동조를 하고 나왔다.

마을 아줌마들은 조개비란 말이 나오자 모두 분노한 표정으로 말했다.

아마도 그 조개비란 여자에게 쌓인 것이 많은 모양이었다.

조금 젊은 여자가 심씨의 말을 받아서 말했다.

"형님, 그년 머리카락 뽑을 때 조금은 나에게 양보해 주세요. 그년이 이전에 내가 말대꾸 조금 했다고 뺨을 때린 거 생각하면 절대로 참을 수 없어요."

그 말에 심씨가 고개를 끄덕였고, 조용히 있던 촌장의 마누라가 눈에 불을 켜고 말했다.

"그년이 나를 무시한 거 생각하면 나머지 머리카락은 내가 다 뽑아

버리겠다. 지까짓 게 왕가촌의 촌장 마누라라고 나를 괄시한 거 생각하면. 뿌드득."

심씨가 그 맘 안다는 표정으로 촌장 마누라의 손을 잡았다.

"형님, 그 마음 내가 잘 알죠. 내 앞에서 지 자식 자랑하면서 내 아들들 욕한 거 생각하면 나는 지금도 가슴이 떨린다우."

심씨와 촌장의 부인이 서로 손을 잡고 눈에 살기를 머금자, 마을 여자들은 모두 조개비를 욕하느라 여념이 없었다.

누가 그랬다.

여자의 한은 오뉴월에 서리가 내리고 아줌마의 한은 한여름에 강이 얼어버린다고.

남자의 한은 십 년이 가면 기적이고, 여자의 한은 평생을 가며, 아줌마의 한은 구천까지 함께 간다고 했다.

조개비란 왕가촌 촌장의 마누라가 누구인지 모르지만, 지금 수유촌의 아줌마들에게 제대로 원한을 진 모양이었다.

그날 왕가촌 촌장의 마누라인 조씨가 낮잠을 자다가 악몽을 꾸고 침대에서 굴러 떨어졌다는 말이 나돌았다.

이렇게 아줌마들이 그동안의 한을 수다로 풀며 쌓인 원한을 삭이고 있을 때, 마을 사람들은 수십 명의 장정이 모두 관표의 수하들이란 사실에 놀라면서도 신기해하였다. 그리고 굉장히 든든하단 생각이 들었고, 이제 왕가촌의 행패에서 벗어날 수 있다는 자신감이 생긴 듯 모두 밝은 표정들이었다.

가장 걱정했던 조공의 건강을 관표가 돌보고 있으며, 나을 수 있다는 말을 듣고 더욱 밝은 표정들이었다.

아이들은 아이들대로 배고픔을 참으며 나타난 관표의 수하들을 구경하기에 여념이 없었다.

관위는 그들의 앞에서 아주 의젓한 표정을 하고 있었다.

이제 대영웅의 동생이고 보면 조금 그 표를 내야 된다고 생각한 모양이었다.

관표의 어머니 심씨는 수다를 떨면서도 마을 여자들과 함께 쌀에 물을 많이 넣고 멀건 죽을 만들어 마을 사람들에게 먼저 그것을 먹게 하였다.

한동안 음식을 제대로 먹지 못한 사람들이 고기처럼 기름진 음식을 갑자기 먹으면 크게 탈이 날 수 있기 때문에 먼저 부드러운 음식으로 위를 달래주려 한 것이다.

이렇게 준비를 하고 북적거릴 때 관표가 나타나자, 그의 수하들이 일제히 일어서서 인사를 한다.

그 모습을 보면서 마을 사람들은 가슴이 두근거리는 것을 느꼈다.

그들이 원했던 모습이 바로 이런 것이었다.

이제 녹림의 영웅이 되어 돌아온 관표의 모습이 점차 현실임을 피부로 느끼기 시작하였고, 왕가촌에 대해서도 안심할 수 있게 되었다.

관복은 관표가 나타나자 얼른 다가와서 묻는다.

"그래, 어떻던가? 내 네가 오기 전까지 가서 보고 왔지만, 참으로 어려울 것 같아 형님 얼굴 보기가 심히 민망했다. 네가 무엇인가 조치를 하고 있다 들었다. 뭔가 방법이 있는 것이냐?"

"이제 괜찮을 것입니다. 너무 염려하지 마십시오."

관복은 관표의 말을 듣고 눈물을 글썽거렸다.

"그게 사실이냐? 참으로 다행이구나."

목소리가 조금씩 떨려 나오는 것을 보면 관복이 조공에 대한 생각이 어떠했는지 능히 짐작되는 일이었다.

처음 반고충은 조공의 동태를 본 다음에 관복과 그의 식구들이 조금 소홀히 한 것이 아닌가 하고 생각했지만, 지금 모습을 보고 그것이 아님을 알았다.

아들의 앞이라 의연하려고 노력했다는 것과 배려였다는 사실을 어렴풋이 이해한다.

반고충은 더욱 수유촌과 마을 사람들이 마음에 들었다.

'이곳이라면, 여기라면 내가 둥지를 틀어도 괜찮겠구나.'

반고충의 생각이었다.

관표의 소식을 전해 들은 마을 사람들이 환호를 하며 자기 일처럼 기뻐하였다.

이제 마음이 더욱 가벼워진 것이다.

모두들 즐거워하면서도 조공의 일을 내심 걱정하고 있었다는 사실을 한 번에 알 수 있었다.

마을 사람들이 사심없이 기뻐하고 즐거워하자, 관표의 수하들도 그 기분에 젖어들 수 있었다.

그렇게 마을 사람들과 관표의 수하들이 어울리기 시작했다.

마을 사람들은 관표의 수하들을 붙잡고 그들의 영웅담을 듣기에 여념이 없었다.

특히 마을 사람들은 관표에 대해서 묻고 싶었지만, 그때마다 그들은 말을 아끼고 질문을 피해 갔다.

아직은 관표에 대해서 함구하라는 반고충의 명령을 들었기 때문이다.

반고충은 누가 관표에 대해서 말하는 것보다 차츰 시간이 지나면서 마을 사람들이 느끼고 알아가는 것이 더욱 좋다고 생각한 것이다.

갑자기 나타나서 관표가 녹림왕이라고 한다면 뭔가 가슴에 와 닿지 않을 것 같았기 때문이다.

음식이 만들어지자, 심씨는 그 음식을 바리바리 싸 들고 관복에게 다가왔다.

관복은 이미 심씨의 마음을 헤아리고 관소와 꽘삼을 불렀다.

"너희 둘은 엄마와 함께 조산 형님 댁에 다녀오너라. 그리고 관소는 너를 지켜준 조공을 잊어서는 안 될 것이다."

관소가 얼굴을 붉히면서 고개를 숙인다.

그녀 역시 그동안 조공의 건강을 많이 걱정했다는 것을 알 수 있었다.

마을 사람들은 오랜만에 기름진 음식을 실컷 먹을 수 있었고, 밤을 새워가며 마음 놓고 놀 수가 있었다.

그렇게 밤이 새고 아침이 되었다.

그리고 정 오시가 넘어가는 점심 무렵, 마을로 들어서는 일단의 장정들이 있었다.

모두 무장을 한 이십여 명의 장정은 당당하게 마을을 가로질러 관표의 집으로 향했다.

마을은 마치 단 한 사람도 안 사는 것처럼 고요했다.

누구 하나 문조차 열어보는 사람이 없었다.

장정들의 우두머리라고 할 수 있는 왕한이 얼굴을 찌푸렸다.

그가 듣기로는 관소의 오빠인 관표가 돌아왔고, 그는 만만치 않아 보이는 수하들을 삼십여 명이나 대동하고 있다는 보고를 받았다.

그래서 이십 명이나 되는 녹림의 수하들을 대동하고 나타난 것이다. 물론 산도적이 되기 위해 나간 관표가 사람을 대동하고 나타나 보았자 하잘것없는 산적들일 테니, 그 정도라면 내공을 익힌 자신 혼자서도 충분하다고 생각하였다.

그러나 사람은 나름대로 위신이란 것이 있게 마련이었다.

그래서 수하들을 이십이나 데리고 나타난 것이다.

왕한이나 왕군에게 있어서 관표의 두 누이동생은 아주 중요했다.

한 명은 자신의 형이 첩으로 삼을 것이고 한 명은 상납용으로 사용할 생각이었기 때문이다.

관복의 집은 나무를 엮어 만들어놓았던 울타리가 없어진 것 외엔 다른 것이 없었다.

왕한은 관복의 집 앞에서 일단 헛기침을 한 번 하고 크게 소리를 질렀다.

"관 어른, 있으시오! 내 약속대로 관소와 관요 낭자들을 데리러 왔소이다!"

왕한이 소리치자 문이 열리며 관복과 관표가 방 안에서 나왔다.

왕한은 관표를 바라보았다.

단단해 보이는 몸에 큰 키.

장부다운 기색이 물씬한 모습이었다. 그러나 어디에도 내공을 익힌 흔적은 없어 보였다. 그렇다면 왕한이 걱정한 문제는 없을 것 같았다.

관복은 신을 신고 나와 왕한의 앞에 서서 꼬장꼬장한 태도로 말하였다.

"내가 무슨 약속을 했다는 것이냐? 그거야 네놈의 형인 왕군이 제 맘대로 정한 것이 아니더냐?"

관복의 말에 왕한의 입가에 가는 미소가 걸렸다.

이 멍청한 남자는 지금 자신의 아들을 너무 믿고 있는 것 같았다. 그야말로 세상 무서운 줄 모르는 것이다.

아무래도 한 번은 다부지게 손을 봐줄 필요가 있을 것 같았다. 그래야 다시는 말이 없으리라.

한 치 앞을 보지 못하는 게 사람이었다.

지금의 왕한이 그랬다.

일단 결심을 굳힌 왕한은 느긋하게 물었다.

"사돈어른, 든든한 아들이 돌아왔다고 나를 너무 쉽게 보는 것 같습니다. 아무리 그래도 약속은 지키셔야죠. 사실 말이 나왔으니까 말이지만, 형님이 마음만 먹었으면 이 마을은 삼 년 전에 쑥대밭이 되었을 것입니다. 그러니 이제 그 은혜를 갚아야 하지 않겠습니까?"

그 말에 관표가 앞으로 한 걸음 나서며 말했다.

"그렇다면 그 은혜는 너를 살려두는 것으로 대신하겠다."

관표의 말에 왕한의 표정이 조금 일그러졌다.

"이봐, 자네가 관표인가? 내 자네 이야기는 많이 들었네. 하지만 젊은 혈기에 무리했다가 병신 되는 수가 있네. 그래도 서로 혈연으로 이어질 사이라서 내 더 이상은 추궁하지 않을 테니 뒤로 물러서게. 그리고 자네도 생각해 보게. 이런 산골짝에서 형님 같은 영웅의 첩이 된다면 밥 굶을 염려 없이 잘 먹고 잘살 수 있는데 반대할 이유가 없지 않나. 그리고 한 명의 소저는 형님과는 비교할 수 없이 더 높은 분과 인연이 될지 모르는데, 그렇게 되면 누이 좋고 매부 좋고 아닌가? 이 정도면 나에게 고마워해야지."

점잖은 말이었다. 그러나 관표의 얼굴엔 별다른 표정의 변화가 없었다.

관표는 왕한을 보면서 말했다.

"말은 그럴듯하군. 하지만 나는 너의 형 같은 무식하고 멍청한 놈에게 내 동생을 주고 싶지 않다. 그러니 잡소리는 혼자하고 그냥 돌아가라!"

관표의 말에 왕한의 얼굴이 조금 굳어졌다.

"이제 보니 정말 앞뒤 없는 놈이군. 지금 상황 판단을 전혀 못하고 있다니, 정말 팔다리가 부러지고 나서야 정신을 차리겠군."

"네 실력으로 말이냐?"

관표의 비웃는 말에 왕한은 어이가 없었다.

관표가 무엇을 믿고 저렇게 도발하는지 이유를 알 수 없었다.

"미친놈이군."

왕한의 말에 관표는 무표정한 얼굴로 그를 보면서 말했다.

"좋은 말은 녹림에서 통하지가 않는다는 속설이 여기서도 마찬가지군."

왕한은 관표에게 한 발 다가서며 말했다.

"그 말은 너를 두고 한 말이겠지?"

관표는 코웃음을 치면서 누군가를 불렀다.

"칠고!"

"예, 형님."

관표가 부르자, 장칠고가 기다렸다는 듯이 이웃집의 담장을 넘어 날아왔다.

십 장 정도의 거리를 단숨에 날아온 장칠고를 보고 왕한의 안색이 변했다.

아무리 자신의 형 왕군이라고 해도 지금 장칠고가 보여준 신법에는 어림도 없을 것 같았다.

그제야 무엇인가 잘못되었다는 것을 느낀 왕한은 장칠고를 보고 다시 한 번 한기를 느껴야 했다.

원래 관표를 만나기 전 장칠고의 최고 무공은 바로 안면과 입이었다.

험하고 날카로워 보이는 장칠고의 안면은 누가 봐도 섬뜩하다.

특히 살모사의 그것을 닮은 두 눈은 더없이 살벌해서 바로 장칠고의 상징과도 같았다.

평소 장칠고가 말을 하지 않고 눈으로 쳐다만 보고 있어도, 어지간한 담력의 사람이라도 기가 죽을 정도였다.

장칠고가 특유의 살모사 눈으로 왕한을 노려볼 때였다.

"제대로 교육시켜서 데려오너라."

관표가 돌아서며 말하자 장칠고의 허리가 땅바닥에 닿을 듯이 숙여지며 고함을 질렀다.

"걱정 마십시오, 형님!"

인사를 한 장칠고가 다시 왕한에게 돌아섰고, 왕한의 얼굴에 식은땀이 배어 나왔다.

"쳐라!"

장칠고의 고함과 함께 십여 명의 장정들이 사방에서 뛰어나왔다.

그들은 손에 몽둥이를 들고 나타나 일제히 왕한의 수하들을 일방적으로 구타하기 시작했다.

사실 그들 한 명이면 그 누구라도 왕한보다 강하다 할 수 있었다.

불과 밥 두 수저 정도 먹을 시간에 이십여 명의 왕가촌 장정들은 모두 바닥에 쓰러져 있었다.

왕한의 얼굴이 창백하게 질린 채 뒤로 슬금거리며 도망치려고 하였다.

이때 장칠고가 달려왔고, 그의 주먹이 그대로 왕한의 안면에 들어가 박혔다.

'퍽' 하는 소리와 함께 왕한은 대항 한 번 제대로 못하고 뒤로 일 장이나 날아가 땅바닥에 떨어지려 하였다. 그러나 기다리고 있던 녹림도원의 형제들은 땅에 떨어지기도 전 왕한을 받아 들고 다시 장칠고에게 끌고 갔다.

장칠고가 왕한을 보고 웃었다.

독사눈을 잔인하게 빛내면서.

왕한은 두려움에 오줌을 지리고 말았다.

이어서 장칠고의 주먹이 인정사정없이 왕한의 얼굴과 복부에 들어가 박혔다.

"커걱!"

소리와 함께 왕한은 거의 실신 지경이 되어갔다.

무릎을 꿇고 살려달라고 빌 틈도 주지 않았다.

한동안 왕한을 교육시킨 장칠고의 동작이 멈추었다.

왕한은 땅바닥에 엎어져서 아직도 살아 있다는 사실을 시위라도 하듯이 꿈틀거린다.

장칠고가 그의 머리채를 잡아 든 다음 물었다.

"아직도 관소 아가씨가 네 형이란 개자식의 첩이 되어야 한다고 생각하냐, 이 벌레 같은 새끼야?"

"저, 절대로……."

"이게 아직도 날 우습게 아네. 빨리 대답하란 말이다!"

고함과 함께 장칠고는 잡은 머리채를 땅바닥에 들이박았다가 다시 들어 올렸다.

이번엔 장칠고가 다시 묻기도 전에 왕한은 필사적으로 빨리 말을 하였다.

"절대로 아닙니다! 그럴 수 없습니다!"

장칠고의 안색이 다시 일그러졌다.

"아니, 이 새끼는 지금 내가 멋있냐고 물으려 했더니, 뭐 어째 아니라고?"

말도 안 되는 소리였지만, 어쩌랴.

왕한의 안색이 황달 걸린 사람처럼 변했다.

그곳에 장칠고의 손바닥이 날아오더니 왕한의 뺨을 세차게 어루만졌다.

낮에도 별이 총총 뜬다는 사실을 왕한은 절실하게 깨우친다.

사람을 바보로 만드는 작업은 의외로 어려운 일이 아니었다.

지금 왕한을 보면 그렇다.

그는 관표의 옆에 서 있는 장칠고의 눈치를 보느라 정신이 없었다. 그리고 그의 정면 앞에는 관표가 준비된 의자에 앉아 있었고, 마을 사람들은 그의 뒤쪽으로 늘어서서 구경 중이었다.

왕한과 함께 온 장정들은 땅바닥에 무릎을 꿇고 있는데, 모두 공포에 질려 있었다.

관표가 왕한을 보자 왕한은 움찔한다.

장칠고가 독사눈으로 왕한을 보면서 말했다.

"형님께서 물으실 때는 큰 소리로 잘 알아듣게 또박또박 설명을 한다. 거짓말 하다가 들키면 너는 내가 특별히 모셔주마."

왕한은 절대로 그리고 싶은 마음이 없었다.

"물어보십시오, 형님."

관표가 부드러운 목소리로 물었다.

"왕가촌에서 데려온 장정들은 어디 친구들인가? 왕가촌엔 저 정도의 인원이 없을 텐데."

"옛 경산 둔가채의 형제들로, 왕군 형님과 둔가채의 채주께서는 의형제를 맺은 사이입니다."

"둔가채?"

관표의 시선이 반고충을 향했다.

경산이라면 모과산에서 보통 사람 걸음으로 삼 일 거리에 있는 산을 말한다.

그곳은 교통의 요충지라 큰 산적의 무리가 있다는 것을 알고 있었다. 하지만 둔가채에 대해서는 세세히 알지 못했다.

"둔가채라면 녹림칠십이채 중에 십위권 정도의 큰 산채일세. 둔가채의 채주인 둔기(屯氣)란 자는 잔인하기로도 유명하지만, 그의 무기인 대두귀도(大頭鬼刀)로 펼치는 귀환도법(鬼幻刀法)은 녹림의 손꼽히는 절기일세. 내가 알기로 녹림의 모든 고수들 중에 능히 십위권 이내의 고수라고 할 수 있을 것일세. 아마도 왕군이란 자는 그자를 믿고 그의 밑에서 무공을 익힌 것 같네. 그리고 그자의 영향을 받아서 잔인해진 것 같군. 충분히 이해가 가는 상황일세."

일부는 이미 이전에 반고충에게 들어서 아는 내용이었다.

관표의 시선이 다시 왕한에게 향했다.

그 이후에 관표는 궁금한 것을 몇 가지 물었고 왕한은 또박또박 대답을 잘한다.

알 건 다 안 관표가 말했다.

"돌아가라. 가서 열흘 후에 내가 간다고 전해라. 시간이 있으니 둔가채의 두목에게 도움을 청하고 기다리라 말해라. 그곳에서 한 번에 모든 것을 해결하기로 하지."

"예, 그렇게 전하겠습니다."

"칠고."

"예, 형님!'

"왕군이야 별 볼일 없을 테고, 둔기란 자에게 왕가채에서 기다리라고 글 하나 보내도록."

"맡겨놓으십시오."

잠시 후, 왕한은 함께 장정들 중 한 명의 등에 업혀 왕가채로 돌아갔다. 그의 품에는 장칠고가 써준 종이 한 장이 넣어져 있었다.

경산 둔가채의 채주 둔기는 왕가촌에서 전해온 종이 한 장을 보고 얼굴이 완전히 뭉그러졌다.

거기엔 다음과 같이 써 있었다.

둔기 너, 거기서 죽을래, 아니면 왕가채에 와서 죽을래?
이왕이면 왕가채로 와라!
개 한 마리 잡자고 거기까지 가기 힘들다.

대형님의 아우 장칠고.

第八章

소소가 낭군님께 이제야 인사를 드립니다

　지금 둔기의 표정을 보면 그가 얼마나 화가 났는지 짐작하는 것은 별로 어렵지 않았다.

　온 얼굴을 전부 찌푸린 둔기의 모습은 장칠고의 말대로 한 마리의 광포한 개 같았다.

　"우아악……! 장칠고 이 개 강아지 같은 새끼! 내 반드시 붙잡아서 생간을 빼 먹고 말겠다!"

　비명 같은 고함과 함께 둔기는 화를 참지 못하고 발로 앞에 있던 의자를 찼다.

　죄없는 의자가 박살이 났다.

　그래도 분이 풀리지 않은 둔기는 씩씩거리며 입에 거품을 물고 고함을 질러댔다.

　"장칠고…… 이노옴!"

둔기의 고함에 놀란 그의 수하들이 안으로 뛰어들어 오자, 둔기가 다시 한 번 고함을 질렀다.

"산채의 형제들을 전부 모아라! 모두 왕가촌으로 간다!"

부두목 하나가 놀라서 물었다.

"무슨 일이십니까?"

"장가 놈 잡으러 간다!"

부두목이 어리둥절한 표정으로 둔기를 보며 물었다.

"장가라니요? 삼 년 전에 없애 버린 장가촌의 누구 말입니까?"

부두목의 한심한 질문은 둔기를 더욱 화나게 만들었다.

"이 새끼야! 그걸 말이라고 하냐? 내가 장가촌의 촌놈들 때문에 이렇게 화를 내겠냐?"

"그럼……."

"너 입 닥치고 빨리 가서 준비나 해!"

둔기의 고함에 부두목은 기겁해서 밖으로 뛰쳐나갔다.

한동안 화를 풀지 못하던 둔기는 차츰 마음이 안정되자, 왕가촌에서 온 자와 거의 반병신이 되어 돌아온 수하를 불렀다.

왕가촌에 갔던 수하의 몰골은 그야말로 처참했다.

이는 거의 다 부서지고 팔 하나는 부러져 있었으며 온몸은 멍투성이였다. 그나마 걸을 수 있는 자가 그뿐이었다고 한다.

"어떻게 된 일인지 좀 더 자세히 말해라!"

두 사람은 번갈아가면서 수유촌에서 있었던 일을 말했다.

모든 이야기를 다 듣고 난 둔기는 더욱 화가 났다.

겨우 수유촌이란 화전민의 도적들이 녹림에서도 대영웅이란 호칭을 받는 자신을 개 취급했다고 생각하니, 화가 나서 가슴이 터질 지경이었다.

"장칠고란 새끼는 어떤 놈이냐?"

둔기의 수하는 장칠고를 생각해 보았다.

그 인상이 하도 살벌해서 절대로 잊을 수 없는 장칠고의 모습이 떠오른다. 생각만 해도 오싹해진다.

"한마디로 고약하게 생긴 놈입니다."

그 말을 들은 둔기가 어이없는 표정을 지었다가 다시 말했다.

"이놈이 말한 대형님이란 자는 누구인가?"

그 말을 듣고 대답한 것은 왕가촌에서 온 자였다.

그는 왕이란 자로 왕가촌의 토박이였고, 왕군의 사촌 동생이기도 했다.

"그놈은 관표란 자입니다. 수유촌에서 태어나고 자란 놈으로 제법 힘 좀 쓰게 생겼습니다."

"관표?"

어디서 들었던 이름이라 둔기는 고개를 갸웃하다가 무엇인가 떠오른 듯 피식 웃었다.

"그놈 이름 하나는 좋군, 녹림왕과 이름이 같다니."

왕이는 고개를 끄덕이며 말했다.

"그놈은 이름만 좋은 것이 아니라 그 누이동생들도 절색입니다. 이번에 대두령님께 헌납하려 한 관요란 계집도 바로 관표란 놈의 둘째 여동생입니다."

그 말을 들은 둔기의 표정에 음심이 돌았다.

이미 관소와 관요에 대해서는 왕군에게 들어서 알고 있었다.

왕군이 그렇게까지 양보하며 얻으려 한 두 자매의 미모가 몹시 궁금하기도 했다.

"그럼 그놈은 죽이지 말고 살려 줘야겠군. 그래도 잘하면 내 계집의 오빠가 될 텐데, 죽인다면 관요란 계집이 매우 서운해하겠지."

왕이가 빠르게 허리를 숙이며 말했다.

"탁월한 선택이십니다."

둔기는 관요에 대해서 이야기하며 많이 분이 풀린 듯 입가에 음요로운 웃음을 머금었다.

얼굴에 칼자국까지 나 있는 왕군의 얼굴은 생각보다 험악해 보이지는 않았다.

차라리 얼굴에 상처만 없다면 보기에 따라서 꽤 미남형의 얼굴이랄 수 있을 정도였다.

그런 왕군은 상당히 심각한 표정으로 고민에 싸여 있었다.

그의 시선은 거의 시체가 되어서 돌아온 왕한을 보고 있었는데, 동생의 상처보다도 왕한을 그렇게 만든 관표에 대한 고민이 먼저인 듯했다.

왕군은 왕한이 처참한 모습으로 돌아오자 처음엔 너무 화가 나서 어쩔 줄 몰라 했다. 그러나 시간이 지날수록 상황이 심상치 않다는 것을 알게 되었다.

왕군은 마음이 안정되자 수하들한테 자초지종을 들었고, 밀봉된 서신은 둔기에게 보냈다.

아무리 둔기와 친분이 있는 왕군이었지만 둔기에게 보내는 서신을 함부로 뜯어볼 순 없었다.

만약 왕군이 그 서신을 보았다면 그대로 보내진 않았을 것이다.

일단 신속하게 조치를 취한 왕군은 다시 한 번 생각을 정리해 보았다.

아무리 생각해도 상대의 힘이 심상치 않았다.

들은 대로만 계산해 보아도 적의 힘은 왕가촌의 그것보다 강하다는 것이 왕군의 판단이었다.

그러나 일단 시간이 있으니, 둔기에게 도움을 청하고 왕가촌에서 나가지 않고 지킨다면 수유촌의 공격을 막아내는 것은 별로 어렵진 않을 것이라 생각했다.

이럴 때를 대비해서 마을 주변에 만들어놓은 튼튼한 방호벽이 큰 도움을 줄 것 같았다.

결심을 굳힌 왕군의 시선이 또 다른 동생인 왕진에게 향했다.

왕진은 왕군의 세 번째 동생이었으며 꾀가 많고 냉정한 성격이라, 왕군에게는 군사 노릇을 하는 인물이었다.

"어떻게 했으면 좋겠냐?"

"들은 대로라면 상대들은 상당한 힘을 지니고 있는 것 같습니다. 섣부르게 먼저 공격할 필요는 없을 것 같습니다. 그리고 둔가채에도 도움을 청해야 하지 않을까 생각합니다. 그래서 서신을 보내는 수하에게 일러두었습니다. 아울러 도움을 청하는 서신도 함께 보냈습니다."

왕군은 만족한 표정으로 고개를 끄덕였다.

항상 일 처리가 깔끔한 동생이었다.

이젠 안심이 된다.

수유촌의 촌놈들이 녹림의 대영웅이라고 할 수 있는 둔가채의 고수들을 이기리란 생각은 하지 않았다.

어차피 왕가촌에 와 있다가 수유촌에서 당한 둔가채의 수하들은 그들 중에서도 가장 햇병아리들이었고, 가장 약한 자들이란 것을 왕군도 잘 알고 있었다.

왕가촌이 누군가에게 공격당할 일도 없었기 때문에 형식상 보호 면목으로 와 있었던 것일 뿐이다.

그들이 당했다고 둔가채의 진정한 고수들이 관표 일행에게 진다는 생각은 하지 않았다.

그들이 얼마나 무서운지는 왕군이 잘 알고 있었기 때문이다.

물론 그는 관표 일행에 대해서 전혀 모르고 있었다.

수유촌의 촌놈이 성공해야 얼마나 했겠는가? 그것이 왕군이나 왕진의 생각이었다. 하긴 왕가촌의 촌놈들이 생각하는 것이 얼마나 깊겠는가.

관표는 수하들과 함께 열심히 수유촌을 돌아보고 있었다.

이곳저곳 돌아보면서 무엇인가 열심히 기록을 하고 종이에 그림을 그리곤 하는 관표를 반고충이나 그의 수하들은 궁금한 표정으로 바라본다.

관표는 거기에서 멈추지 않고 수하들을 시켜 수유촌 반경 백여 리 안을 샅샅이 조사해서 기록하게 만들었다. 그리고 험한 곳이나 어떤 곳은 본인이 직접 찾아가 알아보곤 하였다.

수유촌이 내려다보이는 산 어림 나뭇가지 위에 한 명의 가냘픈 인물이 앉아 있었다.

험한 산이라 아무리 대담해도 혼자서는 함부로 올라올 수 없는 곳이 바로 모과산이었다. 그리고 지금 가냘파 보이는 인물이 앉아 있는 나뭇가지는 사 장 이상이나 되는 큰 나무 꼭대기쯤이었다.

가냘픈 인물의 시선은 수하들과 함께 지형을 조사하고 있는 관표에게 모아져 있었다.

'드디어 만났군요! 소소가 당신을 얼마나 찾았는지 모른답니다.'

가냘픈 인물은 바로 백리소소였다.

그녀는 슐탄이 말한 인상착의와 싸우는 방법 등을 종합해 보고 혹시나 하는 마음으로 여기까지 찾아왔고, 드디어 관표를 만날 수 있었던 것이다. 그러나 어떻게 관표에게 다가갈지 방법이 떠오르질 않았다.

그냥 나타난다면 어떻게 왔는지 설명해야 하고, 자신이 무공을 지니고 있다는 사실도 말해야 한다. 하지만 그녀는 그것이 싫었다.

'내가 무공이 절대고수란 것을 알면 싫어하시지 않을까? 특히 여자가 철두신공을 익힌 것은 좀……. 그리고 마병을 지니고 있다는 사실도 알게 된다면 어떻게 생각하실까?'

고민되는 일이었다.

그리고 수유촌의 화전민 아들인 관표의 입장을 생각해야 했고, 그가 녹림왕이란 사실을 알았다.

백리소소에게 그것이 문제가 되지는 않았다. 하지만 자신이 정파 무림의 대표 격인 백리세가의 여식이란 사실을 안다면, 만나서 자신의 감정을 말하기도 전에 서먹해질 것 같았다.

'당분간 내 신분을 속이자.'

백리소소는 일단 결정을 내리자, 이젠 어떤 방식으로 관표에게 접근할까를 고민하였다.

쉬운 방법이 떠오르지 않는다.

그때 마침 관표 일행이 마을을 떠나는 모습이 보인다. 아무래도 무엇인가 사기 위해 마을을 떠나려는 것 같았다.

'기회다!'

백리소소의 얼굴이 밝게 변했다.

마을을 나선 관표는 마을과 관도까지의 거리를 생각해 보았다.

마을에서 보통 어른 걸음으로 하루 정도를 걸어야 관도에 도착할 수 있었다. 그리고 길은 험하고 좁아서 마차는 물론이고 말을 타고도 함부로 오기 힘든 곳이 바로 수유촌이었다.

모과산에 근거지를 둔 세 마을 중 수유촌이 가장 외진 곳에 있었고, 모과산의 가장 깊은 곳에 있었으며, 마을까지 가는 길도 가장 험했다.

수유촌은 마을을 중심으로 작지 않은 산봉우리들이 병풍처럼 둘러싸 있고 마을 뒤쪽으로는 제법 큰 계류가 흐르는데, 계류를 따라 계곡을 올라가면 험악한 절벽들이 앞을 가로막는다. 그래서 수유촌을 나가고 들어오는 곳은 단 한 개의 길밖에 없었다.

수유촌에서 조금 더 나가면 산과 산 사이로 난 작은 길이 있는데, 이곳이 바로 마을 어귀였다.

그 마을 입구에서 조금 더 가면 마을에서 흘러나온 계류가 흐르고, 그 계류 아래로 약간의 논밭이 있었다.

이 논과 밭이 바로 수유촌 마을 사람들을 먹여 살리는 곡식 창고였다. 비록 넉넉하지는 않지만, 그래도 마을 사람들의 생명줄은 될 정도의 넓이였다. 그리고 그 다음 논과 밭을 넘어서면 울창한 숲이 있었고, 그 숲은 너무 큰 바위가 많아서 수유촌 사람들은 논과 밭으로 만드는 것을 포기한 곳이었다.

바위와 암석, 그리고 나무와 풀로 이루어진 숲을 마을 사람들은 석

목림(石木林)이라고 불렀다.

그 외에 마을과 마을 주변에 대해서 조사한 수많은 내용이 관표의 머리 속에 가득했다. 그리고 그것을 토대로 반고충과 많은 의논을 한 다음이었다.

'내 마을을 산적들의 소굴로 만들지 않겠다. 나를 따르는 수하들이 도적이라고 손가락질 받게 하지 않겠다. 꼭 그런 것이 아니라도, 지금 우리 힘이라면 정당한 방법으로 돈을 벌어 마을을 잘살게 할 수 있을 것이다. 녹림이 꼭 도적을 지칭하는 말이 아니란 것을 세상이 알게 해 주겠다.'

이것이 관표의 결심이었다.

이는 관표의 책임감이기도 했고 꿈이기도 했다. 하지만 그 어떤 것도 관표는 마을을 떠나서 생각하진 않았다.

이왕이면 모든 것을 자신이 태어나고 자란 모과산과 수유촌을 배경으로 할 생각이었고, 무엇인가 방법이 있을 것 같기도 했다.

여러 가지 생각들이 머리 속에서 맴돌지만 아직 어떠한 확정도 하지 못하고 있는 관표였다.

우선은 마을 사람들이 충분히 먹을 수 있는 양식이 필요했다. 그래서 지금 수하들과 함께 양식을 사러 가는 중이었다.

양식을 사서 돌아오는 길은 그다지 오래 걸리지 않았다.

관표는 경공을 펼치고 가, 관도에서 지나가는 상인에게 후한 값을 주고 쌀과 여러 가지 곡식을 살 수 있었던 것이다.

시간상 장안이나 기타 현까지 가기엔 거리가 너무 멀었다.

관표 일행이 관도에서 수유촌으로 들어가는 길에 막 이르렀을 때였다. 수수한 차림의 여자 한 명이 관표와 그 일행이 있는 곳으로 천천히 걸어온다.

그녀의 얼굴은 머리카락으로 가려져 있어서 제대로 보긴 힘들었지만, 허름한 옷을 걸쳤음에도 함부로 근접하기 어려운 위엄이 풍기는 모습이었다.

천천히 관표 앞으로 다가온 여자는 머리를 뒤로 쓸어 넘겼다. 순간 여자를 보고 있던 관표와 수하들의 눈이 더없이 커졌다.

장칠고를 비롯한 수하들의 표정은 완전히 넋이 나간 표정이었다.

세상에, 여자가 아름다우면 얼마나 아름다울 수 있을까? 그들은 여자의 미로 따지면 지금 눈앞의 여자보다 더 아름다운 여자는 세상에 없을 것이라고 생각했다.

관표도 놀라기는 했지만, 곧 정신을 차리고 여자를 바라본다.

그 모습을 본 백리소소는 마음이 뿌듯해지는 것을 느꼈다.

'역시 보통 분은 아니시다. 나를 보고 저렇게 평온한 표정을 지은 남자는 이분이 처음이구나. 소소가 남자 하나는 잘 선택한 것 같다.'

백리소소는 관표의 일 장 앞에 멈추었다.

모두 그녀를 본다.

백리소소는 그 자리에서 관표를 향해 큰절을 하기 시작했다.

관표의 수하들은 모두 멍청한 표정으로 여자를 보고 있다.

대체 무슨 일인가? 모두 여우에게 홀린 기분이었다.

이런 산중에 백리소소같이 아름다운 여자가 나타난 것만 해도 충격이었는데, 갑자기 자신들의 대형에게 큰절을 하는 것은 또 뭐란 말인가?

모두 충격을 먹은 표정으로 관표를 본다. 그러나 그들은 절을 한 백리소소의 다음 말을 듣고 다시 아연질색하고 말았다.

"소소가 낭군님께 이제야 인사를 드립니다."

장칠고를 비롯한 녹림의 수하들 입이 딱 벌어졌다.

관표는 처음 놀랐던 것과는 달리 담담한 표정으로 백리소소를 바라보고 있었다.

기억을 더듬어가는 듯한 표정이기도 하였다. 그러나 백리소소를 바라보는 눈은 맑고 깊었다.

지혜롭고 영리한 백리소소조차도 지금 관표가 무슨 생각을 하는지 짐작할 수 없을 정도였다.

백리소소는 겉으로 태연한 표정이었지만 마음은 조마조마하였다.

자신을 미친 여자 취급할 수도 있었고, 자신을 거부할 수도 있었다.

무엇보다도 자신을 기억하지 못할 수도 있었다.

천하에 백리소소지만 얼굴에 긴장한 빛을 감추지 못했고, 뺨에 떠오른 홍조를 감추지 못했다.

그런 백리소소의 모습은 누가 보아도 순진한 요조숙녀로서의 모습 그대로였다.

비록 갑작스럽기는 했지만, 백리소소는 녹림도원의 형제들 마음을 단번에 사로잡고 말았다.

이제 모든 시선이 관표에게 모아졌다.

자신들의 대형인 관표와 백리소소의 관계를 무척이나 궁금해하는 표정들이었다.

"일어나시오."

관표의 담담한 말에 백리소소는 이상하게 자신이 위축되는 것을 느끼고 다시 한 번 용기를 내야 했다.

천하에 두려울 것이 없는 백리소소지만 사랑 앞에서는 약한 모습을 보이고 만 것이다.

"그동안 잘 있었소?"

관표의 물음에 백리소소의 얼굴이 밝아졌다.

'기억하고 계신다!'

그것만으로 충분히 만족했다.

혹시나 자신을 기억하지 못하면 어쩌나 싶은 마음에 얼마나 가슴을 졸였던가. 긴장이 풀어지고 나자 이번엔 관표에게 조금이지만 서운한 마음이 들었다.

긴장하고, 그렇게 잊지 못했던 자신에 비해서 관표의 표정이나 행동이 너무 담담했던 것이다. 그러나 그 마음은 그가 자신을 기억하고 있다는 한 가지 이유로 전부 사그라졌다.

"소녀를 기억하고 계셨군요."

관표는 백리소소를 보다가 가볍게 한숨을 쉬었다.

"잊기엔 너무 지나치게 예쁜 소녀였소"

백리소소의 얼굴이 붉게 노을 진다.

그녀는 부끄럽고 달콤한 마음에 고개를 숙이고 말았다.

관표는 크고 길게 심호흡을 하였다.

말은 담담하게 하고 있었지만, 가슴은 심하게 두근거리고 있었다. 건곤태극신공의 정자결로 겨우 마음을 다스리고 있었지만, 그래도 마음이 설레이는 것은 어쩔 수 없었다.

관표가 어찌 백리소소를 잊을 수 있겠는가? 비록 당시엔 여자로서보다는 동생 같은 기분이 들었던 것이 사실이다. 그러나 첫 입맞춤을 한 후에도 상대를 동생처럼 생각할 수는 없었다.

하지만 다시 만날 수 있으리란 생각은 전혀 해보지 않았다.

가끔 아련하게 가슴속에 남아 있는 흔적을 떠올릴 때면, 그때마다 가슴이 두근거리곤 했었다.

그 흔적이 너무 멀어져서 그렇게 추억으로 남아 있었지만, 이상하게 그 소녀의 모습은 날이 갈수록 또렷하게 머리 속에 남아 있었던 것이다.

관표는 백리소소를 보는 순간 알아볼 수 있었다.

그리고 그녀가 절을 했을 때는 가슴이 막히는 어떤 감동 때문에 호흡을 하기가 힘들었다.

어떻게 말을 하긴 해야 했는데, 쉽게 할 말이 떠오르지 않았다.

건곤태극신공의 정자결을 다시 끌어올리고서야 마음이 진정됐다.

사랑이란 말없이 다가와서 제멋대로 가슴속에 주저앉는 불청객과 같았다. 나가라고 해도 나가지 않고, 잡는다고 잡히지 않게 마련이다.

관표는 지금 일어나고 있는 일이, 마치 예전부터 이렇게 될 것을 스스로 알고 있었던 것처럼 느껴졌다.

백리소소가 나타나고 이렇게 인사를 하는 모습이 전혀 낯설지 않았고 아주 당연한 것처럼 느껴졌던 것이다.

그녀를 다시 만나리라 생각하지 못했던 것을 감안하면 신기한 일이었다. 그러나 둘은 운명처럼 가슴속에서 서로를 항상 그리워하고 있었기에 지금 상황을 거부감없이 받아들일 수 있었던 것이다.

상대를 그리워하게 되면 사람은 자신도 모르게 상대를 주인공 삼아 많은 상상을 하게 된다. 그러다가 정말로 상대를 만나게 되면 그 상상과 비슷한 경험을 할 수 있게 되고, 그 상황을 자연스럽게 받아들일 수 있기도 한다.

물론 관표의 경우 꼭 그 이유만은 아닐지도 모른다.

어쩌면 백리소소를 보는 순간 운명을 느끼고 모든 것을 순응하며 받아들일 수 있었는지도 모른다.

건곤태극신공의 오묘함이 그에게 거부감없이 백리소소를 받아들이게 했지도 모른다.

"오랫동안 찾았습니다."

울먹이며 말하는 백리소소의 말에는 많은 감정이 녹아 있었다. 그녀가 얼마나 많은 마음 고생을 했는지, 그 한마디로 짐작이 갔다.

관표는 조금 당황스러웠다.

남녀 간의 사랑을 주는 것도 서툴지만 아직 받는 것도 서툰 관표였다.

말 한마디마다 정이 묻어 나오는 백리소소의 말에 쑥스럽기도 하고 더할 수 없이 기분이 좋기도 하였지만, 동생들 보기가 조금 민망스럽기도 하였다.

두 사람의 모습을 지켜보던 장칠고가 감탄한 표정으로 말했다.

"역시 형님은 여자를 보는 눈도 다르고 따르는 여자의 질도 다르구나! 정말 멋지십니다, 형님!"

장칠고의 말에 모두 동감한다는 표정으로 관표를 본다.

모두 부러움과 기쁨이 가득한 표정들이었다.

존경하는 대형이 저렇게 아름다운 여자를 맞이하게 되었다는 사실이 무엇보다도 기뻤다.

마치 자신들이 좋은 여자를 맞이한 듯한 느낌이었다.

좋은 여자는 남자의 위신도 높여주게 마련이었다.

그러나 녹림도원의 형제들은 여전히 두 사람의 관계가 궁금했다.

백리소소와 관표는 잠시 동안 그렇게 서 있었다.

그 침묵이 낯설어서인가? 관표는 문득 생각이 난 듯 물었다.

"건강은 되찾은 것이오?"

"가가 덕분에 건강해졌습니다."

"다행이군. 걱정했었소."

관표의 말에 백리소소는 왈칵 치밀어 오르는 눈물을 참을 수 없었다.

그동안 기다리고 기다려 온 그리움과 가슴앓이를 한꺼번에 보상받은 느낌이었다.

백리소소의 눈에서 방울방울 떨어지는 물기를 보고 관표는 가슴이 아리는 것을 느꼈다.

사연을 말하지는 않았지만, 그녀의 마음이 애잔하게 다가온다.

관표는 그녀의 어깨를 다독거리며 말했다.

"내가 가는 곳은 아주 험한 곳이오."

자연스럽게 말을 돌리고 둘과의 인연을 한 단계 더 끌어올린다. 아울러 그 말에는 백리소소가 따르겠다면 자신을 인정하겠다는 뜻이 담겨 있었다.

백리소소의 표정이 더없이 밝아졌다.

"저는 세상의 모든 것을 묻고 지금 여기에 와 있습니다."

관표는 잠시 백리소소를 바라보았다.

묻고 싶은 것이 많았다.

백리소소가 고개를 들고 관표를 바라본다.

역시 하고 싶은 말이 많은 눈이었다.

관표는 가볍게 숨을 몰아쉬며 물었다.

"혼자서 험한 길을 찾아 여기까지 온 것이오?"

"도와준 분들이 있습니다. 그러나 지금은 이제 혼자입니다."

"고생이 많았소."

"이젠 괜찮습니다. 가가를 만나는 순간 다 잊었습니다."

두 사람은 묻고 대답할 것들이 아직도 많았지만, 모든 것을 가슴에 묻어둔다.

앞으로 시간은 많고 차츰 알아가면 된다.

관표는 장칠고를 비롯한 녹림도원의 형제들을 보고 말했다.

"모두 와서 인사하거라."

관표의 말에 장칠고를 비롯한 녹림의 형제들이 우르르 몰려와 인사를 하였다.

"장칠고가 형수님을 뵙습니다!"

장칠고의 고함에 백리소소의 얼굴이 다시 한 번 노을이 지고 말았다. 그러나 기분 나쁘지 않은 미소가 은은하게 감돈다.

그 모습이 너무 매혹적이라서 다른 형제들이 인사할 생각도 못하고 멍하니 백리소소를 바라본다.

"소소라고 합니다. 앞으로 잘 부탁드립니다."

백리소소가 자신을 소개하였지만 장칠고를 비롯한 모든 녹림도원의 형제들은 아직도 정신을 못 차리고 있었다.

관표가 '허험' 하고 헛기침을 하고서야 정신을 차렸다.

관표는 괜히 어깨가 으쓱한 기분이 들었다.

백리소소의 아름다움이 자랑스러웠던 것이다.

함께 있던 녹림도원의 형제 중 한 명이 전력으로 달려와 먼저 백리소소의 존재를 알렸다.

관복이나 관표의 아내 심씨는 관표가 며느리 될 여자와 함께 온다고 하자 옷을 다시 차려입는 둥, 서두르기 시작했다. 그리고 관표의 동생들도 새삼스럽게 계류에서 목욕을 하고 오는 둥, 새사람 맞을 준비에 바빴다.

어디 관복 일가뿐이겠는가? 마을 사람들 전체는 물론이고, 반고충을 비롯한 녹림도원의 형제들까지 옷을 추려 입고 수염을 다듬고 난리를 친다.

특히 녹림도원의 형제들은 모여서 소식을 전해온 사람을 붙들고 묻느라 여념이 없었다.

누군가가 물었다.

"대형수님은 예쁘시냐?"

그 물음에 소식을 가지고 온 형제는 마른침을 한 번 삼키고 자신에게 물은 사람을 보면서 되물었다.

"너는 선녀를 본 적이 있냐?"

"본 적이 없는데."

"그럼 조금 기다려라! 곧 보게 될 것이다."

자신만만하게 말하는 그를 보는 모든 녹림도원의 형제들은 설마 하는 표정들이었다.

"아 씨, 이제 곧 올 테니까 그때 보라고, 내 말이 거짓인가!"

그는 다시 한 번 큰소리를 치고 있었다.

사실 그가 본 백리소소의 아름다움은 선녀 이상이었다.

선녀보다 아름답다고 한다면 모두 미친놈 취급할 것 같아서 말 못했을 뿐이다.

모두 설마 하는 표정으로 그를 바라보고 있을 때, 누군가가 고함치는 소리가 그들의 분위기를 깬다.

"온다! 관표 형님이 오신다!"

그 말을 들은 녹림도원의 형제들이 마을 어귀를 향해 우르르 몰려나갔다.

第九章
내 제자를 우습게 보지 마라!

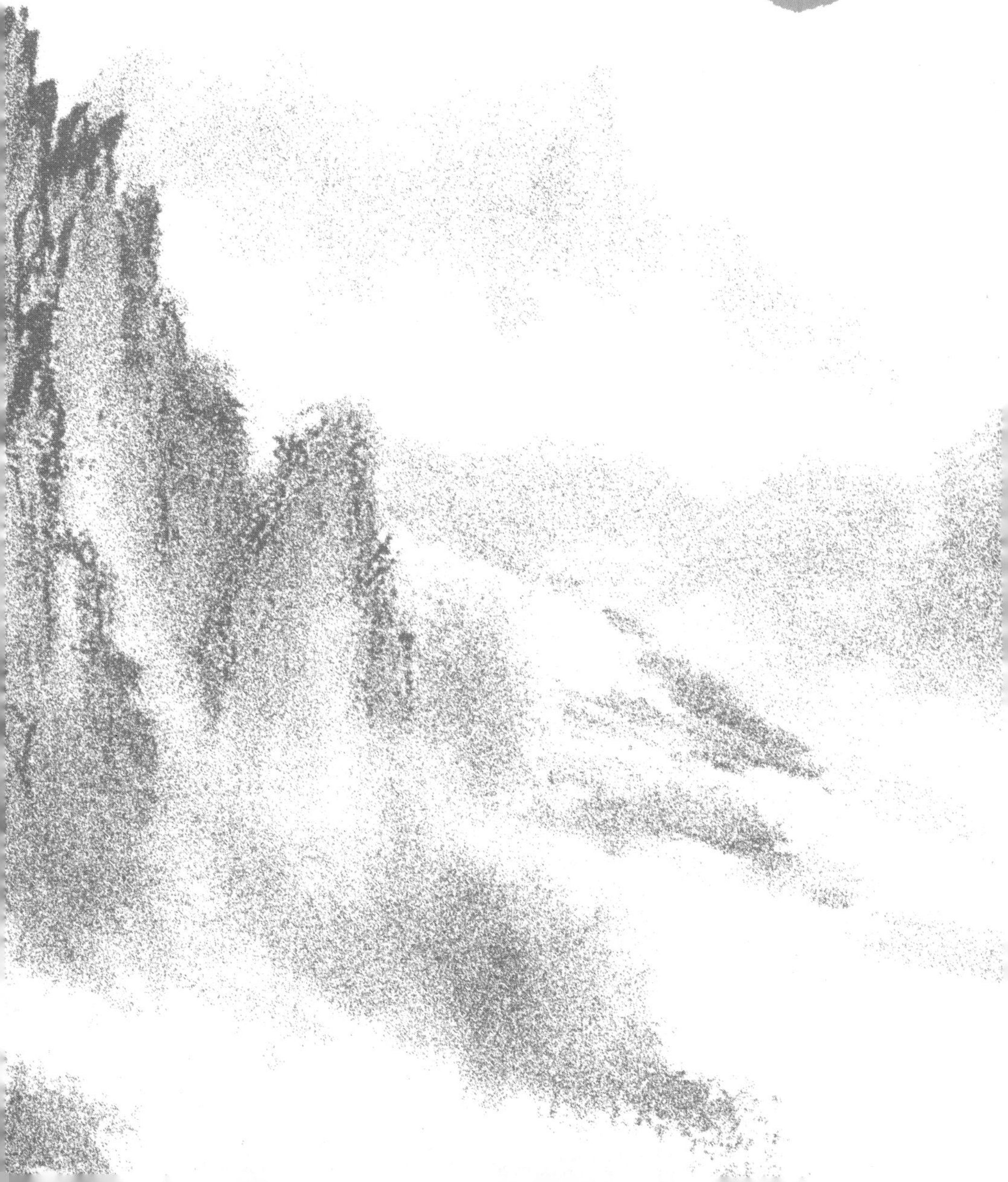

마을 어귀에서 기다리던 마을 사람들과 녹림도원의 형제들은 관표 일행이 나타나자 너도나도 목을 빼고 본다. 그러나 관표의 뒤를 따르는 백리소소는 품 안에 무명 천으로 싼 무엇인가를 안은 채 고개를 숙이고 있었기에 그녀의 얼굴을 볼 수가 없었다.

모두 호기심이 가득한 시선으로 보고 있는 가운데, 드디어 관표 일행이 마을 사람들과 녹림도원의 형제들이 있는 곳으로 다가왔다.

관표는 마을 어른들에게 먼저 인사를 한 후 백리소소를 돌아보며 말했다.

"마을 어르신들과 녹림도원의 형제들이오."

녹림도원에 대해서는 오는 동안 들은 바가 있었다.

백리소소가 인사를 하기 위해 고개를 들었다.

"소녀 소소가 어르신들께 인사를 드립니다."

인사를 하면서 백리소소가 다시 고개를 숙였지만, 인사를 받은 사람들 중 응답을 하는 사람은 단 한 명도 없었다.

백리소소는 당황한 표정으로 고개를 들어 마을 사람들을 보았다. 혹시 자신이 실수라도 하지 않았나 싶었던 것이다. 그러나 그것은 기우였다.

마을 사람들이나 녹림도원의 형제들은 백리소소의 미모에 얼이 빠져 있었던 것이다.

그들은 이 아름다운 소저의 인사를 받는 것조차 영광스럽다는 생각이 들었다.

모두들 그렇게 생각하며 넋을 놓고 있자, 먼저 와서 백리소소의 존재를 알렸던 녹림도원의 원령은 그거보란 표정으로 의기양양해했다.

백리소소가 당혹스런 표정을 하고 있을 때 관표가 가볍게 헛기침을 하자, 모두들 후다닥 정신을 차렸다.

"형수님을 뵙습니다!"

민망했던 모습을 감추려는 듯 녹림도원의 형제들이 일제히 인사를 하였다.

그 목소리가 얼마나 큰지 모과산이 들썩 하는 것 같았다.

마을 사람들도 정신을 차리고 앞 다투어 인사를 한다.

몇몇 사람은 아직도 홀린 표정으로 백리소소를 보면서 말했다.

"세상에! 표가 세상에 나간 것이 아니라 천상의 가서 선녀를 납치해 왔구먼."

"선녀도 저렇게 예쁘진 않을 텐데 말이야. 정말 눈이 부시단 말이오."

마을 사람들이 연신 감탄하자, 관표도 괜히 어깨가 으쓱해지는 기분이었다.

이때 장칠고가 다가와 말했다.

"형님, 왕가촌의 감시자들은 어떻게 할까요?"

"내버려 두어라."

이미 이전부터 감시자들이 있다는 걸 알고 있었지만 그냥 놔두고 있던 참이었다. 어차피 처리하면 또 올 테고 더욱 조심할 테니 그냥 두고 보자는 생각이었다.

관표의 집은 잔칫집 분위기였다.

마을에서 유지라고 할 수 있는 촌장과 조산 부부가 이미 와서 기다리고 있었으며, 관복과 부인 심씨, 그리고 반고충은 방 안에 앉아 있었지만 연신 문밖으로 시선을 주고 있었다.

관표의 동생들은 마당을 쓸고 부엌에서 음식을 만드느라 분주했다. 너무 갑작스런 일이라 미처 음식을 준비하지 못했기 때문이다.

다행이라면 처음 관표 일행이 올 때 사 왔던 쌀과 재료들이 있어서 급한 대로 음식을 만들 수 있었다는 점이다.

조산의 부인과 촌장의 부인이 관소와 관요를 도와 음식을 준비하고 있었다.

길 밖에서 기다리던 관위가 뛰어들어 오며 말했다.

"와요! 형이 형수님 될 분과 함께 와요!"

모두 긴장한 표정으로 방 밖을 내다보았고, 부엌에 있던 여자들도 얼굴을 내민다.

이미 울타리를 부숴놓았기에 멀리서 관표 일행이 오고 있는 것이 보였다. 그 뒤를 마을 사람들이 줄줄이 따라온다.

함께 오는 여자는 관표의 뒤에 있어서 잘 보이지 않았지만, 언뜻언뜻 여자의 형체가 비친다.

모두들 긴장하고 밖으로 나와 기다릴 때, 드디어 관표 일행이 마당으로 들어섰다.

관표가 관복과 반고충에게 다가와 공손히 인사를 하였다.

"표가 돌아왔습니다."

관표의 인사를 받은 관복은 이미 아들의 인사엔 관심도 없었다.

"이놈아, 누가 네놈 인사 받겠다냐? 듣자 하니 손님이 있다고 하더구나. 허험."

관복의 직선적인 말에 관표는 머쓱해지는 느낌이었다.

어머니 심씨 역시 아버지 옆에서 아들은 젖혀놓고 그 뒤에 있는 백리소소를 살피기에 여념이 없었으며, 반고충은 아예 대놓고 다가가서 살핀다.

촌장이나 여자들 또한 이미 관표는 관심 밖이었다.

백리소소가 부끄러워 고개를 들지 못하고 있을 때, 관복은 늘씬한 체구의 아가씨가 일단 마음에 들었다.

혹시나 어디서 돼먹지 못한 여자라도 데려오지 않을까 걱정했는데, 부끄러워할 줄 알고 어른을 어려워할 줄 아는 모습이 그래도 가정 교육은 제대로 받은 것 같았기 때문이다.

백리소소를 아는 무인들이 이 사실을 알았다면 입에 거품을 물 일이었지만 뭐 어쩌랴, 지금은 분명히 그렇게 보였으니.

더군다나 늘씬한 체구에 비록 무명옷으로 몸을 가리고 있었지만 상당히 아름다운 몸매를 지니고 있었다.

장차 녹림의 영웅이 될 관표의 동행자로서 부족하지 않을 것 같았다.

관표는 머쓱한 표정으로 백리소소를 보면서 말했다.

"여기 아버님과 스승님이시오. 인사드리시오."

관표가 소개를 하자 백리소소가 다소곳이 앞으로 나와 큰절을 하려 하자 관복이 만류하면서 말했다.

"허허, 여기는 적당치 않으니 안으로 들어가서 인사를 나누자꾸나."

"그래, 그것이 옳지."

반고충도 그 말에 찬성했다.

어머니 심씨가 아들 관표를 흘겨본 다음 백리소소에게 다가와 친절하게 말했다.

"오느라고 고생했다. 저놈이 무심해서 때와 장소를 가리지 못하니 마음 넓어 보이는 네가 많이 이해해야 할 것이다."

관표가 더욱 머쓱해지고 녹림도원의 형제들은 웃지도 울지도 못한다.

천하에 관표도 부모 앞에서는 애 취급 받을 수밖에 없었다.

더군다나 고대하고 고대하던 며느리가 나타나자 관복과 심씨에게 아들은 이미 눈 밖이었다.

화전민촌에 번듯한 며느리감이 제 발로 걸어왔으니 얼마나 고마운 일인가.

관복의 입은 이미 귀에 걸려 있었고, 심씨는 백리소소의 손을 보고 기꺼워한다.

"아이고, 어쩜 이렇게 손이 고울까? 여자는 손이 고와야 남자에게 사랑받는 법인데."

백리소소가 더욱 얼굴을 붉히고 고개를 숙이자 반고충이 궁금한 표정으로 말했다.

"그래, 애야, 이제 고개를 좀 들어봐라. 제자 녀석의 색시 얼굴도 아직 못 봐서야 어디……."

반고충이 반은 놀리는 기분으로 말하자 백리소소가 숙였던 고개를 들었다.

순간 관복과 반고충의 얼굴이 딱 굳어진 채 입이 떡 벌어진다.

왜 그러나 하고 백리소소를 돌아본 조산과 촌장은 그 자리에 털썩 주저앉으며 말했다.

"아이고, 선녀님."

중얼거리듯이 말하는 촌장은 눈이 풀어졌다.

여자들 또한 멍하니 백리소소를 본다.

보면 볼수록 아름답고 청초한 모습이요, 보고 있으면 있을수록 황홀한 미모였다.

어찌 인세의 인간이 이렇게 아름다울 수가 있단 말인가?

관표의 동생들은 어른들의 표정을 보고 얼른 돌아와서 백리소소의 얼굴을 보고는 역시 어른들과 같은 표정으로 굳어졌다.

이제야 백리소소의 얼굴을 본 녹림도원의 형제들 역시 넋을 놓고 보는데, 이미 관표와 함께 곡식을 사러 갔다 온 사람들은 예상했던 일이라 놀라지도 않았다.

먼저 소식을 전했던 원령이 더욱 의기양양한 표정으로 중얼거렸을 뿐이다.

"내가 선녀라고 했잖아."

"아버님, 스승님, 이제 들어가서서 인사를 받으셔야지요."

관표가 말하자, 그제야 모든 사람들이 정신을 차렸다.

관복은 조금 당혹스런 표정으로 말했다.

"그, 그래, 어여 들어가자. 들어가서 서로 인사를 나누자."

관복과 반고충이 백리소소를 방 안으로 데리고 들어가자 심씨도 얼른 방으로 따라 들어간다.

일행이 관표의 집, 방 안으로 들어가자 백리소소는 관복과 반고충, 그리고 심씨에게 소소라는 이름만 말하고 돌아가면서 큰절을 하였다.

소소라는 이름 속에 성까지 포함되었으리라 생각하는 어른들이었다. 이름이 중한 것은 아니다.

절하는 모습이 너무 고와서 관복 부부와 반고충은 연신 싱글벙글하면서 엉거주춤 마주 인사를 하였다.

원래는 그냥 인사를 받으면 되는데, 백리소소의 인사는 그냥 받기만 하기엔 너무 부담스러웠던 것이다. 그렇지만 백리소소의 행동 하나하나가 그야말로 요조숙녀의 그것에 부족함이 없었던지라 관복과 심씨의 기쁨은 이루 말할 수 없었다.

문밖에서 그것을 지켜보던 촌장과 조산을 비롯한 마을 어른들은 백리소소에게 말을 내리지 못하고 선녀님이라 부르다가 관표가 몇 번을 말리고서야 겨우 그 말을 거두었다.

그러나 아무도 백리소소에게 쉽게 말하지 못했다.

그러기엔 백리소소의 미모와 품격이 너무 뛰어났던 것이다.

그날 마을엔 소문이 쫙 퍼졌는데, 그 말은 이랬다.

관표가 선녀를 데려왔다.

그 말이 조금 더 와전되더니, 관표가 하늘의 신장이 된 것이 분명하다. 그래서 선녀를 아내로 맞이할 수 있었을 것이다, 로 변질되었다.

졸지에 관표는 하늘의 신장이 되고 말았다.

그리고 그 사실은 마을 사람들을 들뜨게 하였다.

모과산을 중심으로 살아가는 화전민들에게는 하나의 전설이 있었다. 언제고 모과산에 선녀가 내려와 한 명의 영웅과 연을 맺으면 그 영웅은 세상을 지배한다고 했다.

또한 그 영웅은 하늘의 신장으로 세상에 태어난 자라고 하였다.

그 전설을 믿는 마을 사람들은 백리소소를 그 선녀라고 생각했다. 당연히 관표는 그 영웅이라 생각한 것이다.

부인 심씨가 부엌으로 나가고 마을 어른들이 자리를 비켜준 후 방 안에는 관복과 반고충, 그리고 백리소소가 남았다.

반고충은 경국지색이니, 천하절색이니 등등의 많은 말을 들었지만, 백리소소야말로 경국지색이라 불리기에 충분하다고 생각했다.

그러나 반고충과는 달리 그녀의 모습을 한동안 바라보던 관복의 얼굴엔 근심이 어리고 있었다. 처음의 기뻐하던 모습과는 조금 달랐다.

백리소소가 관복의 안색을 보고 걱정스런 표정을 지을 때, 반고충 역시 관복의 안색을 보고 물었다.

"이 좋은 날 무슨 걱정이 있으신 모양입니다."

관복이 가볍게 한숨을 몰아쉬고 말했다.

"며느리 될 아이가 와서 좋기는 한데, 너무 뛰어나서 걱정입니다. 세상엔 과유불급이란 말이 있습니다. 자칫 너무 뛰어나서 욕심 내는 무리가 있을까 봐 걱정입니다. 표가 과연 저 아이를 감당할 수 있을지도 걱정입니다."

관복의 솔직한 말을 들은 반고충이 정색을 하고 말했다.

"내 제자를 우습게 보지 마십시오. 천하에 저 아이를 차지할 수 있는 남자는 표밖에 없다고 자신합니다. 저 아이 역시 그것을 알기에 표를 찾아왔으리라 생각합니다. 당신의 아들은 세상을 담아낼 그릇이니 앞으로 두고 보면 알 것입니다."

반고충의 말에 관복이 놀라서 그를 다시 한 번 바라본다. 그의 얼굴엔 자신감이 어려 있었다. 관복은 반고충의 얼굴에 떠오른 자신감을 보고 정말 그럴지도 모른다는 생각을 하게 되었다. 그러나 아직 가슴에 그것이 와 닿은 것은 아니었다.

반고충의 말에 가장 가슴이 뛴 것은 백리소소였다.

스승이 제자를 말하면서 저렇게까지 자신있게 말할 수 있다면 그것은 정말 믿을 만한 것이다.

사랑하는 사람이 극찬을 받는데 백리소소가 기뻐하지 않을 수 없는 일이었다.

더군다나 백리소소는 이미 반고충의 인물됨을 꿰뚫어 보고 있었다. 비록 보기엔 초라해 보여도 얼굴에 가득한 지혜로움을 읽을 수 있었고, 많은 인생 역경을 견디고 살아온 노강호의 노련함을 읽을 수 있었던 것이다.

별로 특출나 보이지 않는 반고충을 관표가 스승으로 모신 이유는 바로 그것 때문이라고 짐작한 백리소소였다. 그렇다면 그 정도의 사람이 말을 함부로 하지는 않을 것이다.

그것이 백리소소의 판단이었다.

또한 관복의 걱정을 이해한 백리소소는 속으로 조금 놀랐다.

산골의 농부가 설마 거기까지 생각하리라고는 생각하지 못한 것이다. 그러나 그 이전에 이미 관표의 동생들을 보고 놀란 터였다.

'결코 산골 화전민의 씨들이 아니다.'

그것이 백리소소의 생각이었다.

그는 관표의 동생들이 모두 산골에 박혀 있기엔 너무 아까운 인재들임을 알아보았다. 그리고 관복의 어머니 심씨 역시 상당한 미모를 지니고 있었으며, 관복은 화전민의 단순한 농부라고 보기엔 무엇인가 석연치 않은 점이 있었다.

그리고 지금 관복의 걱정은 백리소소에게 확신을 심어주었다.

관복은 반고충의 말에 마음을 가볍게 하고 백리소소를 보며 물었다.

"그래, 아가야. 그러고 보니 정작 중요한 것들을 묻지 못했구나. 우선 네 이름을 다시 한 번 말해 보거라."

"소소라고 하옵니다."

"소소라… 이름도 참으로 아름답구나. 허허, 이 주책이 쓸데없는 걱정을 한 모양이다."

관복이 물을 때 반고충은 묵묵히 백리소소를 바라만 보고 있을 뿐이었다.

무엇인가 생각에 잠긴 모습이기도 했다.

백리소소는 그런 반고충이 조금 껄끄럽기도 했지만, 표정엔 어떤 변화도 주지 않았다.

"그래, 우리 표하고는 어떤 인연으로 맺어진 사이인가?"

백리소소는 조금 망설이다가 그전에 있었던 이야기를 간략하게 해주었다.

"가가께서는 저의 목숨을 그렇게 구해주셨습니다. 그 후 많은 시간을 두고 가가를 찾다가 이제야 만나게 되었습니다."

관복이나 반고충은 그제야 고개를 끄덕이며 그 인연을 기꺼워하였다.

이번엔 관복이 물었다.

"그 이야기를 들어보고 또한 품성을 보아하니 결코 보통 집안의 여식은 아닌 듯한데, 뿌리를 물어도 되겠는가?"

드디어 걱정했던 질문이 왔다.

백리소소는 잠시 망설이다가 말했다.

"사정이 있어서 지금은 말하기가 곤란합니다. 저에게 조금 시간을 주셨으면 합니다."

그 말을 들은 관복이나 반고충은 고개를 끄덕였다.

"그렇게 하지."

백리소소는 고마움이 어린 눈빛으로 두 어른을 본다.

생각했던 것보다 너무 쉽게 넘어간 것이다. 그러나 두 어른의 표정을 보았을 때 이미 어떤 사연이 있으리라 짐작하신 것 같다. 그래서 굳이 묻지 않고 넘어간 것이리라.

또한 일부는 이미 짐작하고 있는 것 같기도 했다.

"감사합니다, 아버님."

"아, 아버님… 허허허, 뭐… 허험, 그렇지."

관복은 소소가 아버님이라고 부르자 거의 제정신이 아니었다.

그 황홀한 기분을 무엇으로 표현하랴.

"하하, 사람에게는 다 사정이 있는 것이다. 험, 네가 맘 편할 때 이야기하거라! 그리고 중요한 것은 네가 표를 선택했다는 사실이고, 나는 네가 맘에 든다. 그 이후의 일은 나중에 생각하자."

관복이 표정 관리를 하면서 말하자 백리소소의 얼굴이 활짝 펴졌다.

관복은 아버님이란 말 한마디에 그만 모든 것을 다 정리하고 말았다.

반고충은 옆에서 어이없는 표정으로 관복을 볼 뿐이었다.

이때 백리소소가 반고충을 보면서 물었다.

"사부님께서는 혹 물어보실 말씀이 있는지요?"

반고충의 얼굴이 붉어지고 말았다.

절세미인에게 사부님이란 말을 듣고 보니 가슴이 다 두근거린다.

미천한 산적 출신에서 갑자기 대단한 존재가 된 기분이었다.

"허허, 뭐… 으음, 하하, 나중에 말하기로 하지."

백리소소가 활짝 웃자 그 아름다움에 관복과 반고충은 입이 떡 벌어지고 말았다.

이렇게 백리소소는 관표의 집에 입성을 했다.

"그럼 전 나가서 어머님을 도와 음식을 만들겠습니다."

"아, 아니, 뭐……."

"그냥 있어도 되는데……."

두 남자가 당황할 때, 백리소소는 일어서서 부엌으로 갔다.

두 남자가 고개를 문밖으로 내밀며 아쉬운 표정으로 보고 있을 때, 백리소소는 부엌으로 가 심씨를 보고 말했다.

"어머님, 제가 돕겠습니다."

심씨는 놀라서 백리소소를 보았다가 얼굴이 활짝 펴진다.

얼마나 듣고 싶었던 말인가? 촌장 부인과 유씨가 부러운 눈으로 심씨를 본다.

관소와 관요는 기쁨을 참지 못하고 백리소소를 보면서 말했다.

"언니, 저희도 도울게요."

"아가씨들은 들어가서 쉬고 계세요. 여긴 제가 하겠습니다."

관소와 관요가 아가씨란 말에 어쩔 줄 몰라 한다.

그녀들도 백리소소와 같은 절세미인에게 아가씨란 말을 듣자 가슴이 두근거렸던 것이다.

그 한마디가 이렇게 기쁠 줄이야 누가 알았겠는가?

백리소소는 첫날 관표의 식구 전체를 휘어잡고 말았다.

그것도 아주 간단하게.

관표는 밖에서 멀뚱한 표정으로 그런 백리소소를 보고 있을 뿐이었다. 어머니 심씨가 그것을 보고 말했다.

"아니, 저 녀석은 누가 제 마누라 일 시킬까 봐 감시하나? 이 푼수 같은 놈아, 빨리 다른 데로 가 있어!"

며느리 앞에서 힘을 과시하는 시어머니는 천하무적이다.

관표는 한마디도 못하고 어슬렁거리며 조공의 집으로 향했다.

그동안 쉬지 않고 조공을 추궁과혈하며 개정대법을 펼쳐 온 관표였다.

다행히 조공은 아직 일어설 정도는 아니지만 이미 깨어나 있었고, 조금만 더 추궁과혈을 하면 그는 이전보다 훨씬 더 건강해질 것이다.

수유촌의 하루가 그렇게 지나가고 있는 그때, 왕가촌의 촌장 집으로 한 명의 사내가 뛰어들어 왔다.

그는 곧바로 왕군에게로 뛰어갔다.

왕군은 수유촌을 감시하고 있던 자가 허겁지겁 뛰어오자 혹시 무슨 일이 있는가 하고 놀라서 바라본다.

"형님께 아룁니다."

"뭔 일이냐? 관표란 놈이 벌써 쳐들어오기라도 한 거냐?"

"그게 아닙니다."

"그럼 뭐냐?"

"아무래도 관표란 분은 하늘의 신장이 분명합니다. 형님, 그냥 우리가 항복하는 것이 나을 것 같습니다."

"뭐라고?"

왕군이 당황한 표정으로 사촌 동생인 왕구를 바라보았다.

"관표가 하늘에서 선녀를 데리고 마을로 왔습니다! 제가 보았는데, 선녀가 분명했습니다! 정말입니다!"

왕군은 더욱 황당한 표정을 지었다.

그러나 산골에서 태어나 산골에서만 자란 왕구였다.

모과산을 중심으로 많은 전설이 있는데, 그중에 선녀에 대한 전설이라고 없을까?

그가 본 백리소소는 분명 선녀가 분명했다.

"형님도 아시잖습니까? 모과산에 선녀가 내려와 선택한 사람은 천하에 영웅이 된다는 전설이 있습니다."

겁에 질린 왕구를 보면서 왕군은 멍한 표정을 지었다.

물론 왕군이야 그 전설을 믿지 않지만, 산속에서만 자란 사람들은 그렇지 않았다.

대체 저 자식이 무엇을 보고 왔나 싶었다.

第十章
창밖엔 별이 총총하였다

당연히 선녀를 보고 오지는 않았을 것이다.

세상에 선녀가 어디 있는가? 중요한 것은 왕구가 선녀를 보았다고
믿는다는 사실이었다.

"왕구."

"예, 형님!"

"눈을 감아라."

왕구가 눈을 감았다.

"다시 차분하게 생각해 보아라. 정말 선녀를 보았는가?"

잠시 생각에 잠겨 있던 왕구가 확신하는 표정으로 말했다.

"분명합니다! 선녀가 아니라면 그렇게 아름다울 수가 없을 것입니
다. 선녀가 분명합니다!"

"그럼 그 선녀가 관표란 놈을 선택한 것도 사실인가?"

"그, 그렇습니다."

"그런가?"

"예."

"왕구."

"예, 형님."

"눈 뜨지 말아라."

왕구가 황급하게 다시 눈을 감았다.

"미안하다."

왕구는 왕군의 말뜻을 알아듣지 못하고 어리둥절한 표정을 짓는다. 그때 왕군의 도가 번쩍 하면서 왕구의 목이 날아가 버렸다.

왕구가 죽으면서 피가 솟구쳤지만, 왕군은 눈 하나 까딱하지 않고 중얼거리듯이 말했다.

"전쟁을 눈앞에 두고 아군의 사기를 꺾는 말을 하는 자를 살려놓을 순 없다. 나를 용서해라, 왕구."

왕군은 그렇게 말하며 왕구에게 용서를 빌었다.

왕군은 왕구가 한 말이 마을에 흘러나갈 경우 그 사태가 심각해질 것을 알았기에 미리 입을 막은 것이다.

하지만 왕군은 정말 궁금했다.

대체 왕구가 본 선녀의 정체가 무엇인지…….

물론 정말로 선녀가 있다고는 믿지 않았다.

하지만 자꾸 불안한 생각이 드는 것은 어쩔 수 없는 일이었다.

저녁이 지나서야 관표는 백리소소와 마주 앉을 수 있었다.

"고생 많았소."

관표가 소소의 손을 보면서 말했다.

사실 오늘 종일 마을 어른들 접대하랴, 음식 나르랴, 인사하랴 고생이 이만저만이 아니었던 백리소소였다.

만약 보통 여자였으면 몹시 피곤했으리라. 그러나 백리소소에게 그건 일도 아니라 할 수 있었다. 내공이 일이십 년도 아니고.

"소녀는 즐거웠습니다."

"그렇게 생각했다니 참으로 다행이오. 하지만 집이나 마을이 누추해서 조금 불편할 것이오."

"저는 정말 괜찮습니다. 어차피 제 스스로 택한 길입니다. 그리고 가가께서 옆에 계신 것으로 지금은 충분히 행복합니다."

관표의 얼굴에 홍조가 떠올랐다.

말을 해놓고 백리소소는 가슴이 두근거리는 것을 느꼈다.

무슨 배짱으로 그런 말을 했는지 모른다.

순간적으로 튀어나간 말이라 주워 담지도 못하고 얼굴만 붉힌다.

어색해지려 하자 관표가 얼른 말을 이었다.

"그렇게 생각해 준다면 참으로 고맙소. 조금만 참으시오. 나는 이 마을을 세상에서 가장 살기 좋은 곳으로 만들 것이오. 단순히 잘사는 마을이 아니라 정이 넘치고 화목한 마을, 그리고 어느 누구도 함부로 할 수 없는 우리만의 마을을 만들어놓을 것이오. 그래서 여러 가지를 준비 중에 있소."

백리소소가 관표를 바라보았다.

무척 기대 어린 표정이었다.

관표는 백리소소의 표정을 보고 진지한 얼굴로 말했다.

"내 꿈이었소. 나는 세상을 질타하는 영웅엔 큰 관심이 없소. 내가 가진 힘으로 우리 가족과 나를 따르는 수하들이 행복하게 살 수 있도록 지켜줄 수 있고, 그렇게 만들어줄 수 있다면 그것으로 족하오. 하지만 의외로 적들이 강해 그게 그렇게 쉽지는 않을 것 같소. 그래서 많은 준비가 필요하오."

백리소소는 그런 관표가 더욱 마음에 든다.

'가슴에 야망이 큰 남자는 가족을 돌보지 못하고 여자를 불행하게 한다고 했다.'

백리소소는 굳이 그 말이 아니라도 아버지와 할아버지의 모습 속에서 그것을 보아온 터였다.

그래서인지 관표의 말이 더욱 가슴에 와 닿는다.

"장부란 그것이 어떤 뜻이든 세웠으면 이루어가는 것이라 들었습니다. 저 또한 그 꿈이 무엇이든 최선을 다해 도울 것입니다."

관표는 잠시 백리소소를 바라보다가 물었다.

"그래도 이왕이면 대영웅의 아내가 되고 싶지 않소? 소소라면 능히 그럴 수 있을 텐데."

백리소소가 미소를 지으며 말했다.

"가가께서 어떤 일을 해도 이미 제 가슴엔 대영웅이십니다. 농부로 사신다면 저 역시 농군의 아내로 만족할 수 있습니다. 저는 이름 높은 대영웅보다는 저를 지켜주고 사랑하는 사람이 좋습니다. 그리고 그분이 바로 저에겐 영웅입니다."

관표가 크게 웃었다.

가슴이 후련해지는 웃음이었다.

"나에게 여자는 소소 하나로 족할 것이오. 그것만으로도 내가 감당하지 못하리다."

백리소소가 얼굴을 붉히고 고개를 숙였다.

가슴이 두근거리는 것을 얼굴에 담지 않으려 했지만, 그것이 마음대로 되지 않는다.

한동안 두 사람은 말없이 시간만 흘려보냈다. 그러나 그 시간은 두 사람에게 너무도 소중한 시간이었다.

문득 무엇인가 생각난 듯 관표가 말했다.

"많은 것을 묻고 싶지만 지금은 묻지 않겠소. 사정이 있으리라 생각하오."

"배려에 감사드립니다."

관표가 그윽하게 미소를 지을 때였다.

"야, 이눔아! 너 식 올리기도 전에 애 하나 만들려고 하냐? 어여 나와라! 벌써 자정이다. 이제 애기도 자야 할 것 아니냐?"

관복의 고함에 관표는 풀이 죽고 말았다.

백리소소는 터지려는 웃음을 겨우 참아냈다.

관표가 나가고 나자, 백리소소는 자신의 방을 둘러보았다. 비록 산골의 작은 집이었지만 참으로 아늑한 분위기였다.

무엇보다도 이 작은 방에 관표의 식구들이 얼마나 정성을 쏟았는지 느낄 수 있었다.

곰 가죽―관표가 아버지에게 주려고 가져온 가죽―으로 바닥을 깔아서 침상을 만들었고, 벽은 풀과 나무껍질을 이용해서 장식을 했는데, 굉장히 그윽한 풍취를 느끼게 하였다.

풀 냄새와 송진 냄새가 가슴을 상쾌하게 만들었다.

밖으로 난 작은 창으로는 하늘이 보이고, 별이 한꺼번에 쏟아져 들어오는 것 같았다.

백리소소는 가슴이 훈훈해지는 것을 느꼈다.

백리세가에 있을 때는 한 번도 느껴보지 못한 가족의 정이 그녀의 가슴속 깊은 곳에 흔적으로 남는다.

그동안 세상과 이복 형제들에게 지니고 있던 차가운 마음이 은은히 풀어지는 것을 느꼈다.

처음 관표와 입을 맞추었던 그 달콤함이 지금 새록새록 돋아난다.

'당신이 이루려는 꿈, 제게도 소중합니다. 반드시 그 꿈을 이룰 것이라 믿습니다. 어렵다면 제가 도울 것입니다.'

백리소소는 관표를 가슴에 새기며 다짐했다.

그녀는 관표를 생각하자 가슴이 두근거려 잠을 이루지 못하고 자리에서 일어나 앉았다.

어렵고 서러움이 많았던 때마다 관표를 그리는 것으로 그것을 이겨낸 그녀였다. 그렇게 어렵게 만난 님이었기에 더욱 애틋한 마음이 드는 것은 어쩔 수 없었다.

소소는 창 근처에 손가락을 대고 조용조용 시 한 수를 적는다.

적으면서 지워지는 글씨가 더욱 여운을 남기며 백리소소를 연정의 늪으로 끌고 간다.

골방엔 풀 냄새 가득하고,
창으로는 별이 총총하였다.
님의 흔적은 가슴이 아리도록 가득한데,
모과산의 봉우리는 칼처럼 날카롭구나.

옆방에 내 님은 무얼 하실까?

내가 보는 별을 그분도 보고 계실까?
그리움은 방 안 가득 쌓였는데,
무심한 바람은 가슴을 두드리고 지나가네.

멀리 우는 짐승 울음소리에,
별이 밤을 새어 쏟아져 내리는 하늘.
속절없다.
긴긴 밤을 잠 못 이루고 지나가네.

그러다 그녀는 어느새 잠이 들었다, 반드시 낭군인 관표의 꿈을 이루게 해주겠다고 결심을 하면서.

그러나 그녀는 아직 관표의 무공을 모르고 있었다. 건곤태극신공은 그녀의 날카로운 시선마저 외면하고 지나간 것이다. 물론 무공이 강하다는 것은 알고 있었지만, 그 수준을 모르고 있는 것이다. 그래서 그녀는 어떻게 하든지 관표에게 자신의 무공을 전해줄 생각을 하였다. 그리고 기회를 봐서 자신이 지니고 있는 마병마저도 관표에게 전해줄 생각을 했다.

그러나 그녀의 생각은 부질없는 짓이었다.

왕가촌을 공격하기로 한 날에서 하루 전.

관표를 포함한 녹림도원의 형제들, 서른여섯 명이 모두 모여 있었다(반고충은 예외).

우선 가장 좌측엔 천검대 대주인 단혼검 막사야가 서 있었으며, 가운데는 천궁대 대주 귀영철궁 연자심이, 그리고 가장 우측엔 풍운대 대주인 낭아곤 철우가 서 있었다.

각 대주들 아래로는 아홉 명의 수하가 이 열로 서 있었으며, 친위대인 장칠고는 네 명의 수하와 함께 관표 뒤에 서 있었다. 그리고 관표의 좌측엔 태상장로의 신분을 가진 반고충이, 그리고 오른쪽엔 새롭게 호법으로 임명된 자운이 서 있었다.

단지 대과령만이 어디로 갔는지 보이지 않는다. 또한 대과령이 안 보인 지 상당한 시간이었지만, 이미 관표의 언질이 있었던 듯, 그 누구도 대과령에 대해서 묻는 사람이 없었다.

비록 반고충을 제외하고 모두 합해서 서른여덟 명에 불과했지만, 그들의 당당한 모습은 보기만 해도 믿음직스러웠다.

마을 사람들과 관표의 식구들은 모두 나와서 이 광경을 지켜보고 있었는데, 그 믿음직스런 모습에 마음을 놓을 수 있었다.

전쟁이 있다는 사실을 이제야 안 백리소소도 걱정스러워 나왔다가 이들의 면모를 새롭게 보고, 놀라움과 동시에 안심할 수 있었다.

'참으로 기이한 일이다. 가가의 무공은 내가 알 수 없지만, 그 수하들의 무공은 정말 상상 이상이구나.'

백리소소가 놀라는 것도 무리는 아니었다.

비록 처음 마을에 들어와서 조금은 느끼고 있었지만, 그때는 모든 신경이 관표와 그 식구들에게 모여 있었기에 다른 곳에는 신경을 쓰지 못했다. 그러나 지금 본 관표의 수하들은 결코 우습게 볼 수 있는 전력이 아니었다.

이미 절정 이상을 넘어간 백리소소는 한 번에 이들의 무공을 알아볼 수 있었던 것이다.

특히 오늘 처음 본 자운의 무공은 능히 일 개 성의 패주로 군림하기에도 부족하지 않을 것이라 생각했다.

'그럼 그때 그자들이 말한 그대로란 말인가? 그렇게 따진다면 대체 가가의 무공은 얼마나 강하단 말인가?'

백리소소는 관표의 무공에 대해서 다시 한 번 생각해 봐야 했다.

자신이 느끼지 못하는 것으로 보아 특수한 무공을 익혔다는 사실은 어느 정도 알고 있었다. 그러나 아무리 관표의 무공이 강해도 어느 정도의 한계는 있으리라 생각했다.

그 수준을 무림십준 정도의 수준으로 잡은 것이다.

명문 대문파에서 전 힘을 기울여 키웠다는 무림십준이었다.

당연히 어디서 어떻게 무공을 배웠는지도 모르는 관표보다는 그들이 위라고 생각했다. 그리고 술탄이 말한 것은 아무래도 자신들의 위신 때문에 많은 허풍이 들어갔으리라 짐작했던 것이다.

그러나 지금 도열해 있는 관표의 수하들만 해도 그녀의 상상을 넘어섰고, 특히 자운의 무공은 아무리 보아도 무림십준의 아래로 보이지 않았다.

단순히 녹림의 인물들 정도로 생각했던 백리소소로서는 조금 충격적인 일이었다. 지금 각 대의 대주만 해도 능히 녹림채의 채주로 십위권 안에 들어갈 수 있는 실력이었던 것이다.

그런 사람들을 수하로 두려면 최소한 그들보다는 무공이 높아야 옳았다.

강호란 철저히 강자존 아닌가?

그렇다면 관표의 무공은 어느 정도란 말인가?

백리소소는 그 부분이 궁금해졌다.

물론 아직도 관표의 무공엔 한계가 있을 것이라 생각하고 있었다.

그것은 어쩌면 당연한 생각일지도 모른다.

관표는 자신의 수하들을 보면서 말했다.

"이제 내일이면 우리의 힘을 보여줄 때다. 천검대와 풍운대는 마을을 지키고 이번 일엔 나와 천궁대, 그리고 천룡단만 함께 간다."

관표의 말에 서른다섯 명의 수하가 일제히 무릎을 꿇으며 대답하였다.

"충, 촌장님의 명을 따릅니다!"

고함 소리가 모과산을 뒤흔들었다.

"천궁대 대주는 할 말이 있나?"

"없습니다."

"그럼 천룡단 단주는?"

장칠고가 기다렸다는 듯이 앞으로 나오며 말했다.

"대형수님께 부끄럽지 말자!"

그의 말이 떨어지자 녹림도원의 형제들이 일제히 고함을 질러댔다.

관표가 그 말을 듣고 웃으면서 말했다.

"내 일은 개 잡는 날이다, 몽둥이 잘 챙기도록."

그 말이 떨어지자 폭소가 터지면서 고함 소리가 다시 한 번 모과산을 떨어 울렸다.

이번에는 마을 사람들까지 함께 고함을 지르고 손뼉을 친다.

다음날 아침.

관표를 위시한 천궁대와 천룡단 인원 십오 명은 이 열로 나란히 선 채 관표의 뒤를 따르고 있었으며, 마을 길가엔 마을 사람들 전부가 나와서 이들을 환송하였다.

이렇게 관표가 첫 출정을 하고 있을 때 마을에는 다른 곳으로부터 재앙이 덮쳐 오고 있었다.

마을로 들어오는 입구를 바라보는 여러 명의 시선이 있었다.

철기비영 몽각이 손으로 마을 입구를 가리키며 말했다.

"바로 저곳인가?"

그의 곁에 있던 수하 한 명이 머리를 조아리며 말했다.

"맞습니다. 제가 알아본 바에 의하면 저 산과 산 사이로 들어가면 수유촌이 있고, 그 마을에 바로 관표 일행이 있는 것을 확인했습니다."

"그렇단 말이지. 이놈, 어디 두고 보자!"

"그리고 조금 더 알아본 바에 따르면 바로 오늘이 관표가 왕가촌을 치기로 한 날입니다."

몽각의 입에 잔인한 미소가 감돌았다.

"적절한 시간에 마을로 진입해서 개 한 마리 남기지 않고 전부 죽인 다음 물러선다. 절대로 어떤 흔적도 남기지 마라!"

"명심하겠습니다."

그의 뒤에 있던 제일철기대 부대주인 청룡월 우지황이 대답하였다.

그의 뒤로는 제일철기대가 늘어서 있었다.

몽각은 이를 갈며 중얼거렸다.

"네놈이 내 아들에게 한 짓거리의 백 배로 보복해 주마!"

살기 가득한 몽각의 말에 뒤에 서 있던 우지황이 몸을 부르르 떨었다.

왕가촌은 모든 준비를 단단히 하고 기다리고 있었다.

마침 관표가 공격하기로 한 전날 둔가채의 전 수하들도 왕가촌에 당도할 수 있었다.

그들의 총 인원은 무려 백여 명이나 되었다.

왕군은 설마 둔기가 직접 오리란 생각도 하지 못했고, 이렇게 많은 고수들이 한꺼번에 올 줄은 더 더욱 생각하지 못했다.

더군다나 지금 둔기가 데려온 백여 명은 한눈에 보아도 둔가채의 정예들임을 짐작할 수 있을 정도였다.

그것뿐이 아니었다. 이틀 후에는 다시 백여 명의 고수들이 후발대로 온다고 하자, 왕군과 왕진은 이미 승부는 결정되었다고 판단했다. 비록 백 명의 후발대가 도착하는 시기가 관표가 공격하기로 한 다음날이긴 했지만, 어차피 공격해 오는 관표 따위가 둔기를 이기리란 생각은 하지 않았다.

둔기는 도착하자마자 당장이라도 수유촌으로 향할 기세였다. 그러나 내일이면 관표 일행이 왕가촌에 온다는 말을 듣고서야 겨우 진정했다.

왕군이나 왕진은 둔기가 그렇게 화내는 이유를 몰라 그저 어리둥절하면서도 든든한 응원군이 왔다는 사실이 기뻤다.

이렇게 왕가촌이 나름대로 방비를 든든하게 준비하고 있을 때, 관표 일행은 묘시(새벽 다섯 시) 초엽에 왕가촌이 내려다보이는 산 구릉 지역에 도달할 수 있었다.

관표는 왕가촌을 내려다보고 그들의 방비가 의외로 단단하다는 사실을 알았다.

우선 왕가촌의 사방은 튼튼한 나무로 외벽을 쌓아놓았고, 안은 돌과 흙으로 내벽을 쌓아 나무로 만든 방어벽을 든든하게 받쳐 주고 있었다.

만약 내가의 고수가 아니라면 절대로 뚫고 들어가기 어려운 방어벽 이었다.

한동안 왕가촌을 내려다보던 관표가 수하들을 돌아보면서 말했다.

"처음엔 저들을 도발해서 밖으로 나오게 한 다음 싸운다. 그러다 응하지 않으면 바로 돌격해 들어가기로 한다. 내가 기선을 제압할 것이다. 그래서 돌격이 시작되면 일단 적들을 제압하는 것은 나와 천룡단이 할 것이다. 천궁대가 돕기로 하고 연대주의 두 명의 부대주는 활로 상대를 하나씩 무력화시키도록 한다. 왕군과 왕진, 그리고 둔기는 무조건 사로잡아야 한다. 하지만 여의치 않을 땐 사살해도 상관없다. 일단 결전이 시작되면 나는 될수록 싸움에 끼어들지 않을 생각이다. 서로 협력해서 반드시 이들을 이겨내도록."

"충, 명대로 하겠습니다!"

연자심과 장칠고는 관표의 뜻을 알겠다는 듯 힘차고 짧게 대답하였다.

관표로서는 왕가촌이나 둔가채쯤은 혼자서 처리한다고 해도 크게 힘든 일은 아니었다. 그러나 그는 이 기회에 수하들에게 실전 경험을 쌓게 해주고 싶었던 것이다.

"그럼 이제 준비하도록."

"준비는 이미 되어 있습니다!"

관표는 고개를 끄덕이고 천천히 걸어나갔다.

그 뒤를 천궁대와 청룡단이 따른다.

관표까지 총 열여섯밖에 안 되는 인원이지만, 그들의 얼굴엔 자신감이 가득했다.

왕가촌의 망루에서 망을 보던 수하 하나가 관표 일행을 보고 신호를 하자 왕가촌의 성벽 위로 이백여 명의 인물들이 한꺼번에 몰려들기 시작했다.

그들 중엔 왕가촌의 노인들부터 부녀자들까지 포함되어 있었다.

그들은 모두 수유촌의 촌놈들에게 왕가촌이 진다고는 전혀 생각하지 않고 있었다.

관표 일행이 큰길을 따라 다가오자 둔기의 얼굴이 벌써부터 붉으락푸르락해졌다.

당장에라도 뛰쳐나가려고 하는 것을 부채주 중 한 명인 오구가 붙잡았다.

"채주님, 저런 떨거지들은 우리에게 맡겨놓으십시오. 채주께서 직접 나서시면 체면에만 손상이 갑니다."

부채주의 말에 둔기는 치밀어 오르는 화를 겨우 눌러 참고, 조금 더 기다리기로 마음을 먹었다. 이윽고 관표 일행이 마을을 둘러싼 성벽의 이십여 장까지 다가와 멈추어 섰다.

먼저 장칠고가 앞으로 걸어 나왔다.

장칠고는 크게 심호흡을 하고 고함을 질렀다.

"개 잡으러 왔다! 그러니 모두 목을 길게 빼고 나오너라!"

장칠고의 고함에 둔기가 다시 한 번 현기증을 일으키고 말았다.

입에 거품을 물고 고함을 질러댔다.

"누가 나가서 저 새끼 좀 잡아와라!"

그렇지 않아도 공을 세우고 싶어서 안달하고 있던 소두목들이 다투어 앞으로 나섰다.

"제가 가겠습니다!"

"저에게 맡겨주시면 단 한 방에 끝내서 끌고 오겠습니다!"

"제가 가면 반쯤 죽여서 네 발로 기어오게 만들겠습니다!"

둔기는 세 명의 소두목 중에서 맨 마지막에 말한 자를 바라보았다. 그가 한 말이 가장 마음에 들었던 것이다.

"마광, 네가 나가라! 지금 한 말을 꼭 명심하고, 말한 대로만 한다면 오늘 네게 예쁜 계집을 선사하마!"

"맡겨주십시오!"

"모두 죽여라! 그럼 너에게 큰 상을 주겠다!"

마광이라 불린 소두목은 큰 상을 준다는 말에 신이 났다. 그는 손에 거치도를 들고 부하 삼십 명을 이끌고 뛰쳐나가며 고함을 질렀다.

"야, 이 못생긴 놈아! 당장 이리 오너라! 내가 네놈을 네 발로 기어가게 만들어주마!"

그 말을 들은 장칠고가 크게 웃으면서 맞대응을 하였다.

"발이 두 개인데 어떻게 네 발로 기냐, 이 덜떨어진 놈아! 대신 내가 두 손도 발을 대신할 수 있다는 것을 가르쳐 주마."

장칠고의 말에 마광은 일순 손발에 대한 개념이 헷갈려서 대답하지 못하고 우물쭈물하고 말았다. 그리고 그 순간 장칠고가 자리를 박차고 뛰쳐나가며 다시 한 번 고함을 질렀다.

"청룡단은 나의 뒤를 따르라!"

순간 네 명의 수하가 그의 뒤를 좇아 달려 나왔다.

장칠고는 허리에 찬 검을 한 손으로 잡고 힘을 풀었다.

손에 힘을 주면 발검이 뻣뻣하고 제 속도가 나오지 않는다.

장칠고가 뛰어나오자 마광 역시 마주 달려 나왔다. 그러나 거리가 가까워지고 살벌하게 생긴 장칠고의 얼굴을 본 순간 두려움을 느꼈다. 특히 장칠고의 독사눈이 무섭게 빛을 내자 마광은 그 자리에 주저앉고 싶은 심정이었다. 그러나 이미 싸움을 피하기엔 늦었다.

둘 사이는 급속도로 가까워졌고, 벌써 코앞까지 적은 다가와 있었다.

마광은 이를 악물고 거치도를 들어 장칠고를 향해 휘두르려고 하였다. 그러나 그는 도를 든 채 그대로 세상을 하직해야 했다.

장칠고의 검이 그의 입을 관통하고 지나간 것이다.

단 일 검에 소두목이라는 마광이 죽고 말았다.

들고 있던 도조차 제대로 휘둘러 보지 못하고 죽은 것이다.

이어서 장칠고와 네 명의 청룡단은 삼십여 명의 둔가채 수하들과 드잡이를 하기 시작했는데, 이건 싸움이 아니라 거의 일방적인 도살에 불과했다.

둔가채의 수하들은 소두목이 단 일 검에 죽는 순간 이미 전의를 상실했고, 장칠고의 독사눈에 기가 죽은 다음이라 제대로 대항 한 번 못하고 지리멸렬하더니 결국 돌아서서 도망치기 시작했다.

삼십여 명의 산적들 중 살아서 돌아간 자는 겨우 열다섯. 처음 공격해 온 삼십 명의 절반에 불과했다.

불과 반 각도 안 되는 사이에 장칠고를 비롯한 다섯 명에게 소두목 한 명을 비롯해서 열다섯 명이나 죽은 것이다.

성벽 위에서 이 광경을 보던 둔가채나 왕가촌의 산적들은 놀라서 멍청한 얼굴로 장칠고 등을 바라보았다.

장칠고는 도망가는 자들을 더 이상 쫓지 않고 그 자리에 서서 둔기를 바라보며 고함을 질렀다.

"어이, 산적같이 생긴 도적 놈아! 그냥 내려오지? 내가 안 아프게 한 방에 죽여줄게. 정말이다! 난 약속은 잘 지키거든!"

둔기는 장칠고가 고함을 지르는 소리를 듣고서야 겨우 충격에서 벗어날 수 있었다. 그러나 그 옆의 왕군이나 왕진은 당황해서 어쩔 줄을 몰라 했다.

설마 수유촌의 촌놈들이 이렇게 강할 줄이야 누가 알았겠는가?

"야, 안 올래?"

다시 한 번 장칠고가 고함을 지르자, 이미 정신을 차린 둔기는 두려움을 느끼고 다시 한 번 장칠고를 보았다. 지금 그의 눈에는 관표나 그 외의 인물은 보이지도 않았다.

오로지 장칠고만 보였다.

아무리 생각해도 오늘 침공의 주관은 장칠고라는 생각이 들었다. 비록 무리의 우두머리로 보이는 관표가 있었지만, 나이로 보나 얼굴에 나타난 품위(?)로 보나 장칠고가 가장 고수라는 생각을 지니게 된 둔기였다.

'저 장칠고란 놈, 정말 교활한 놈이다! 아무리 생각해도 촌놈인 관표를 뒤에서 조종하는 놈은 바로 저놈이 분명하다!'

둔기는 자신과 왕군의 관계처럼 장칠고와 관표의 관계를 그렇게 이해하였다.

허수아비 관표를 앞세운 실질적인 두목 장칠고.

그는 장칠고를 살피다가 감탄한 표정으로 말했다.

"인상으로 나를 능가하는 놈이 있다니, 과연 세상은 넓고도 넓구나!"

그 말을 들은 왕군과 왕진이 이해를 못하고 둔기를 바라보았다. 그러자 둔기는 자신이 생각한 것을 두 형제에게 이야기했고, 두 형제는 둔기의 말에 일리가 있다고 생각했다.

산적질을 해도 왕군이 먼저 했고, 무공을 배워도 왕군이 먼저 배웠다. 그런데 관표가 왕군 따위는 상대도 되지 않는 장칠고의 대형이란 것은 말이 안 된다.

어쩌면 대형이란 관표와 함께 온 무리 중에 누군가일 가능성도 있다고 생각하였다.

일단 거기까지 생각한 둔기가 왕군을 보면서 말했다.

"장가란 놈의 무공은 나와 겨루어 별로 뒤지지 않는 실력을 지니고 있는 것 같네. 그러니 일단 문을 걸어 잠그고 내 수하들이 모두 올 때까지 기다리세. 그랬다가 일제히 쳐서 한꺼번에 끝장을 보는 것이 좋을 거라 생각되는데, 자네 생각은 어떤가?"

둔기의 말에 왕군이나 왕진은 오히려 찬성이었다.

괜히 섣부르게 덤비는 것보다는 그것이 옳다고 생각한 것이다.

왕진은 찬성을 하면서도 둔기가 생긴 얼굴에 비해서 의외로 소심하다는 사실을 알았다.

'겁쟁이 같은 자식. 수하들이 죽었는데 나가서 싸울 생각은 안 하고 떼거지로 덤빌 생각이나 하다니.'

왕진은 속으로 욕을 했지만 별수없었다.

왕진이 어떤 생각을 하거나 말거나 둔기는 신중하게 생각을 하고 있었다.

녹림의 험한 세상에서 수십 년을 살아온 둔기였다.

무엇인가 찜찜한 기분이 들 때는 함부로 싸우지 않는 것이 좋다는 게 그의 지론이었다.

특히 장칠고의 무공을 정확하게 모르는 지금 상황에서 그와 겨루고 싶은 생각은 없었다. 아무리 작게 보아도 소두목을 일검에 죽인 장칠고나 그의 수하들의 무공은 만만하게 볼 것은 아니었다. 그리고 아직 싸움에 끼어들지도 않은 십여 명의 인물도 있다.

지금 정면 승부를 하면 이겨도 피해가 적지 않을 것 같았다. 그렇다면 차라리 후발대로 오기로 한 수하들이 도착한 다음에 한꺼번에 공격해서 쓸어버리는 것이 확실하고 피해가 적을 것이란 판단을 내렸다.

일단 결심이 서자 그는 망설이지 않고 장칠고를 보면서 마주 고함을 질렀다.

"이놈아, 내가 정말 개로 보이냐, 네가 오라면 가고 말라면 말게? 기분 나빠서 안 간다! 정 보고 싶으면 내일까지 거기서 기다려라!"

그 말을 들은 관표가 장칠고를 보면서 말했다.

"아마도 내일이면 응원군이 올 모양이다."

그 말에 장칠고가 둔기를 향해 다시 한 번 고함을 질렀다.

"네놈은 수하들이 죽었는데 싸울 생각은 안 하고 숨어만 있구나? 그래서야 어디 두목으로서의 체통이 서겠느냐?"

장칠고의 말에 둔기는 가슴이 뜨끔하는 것을 느꼈지만 태연한 표정으로 대답하였다.

"네놈이 뭘 안다고 개소리냐?"

"다 안다, 이 버러지 같은 자식아! 그런다고 죽을 놈이 사냐? 잠시 기다려라! 이제 어르신이 그리 가마!"

장칠고가 고함을 지르자, 둔기는 곧 공격이 있을 것을 알고 자신의 수하들과 왕군에게 눈짓을 하며 말했다.

"공격이 있을 것 같으니 모두 준비해라. 궁수들은 시위에 화살을 먹이고 전방을 겨냥하라!"

둔기가 수하들과 왕가촌의 장정들을 독려하며 방어 준비를 할 때, 조용히 상황을 지켜보던 관표가 장칠고에게 말했다.

"뒤로 물러서라."

장칠고는 관표의 명령이 떨어지자 뒤쪽으로 물러섰다.

관표는 장칠고가 물러서자, 커다란 바위가 놓여 있는 곳으로 다가가 그 바위를 양손으로 잡고 들어 올리려 했다.

그 모습을 본 왕군이 기가 막힌 표정으로 말했다.

"저놈이 미쳤나? 땅속에 묻혀 있는 바위를 들어 올리려 하다니, 아무래도 맛이 간 모양이군."

왕진 역시 비웃는 표정으로 말했다.

"원래 관표란 놈이 힘 좀 쓴다는 소문은 있었던 것 같습니다. 그렇다고 저런 미련한…… 어거걱!"

"저… 저럴 수가?!"

왕군과 왕진의 눈이 찢어질 듯 커졌고, 느긋하게 지켜보던 둔기는 정말로 머리에 둔기로 얻어맞은 듯한 충격을 느끼고 눈이 뒤집어지는 기분이었다.

지금 관표는 무식하게도 자신보다 서너 배는 더 큰 바위를 땅에서 뽑아 들었던 것이다.

그것도 제법 가볍게.

왕가촌에 모여 있던 산적들은 전부 얼어붙었다.

그런데 그것을 보던 둔기가 가장 먼저 정신을 차리고 억지로 웃으면서 말했다.

"아하하… 그래, 그 거대한 바위를 들면 어쩌겠다는 것이냐? 설마 거기서 던지기라도 하겠다는 것이냐? 저거 미친놈이 분명하지… 하하하… 그렇지 않느냐?"

둔기가 과장되게 웃으면서 말하자 그의 수하들이나 왕씨 형제들도 그제야 안심한 표정으로 웃으면서 관표를 보았다.

그들이 보기에 운 좋게 어찌어찌해서 바위를 들기는 했지만, 그것을 던지거나 들고 공격해 오기란 불가능하다고 생각했다.

그럴 수 있는 사람이 있다면 그것은 정말 하늘의 신장이 분명하리라.

第十一章
사람의 향기에 중독되었다

　그들의 말대로라면 관표는 분명히 하늘의 신장이 맞았다.

　바위를 들어 올린 관표가 흡자결로 바위를 자신의 양손에 단단히 붙인 다음 몸을 회전하기 시작했다.

　관표의 이 무식한 무공을 예전에 본 적이 있는 녹림도원의 형제들도 아직 적응하지 못한 관표의 괴력이었다.

　이런 어마 무식한 상황을 처음 보는 둔가채의 산적들이나 왕가촌의 촌 아저씨들이 적응할 리가 만무했다.

　모두 눈이 뒤집힌 채 놀라서 입을 벌리고 관표를 보고 있다.

　사람이라면 절대 저럴 수가 없다.

　한 발을 축으로 회전하던 관표가 바위를 탄자결로 쏘아 보냈다.

　바위는 왕가촌을 지키고 있던 대문을 향해 날아갔다.

　'꽝' 하는 소리가 들리면서 바위와 문짝이 충돌하였다.

바위는 겨냥이 조금 잘못되어서 문과 성벽이 연결되어 있는 부분을 강타하였는데, 문짝과 성벽을 부서뜨리고도 이 장이나 더 날아가서 멈추었다.

얼어붙었다는 말은 이럴 때 사용하는 것이리라.

심장 약한 둔가채의 수하들이 주저앉아 버린 것은 물론이고, 이 모습을 지켜보던 왕가촌의 여자들과 노인들이 그 자리에서 오체복지하고 두 손을 모아 싹싹 빈다.

그들이 본 관표는 신이었다.

지금 일은 인간이 할 수 있는 일이 아니었다.

촌사람들에게 무공에 대해서 일일이 설명하기란 불가능한 일이고 보면 이 당혹스런 상황에서 둔기가 할 수 있는 일은 아무것도 없었다. 제법 머리가 돌아가는 왕진은 머리가 마비되어 버렸고, 절심한 공포로 인해 바지에 오줌을 지리고 말았다. 왕군은 다리가 떨려서 도망가지도 못하고 서 있는데, 그 얼굴이 너무 애처롭다.

그래도 둔기는 녹림에서 알아주는 실력자라고 놀람은 있어도 두려움은 감출 수 있었다. 겨우 마음을 진정시킨 둔기는 수하들을 돌아보며 명령을 내렸다.

"뭣들 하느냐? 어서 나를 따르라!"

명령과 함께 고함을 지르면서 문이 부서진 쪽을 향해 뛰어나갔다.

그리고 한쪽에서 활을 들고 있던 궁수들에게도 고함을 친다.

"접근하면 무조건 쏴라!"

궁수들을 지휘하던 소두목이 정신을 차리고 대답하였다.

"옛! 알겠습니다!"

소두목은 대답을 한 후 수하들을 돌아보면서 고함을 질렀다.

"모두 정신 바싹 차려라! 곧 적이 공격해 올 것이다!"

소두목은 수하들에게 호통을 쳐 정신이 들게 하였다. 일단 수하들이 정신을 차리고 다시 정렬을 하자, 그는 관표가 있는 곳으로 고개를 돌렸다. 그러나 관표를 본 소두목의 얼굴은 다시 한 번 파랗게 질린다.

"저… 저……."

그가 본 것.

관표가 이번에는 대문에 던진 바위보다 조금 작은 바위를 집어 던졌는데, 그 바위는 정확하게 궁졸들이 있는 곳을 향해 날아오고 있었다.

바꾸어 말하면 바로 자신의 머리 위쪽이었다.

다행이라면 이번에 날아오는 바위는 속도가 조금 느린 편이란 것이었다. 사람을 함부로 죽이지 않으려는 관표의 배려였다.

"피해!"

고함과 함께 소두목은 그대로 땅바닥을 굴렀다.

그의 수하들인 궁졸들은 급히 사방으로 뿔뿔이 흩어져 날아오는 바위를 피했다. 덕분에 바위가 떨어지는 사정권에서 멀리 있던 궁졸들마저 이리저리 밀리고 만다.

바위는 궁병들이 있던 성벽 위에 떨어졌는데, '쿵' 하는 소리와 함께 성벽 일부가 와해되어 버렸다.

그 모습을 본 궁졸들은 다리가 후들거려서 활을 들고 있는 손의 힘마저도 빠지고 말았다.

저게 어떻게 사람이 한 짓이란 말인가?

그리고 결과는 그것으로 끝난 게 아니었다.

궁졸들이 흩어진 순간 관표 일행이 일제히 뛰어왔는데, 궁졸들이 정신을 차렸을 땐 장칠고와 연자심 일행은 이미 부서진 문을 넘어 들어

오고 있었다.

마침 성문 쪽으로 뛰어온 둔기는 장칠고와 정면으로 마주쳤다.

장칠고가 그 험악한 인상을 긁으며 말했다.

"못생긴 놈, 네가 둔기겠지? 척 보니까 둔하게 생겼다."

이런 말 듣고 화 안 내면 그게 사람이겠는가? 예상대로 둔기는 화가 머리 꼭대기까지 치밀어 올랐다.

"네놈의 인상은 나보다 더한 것을 모르느냐?"

둔기의 말을 들은 장칠고가 한심하다는 표정으로 둔기를 보면서 말했다.

"꼭 실력없고 멍청한 종자들이 남의 얼굴 가지고 시비를 걸지. 남자답게 칼로 해라, 칼로."

"뭐, 뭐?"

둔기는 일시간 할 말을 잃었다.

졸지에 졸장부가 된 기분이랄까? 한데 생긴 거로 먼저 시비 건 것은 장칠고가 아닌가? 너무 급작스러워서 둔기는 상황 판단을 못하고 있었다. 비록 칼 실력은 모르겠지만 입심에서는 장칠고가 한 수 위인 것이 분명했다.

"멍청한 놈."

장칠고가 둔기를 비웃으며 그에게 달려들었다.

허리에 찬 검을 뽑으며 한달음에 둔기의 코앞까지 다가간 장칠고였다.

그의 장기인 신법과 쾌검은 이제 그 누구도 무시할 수 없는 수준이었다. 그러나 둔기 역시 녹림의 고수로 그 이름이 높은 자였다.

무공을 익히고 실전 경험만 해도 장칠고는 둔기의 적수가 아니었다.

비록 장칠고가 관표의 덕으로 무공이 급진전했지만 경험은 어쩔 수 없는 것이다.

연자심과 장칠고의 뒤를 쫓아온 관표는 수하들이 둔가채의 산적들과 싸우는 광경을 지켜보았다.

청룡단의 형제들 네 명은 빠른 신법과 검법으로 여기저기를 누비면서 맹활약하고 있었고, 천궁대의 수하들이 그 뒤를 따르고 있었다.

천궁대의 아홉 명의 수하 중 일곱이 청룡단의 형제들과 합심해서 적을 상대하고 있었으며, 연자심과 두 명의 부대주는 뒤에 남아서 활로 지원을 하는데, 한 발을 쏘면 적졸 한 명은 반드시 쓰러졌다.

특히 두 명의 천궁대 부대주는 주로 성벽 위에 있는 궁졸들을 노리고 있었다. 그들은 난투를 벌이는 자신의 편을 돕고 싶었지만, 난전이라 그럴 수도 없었다. 자칫하면 같은 편을 쏠 수도 있었던 것이다.

하지만 연자심은 달랐다. 난전 속에서도 정확하게 적병을 쏘아 쓰러뜨리고 있었다.

두 명의 수하는 아직 그 정도의 실력은 안 되었지만, 성벽 위에 있는 궁졸들을 하나씩 쓰러뜨리는 데엔 문제가 없었다.

무영철궁기(無影鐵弓氣)를 익힌 천궁대의 실력과 단순히 활을 쏘는 자들의 실력은 하늘과 땅 차이였다.

특히 성벽 위의 궁졸들이 천궁대의 두 사람을 겨냥해서 활을 쏘고 싶어도 여의치 않은 것이, 활을 제자리에 서서 쏘는 게 아니라 움직이면서 쏘기 때문이었다.

두 사람은 이리저리 빠른 속도로 움직이면서 활을 쏘았는데, 그 정확도는 믿어지지 않을 정도였다.

비록 둔가채의 산적들이 거의 일곱 배에 달하는 인원이었지만, 일방적으로 싸움을 주도하는 것은 녹림도원의 형제들이었다.

이는 무공을 잠깐이라도 제대로 배우고 안 배우고의 차이도 아주 컸다.

산적들이야 어지간히 유명한 산채라고 해도 두목이 수하들에게 자신의 무공을 가르치진 않는다. 언제 배신당할지 모르는데 무공을 가르쳐 줄 수 있겠는가? 가르쳐 줘봤자 아주 일부만 가르칠 뿐이었다.

그런 점에서 정식으로 무공을 배운 녹림도원의 형제들이 월등하게 유리했다.

관표는 다른 곳의 전투는 안심해도 된다고 생각하곤, 장칠고와 둔기가 싸우는 모습을 지켜보고 있었다.

두 사람은 벌써 삼십여 합이나 싸우고 있었지만 전혀 결말이 나지 않고 있었는데, 시간이 지날수록 장칠고가 둔기에게 적응해 가는 것 같았다.

비록 무공을 이용해 싸우는 경험은 적어도 세상을 거칠게 살아오면서 지닌 경험 또한 무시할 수 없는 것이라 상당히 빠르게 적응해 갈 수 있었던 것이다.

그러나 아직은 섬세한 부분에서는 둔기에게 뒤지고 있는 것도 사실이었다. 다행이라면 장칠고의 순간적인 재치가 둔기보다 앞서 있고, 대형인 관표가 지켜본다는 것을 알고 있기에 모든 힘을 다해 싸우고 있다는 것이다.

'아직은 많이 부족하다. 앞으로 조금 더 많은, 그리고 획기적인 훈련이 필요할 것 같다.'

관표의 생각이었지만, 지금 장칠고의 무공은 결코 낮은 것이 아니었다. 일단 둔기만 해도 강호의 일류고수로서 결코 모자라지 않은 자였기 때문이다.

비록 그의 수하들은 강하다고 할 수 없었지만, 둔기는 결코 약한 자가 아니었다.

단지 상대적이라 관표가 너무 강해 둔기나 장칠고가 약해 보일 뿐이었다.

두 사람의 대결을 지켜보던 관표는 당분간 장칠고가 질 것 같지 않자 조금 안심이 되었다. 그러나 언제까지 시간을 끌고 있을 수도 없었다. 그렇다고 지금 장칠고를 도와주고 싶지는 않았다.

스스로 둔기를 꺾어 성취감을 높여주고 싶은 마음도 있었고, 둔기와 대결하면서 얻을 수 있는 경험이 장칠고에게 큰 도움을 줄 것이라 생각한 것이다.

마음을 굳힌 관표는 사방을 둘러보면서 녹림도원의 형제들이 생각외로 잘 싸우고 있다는 느낌을 받았다. 그가 도와주지 않아도 될 것 같았다.

이미 사기가 땅에 떨어진 둔가채의 산적들은 도망가기 바빴다.

여유가 생기자 사방을 크게 돌아보던 관표는 멀리서 도망치고 있는 왕군을 보았다.

"빨리 끝내라!"

관표가 고함을 지르며 신형을 날렸다. 왕군이 도망치는 곳을 향해.

장안에서 약 삼십여 리 떨어진 작은 야산이 있었다.

철검산이라고 불리는 이 산의 계곡은 맑은 물이 흘러내리는 계류와 아름다운 풍광으로 유명한 곳이었다.

풍광도 풍광이지만, 작은 산치고는 산세가 험해서 사람이 함부로 들어오지 않는 곳이기도 했다. 그런데 그 산 아래로 지금 사람들이 한두 명씩 모여들고 있었다.

몰려든 사람들은 제이철기대에서 과문을 따르기로 했던 사람들이었다. 그들은 모두 가족들과 함께 나타났는데, 그들 중에는 부인만 데려온 사람들도 있고, 노부모들과 함께 온 홀아비 대원도 있었다.

이렇게 모여들기 시작한 대원들은 약 반 시진에 걸쳐 열두 명이 전부 모였다.

그들 중 다섯 명은 혼자였다.

다행히 그들은 식구가 변을 당한 것이 아니라 함께 올 친인척이 없었던 것이다.

열두 명은 서로의 안부를 물으면서 함께 온 식구들을 서로 인사, 소개시키고 있었다.

그들은 서로 안면이 있는 사람들이 많아서 서로 어색한 것은 없었다.

그들이 거의 인사를 끝낼 무렵 과문이 온몸에 피칠을 하고 나타났다.

수하들이 놀라서 과문에게 몰려들었고, 과문은 간략하게 자신에게 있었던 이야기를 해주었다.

그 말을 들은 제이철기대의 대원들은 모두 분기탱천해서 몽각과 제일철기대주를 욕하면서 복수를 다짐하였다.

말을 끝내고 수하들의 위로를 받던 과문은 갑자기 생각난 듯 물었다.

"너희들은 아무 일도 없었는가?"

과문의 말을 듣고서야 그들은 무엇인가 이상하다는 것을 눈치챘다.

과문이 그 정도의 공격을 당했는데, 수하들에게는 아무런 일도 없었던 것이다.

몽각의 사람됨을 잘 아는 과문은 이해할 수 없는 일이었다.

그가 아는 몽각이라면 절대 이들을 용서할 리가 없을 테고, 자신과 마찬가지로 큰 변을 당했어야 옳았다.

최소한 어떤 조치가 있어야 했었다.

과문은 몽각의 입장이 되어서 생각해 보았다.

제일철기대는 자신을 상대하는 데 보냈다. 그러나 과문이 집에서 탈출하고 난 후, 맹렬하게 뒤쫓던 제일철기대는 어느 시점에서 모두 돌아가 버리고 말았다. 그 부분도 생각해 보면 납득하기 어려운 일이었다.

제일철기대가 한 번 노린 상대를 두고 중간에 돌아간 것도 이상한 일인데, 그 장소가 철기보의 세력권 안이라면 더욱 그랬다.

'내가 몽각이라면…….'

여기까지 생각한 과문의 표정이 굳어졌다.

"모두 모여라! 무기를 들고 식구들을 모아라!"

과문이 수하들에게 고함을 지를 때였다.

숲에서 검은 복면의 인물들이 뛰쳐나왔다.

약 삼십여 명의 인물들로, 언뜻 보아도 상당한 실력을 지닌 자들이 분명해 보였다.

과문은 그들이 자신과 자신의 수하들을 노리고 나타난 살수들임을 알았다.

'살수가 기습을 하지 않고 여유롭게 나타나다니.'

과문은 다시 한 번 가슴이 서늘해졌다.

살수라면 숨어서 습격을 해야 옳은데, 지금처럼 나타났다면 그것은 그만큼 자신있다는 이야기였다. 그리고 지금처럼 정면으로 나타나 사람을 죽이는 살수문이라며 살수라기보다는 용병들일 가능성도 짙었다.

그렇다면 이런 식의 살수를 행할 수 있는 곳이 어디인지 능히 짐작가는 일이었다.

"요지문(妖池門)……."

과문의 신음에 가까운 소리를 들은 그의 수하들도 얼굴이 어두워졌다.

그들의 장기인 창이나 기마만 있다면 어떻게 한 번 겨루어보기라도 할 텐데, 그들은 지금 무기조차 제대로 들고 있지 않았다.

나타난 인물 중 한 명이 앞으로 나왔다.

아마도 그들 중의 우두머리일 것이다.

과문은 수하들에게 눈짓을 하고 앞으로 나와 나타난 자들의 우두머리와 대치를 한 후 말했다.

"참으로 교활하군."

"나한테 한 말인가?"

과문은 생각보다 상대의 목소리가 어리다고 생각했다.

"아니, 지금 일을 지시한 몽각에게 한 말이다. 사주를 받고 사람을 죽이는 것이야 요지문의 직업이니 그것을 가지고 교활하다고 말할 수는 없겠지."

과문답지 않게 말이 길었다.

수하들에게 시간을 벌어주기 위해서였다.

그것을 아는지 모르는지, 아니면 신경을 안 쓰는 것이지 요지문의 인물은 묵묵히 과문의 말을 들어준 후 대답하였다.

"알아주니 고맙군. 철기보의 과문이라면 한 번은 겨루어보고 싶은 인물이었다. 무기를 들고 있지 않아서 아쉽군."

"미리 알고 있었던 것 아니었나. 철기보에서 그 정도야 귀띔을 했겠지."

"과연, 철기보의 과문이 문무를 겸비하고 용맹과 지를 겸비했다는 말이 틀리지 않았군. 몽각의 아들 몽여해가 질투한다더니, 그 말이 맞군."

과문의 얼굴에 불쾌한 빛이 떠올랐다.

"몽여해 따위는 말하지 말아라!"

"그럼 그만두지."

과문은 복면을 쓴 자를 보면서 살수답지 않은 상대에게 호기심이 일었다.

"요지문의 누군가?"

"상문검(霜刎劍) 이관이라 한다."

과문은 놀란 눈으로 이관을 보았다.

요지문의 살수 중에서도 유명한 특급살수 중 한 명이 바로 상문검 이관이었다.

사실 요지문은 살수 집단이라기보다는 용병 대행 업체라고 보아도 무방한 문파로, 강호무림에서 그쪽으로는 가장 유명한 문파 중 한 곳이었다. 또 들리는 소문으로는 요지문이 백호궁이나 천군삼성 중에 한 명인 사령혈마 담대소와 어떤 연관이 있다는 말도 있었다.

상문검 이관이라면 근 일이 년 사이에 유명해진 인물로, 요지문의 사대전사 중 한 명이었다.

"내가 제법 중요하긴 한가 보군, 요지문의 그 유명한 상문검 이관이라니."

"과문이라면 결코 무시할 수 있는 존재가 아니지."

"창이 없어서 아쉽군."

"나도 그렇지만, 어쩔 수 없지. 운이 없다고 생각하게."

이관의 말에 과문은 한숨을 쉬었다.

지금 상황을 충분히 추리할 수 있었기 때문이다.

철기보에서는 제일철기대를 통해 자신을 공격하게 만들고 수하들은 그냥 두었다. 그리고 그들의 죽음을 요지문에 의뢰한 것이다.

그리고 요지문은 열두 명의 수하 중 한두 명의 집에 숨어서 기다리다가 뒤를 밟았을 것이다.

당연히 열두 명의 수하가 한 번에 모이는 장소가 있을 것이고, 그곳에서 일망타진할 생각이었을 것이다.

이제 과문과 수하들은 돌봐야 할 사람들은 있고, 무기는 없었다.

결국 가족을 지키기 위해서 도망도 못 갈 것이다.

과문 역시 수하의 가족을 두고 도망갈 순 없는 상황이 되고 말았다. 한두 가지 불리한 상황이 아니었다.

과문은 이를 악물었다.

지금 이 상황에서 할 수 있는 일은 별로 없었다.

죽을 때까지 싸우는 수밖엔

과문과 그의 수하들이 목숨을 걸고 대항하려 할 때였다.

"불공평하군!"

큰 소리가 들리며 대과령이 나타났다.

대과령이 나타나자 모든 사람들은 놀라서 그를 본다.

대과령은 등에 거대한 통 하나를 짊어지고 있었는데, 통에는 열세 개의 단창이 꽂혀 있었다.

이관은 대과령의 거대한 몸을 보고 상대가 누구인지 알 수 있었다.

"금강마인 대과령."

"알아주니 고맙군."

"이 일은 너와는 상관없는 일이다. 그러니 요지문의 일에 방해가 없기를 바란다. 그리고 우린 너의 주군인 몽각의 사주를 받고 임무를 수행하는 중이다."

상문검 이관의 말에 대과령이 고개를 흔들었다.

"넌 틀렸다. 우선 몽각은 나의 주군이 아니다. 그리고 나는 지금 주군의 명령을 받았기 때문에 과문을 돕지 않을 수 없다."

"몽각이 주군이 아니라고?"

이관은 당혹스러웠다.

그가 아는 대과령은 분명 철기보의 인물이었다.

"그렇지, 몽각은 내 주군이 아니지. 나에게 주군은 따로 있으시다."

"그자가 누구냐?"

"녹림왕 관표님이시다."

이관과 그 수하들이 모두 놀란 표정으로 대과령을 보았다.

대과령은 그들에게 별반 신경 쓰지 않는다는 표정으로 다가와 등에 메고 있던 통을 과문에게 던져 주면서 말했다.

"주군께서 주는 선물이다."

과문은 대과령이 던져 준 통을 받아 들고 안에 있는 단창 하나를 집어 든 후, 수하들에게 주었다.

정확하게 인원수에 맞는 창의 숫자로 인해, 제이철기대의 대원들은 전원 단창으로 무장을 할 수가 있었다.

이관은 그 모습을 묵묵히 지켜본다.

녹림왕 관표란 말에 상당히 놀란 듯했다.

"요즘 관표란 이름을 자주 듣는군."

이관의 말에 대과령이 말했다.

"앞으로 더욱 자주 듣게 될 이름이다."

"자신하는군."

"금강마인은 아무나 주군으로 섬기지 않는다."

"그런가? 그건 그렇고, 아무래도 우리 일에 반드시 간섭을 하겠다는 의지군. 그런 건가?"

"그렇게 되었다."

이관은 과문과 그의 수하들을 보았다.

단창을 잡은 그들의 표정은 조금 전까지 당황하던 모습과는 완전히 달랐다.

이젠 누구와 싸워도 자신있다는 표정들이었다. 그리고 대과령은 그렇게 함부로 할 수 있는 고수도 아니었다.

이관이 대과령을 보면서 물었다.

"듣기로 관표란 자, 모과산 근처의 화전민 아들이라던데, 그 말이 맞나?"

대과령이 놀란 표정으로 이관을 보았다.

관표에 대한 소문은 무성하게 돌아다니고 있었지만, 그가 모과산에 있는 화전민의 아들이란 사실을 아는 사람은 없었다.

녹림도원의 형제들이나 그의 의동생 두 명을 제외하면.

이관은 대과령이 놀라는 모습을 보고 더 이상 대답을 들으려 하지 않았다.

그 표정만으로도 충분했던 것이다.

"모두 돌아간다."

이관의 갑작스런 명령에 그의 수하들은 물론이고 대과령이나 과문 일행도 놀란 표정으로 이관을 바라본다.

그리고 그제야 대과령은 이관이 관표에 대해서 물은 것은 전음술이 었다는 것을 알았다.

이관은 대과령과 과문을 보면서 말했다.

"무서워서가 아니다. 노약자까지 죽여야 하는 일이 내키지 않아서 그렇지 않아도 망설이고 있던 참이었다. 그리고 철기대가 단창을 들고 대과령이 합세하였다면, 설혹 임무를 완수하더라도 내 수하들이 상당 수 죽겠지. 그게 싫을 뿐이다."

이관은 그 말을 남기고 수하들과 사라져 버렸다.

대과령과 과문은 서로 멀뚱거리며 바라본다.

설마 일이 이렇게 될 줄은 상상도 못했던 것이다.

"고맙소."

과문의 인사에 대과령이 피식 웃었다.

"나에게 말고 주군에게 하시오. 나는 당신을 안전하게 모셔오란 말 만 들었을 뿐이오."

"나를 말이오?"

"싫소? 내가 알기로 갈 데도 없을 것 같은데."

과문은 자신의 수하들을 돌아보았다. 그러고 보니 정말 갈 곳이 없 었다.

과문은 대답 대신 대과령에게 궁금한 표정으로 물었다.

"우리를 어떻게 찾았소?"

대과령은 무뚝뚝한 표정으로 과문을 보면서 말했다.

"나처럼 산만한 덩치에 힘만 쓸 줄 아는 사람이 어떻게 추적해 왔냐하는 물음이오?"

"꼭 그런 것은 아니지만……. 비슷하오. 내가 알기로 금강마인이 추적술에도 조예가 있다는 말은 들은 적이 없소."

대과령은 품 안에서 하얀 여우 한 마리를 꺼내 들었다.

주먹만한 크기의 흰 여우.

물론 과문은 그것이 무엇인지 잘 알고 있었고, 더 이상 대답을 듣지 않아도 사연을 알 수 있었다.

대과령은 설요를 품 안에 넣으면서 말했다.

"이제 갑시다."

과문은 자신의 대답은 듣지도 않고 앞장서서 걷는 대과령을 보다가 자신의 수하들을 돌아보았다.

모두 자신을 보고 있었다.

"가야지 뭐 별수있나."

과문의 대답에 모두들 안심하는 표정이었다.

그 표정을 보고 과문은 자신이 자존심을 버리길 잘했다고 위안하며 말했다.

"이왕이면 빨리 가야 할 거요."

대과령이 과문을 돌아보았다.

"몽각을 잘 알지 않소. 작은 복수라도 철저하게 제 손으로 해야 직성이 풀리는 자요. 그런데 그가 스스로 오지 않고 살수들에게 사주를 하였다면 무엇인가 급한 일이 있었을 것이오. 제일철기대 마찬가지요. 나를 뒤쫓다가 다 사라져 버렸소. 무엇인가 나보다 더 중요한 일이 생겼다는 뜻일 것이오. 지금 내 생각에 몽각에게 급한 일이라면 녹림왕

뿐일 것이오."

대과령은 바보가 아니었다. 그가 하는 말을 알아들었다.

"몽각이 주군을 쫓아갔다면 큰 실수한 것이지. 그리고 지금은 서둘러도 우리가 돕기엔 조금 늦었지."

대과령은 태연하게 말하며 다시 길을 걷는다.

과문은 대과령의 말투에서 그가 관표를 얼마나 믿는지 알아챌 수 있었다.

"중독되었군."

과문이 중얼거리자 대과령이 다시 돌아본다.

"사람의 향기에 중독되었단 말이오."

과문이 말을 하면서 피식 웃었다. 그리고 그 뒷말은 속으로 중얼거렸다.

'대과령 같은 자를 중독시키기는 쉽지 않은 일인데… 생각보다 더 대단하군, 녹림왕.'

第十二章
소소의 손에 낫 한 자루가 들렸다

수유촌.

마을에서는 단혼검 막사야와 철우를 중심으로 철저하게 경계가 펼쳐져 있었고, 언제든지 모여서 서로 보조할 수 있게 신호 체계를 완비해 놓았다.

몇 명의 수하들이 마을 밖을 돌며 번갈아 경계를 서고 있었으며, 마을 사람들은 언제든지 한곳으로 모일 수 있게 준비를 해놓았다.

혹시라도 둔가채의 습격이 있을지도 모른다는 가정 하에 미리 준비를 한 것이다.

많은 사람들이 분주하게 움직이고 있을 때, 관표의 집에선 요리를 하던 백리소소가 천천히 집 밖으로 걸어 나왔다.

그녀는 마을 밖을 유심히 주시하고 있었다.

다른 사람들은 들을 수 없는 것, 그리고 느끼지 못하는 것을 그녀는 느낄 수 있었다.

'꽤 많군. 그리고 제법 강하군.'

백리소소의 입꼬리가 올라간다.

'시집오기도 전에 시댁이 불행한 일을 당하게 할 순 없지. 이것들이 감히 소소의 서방님 댁을 넘봐!'

그녀의 눈에 살기가 어린다.

알고 보면 몽각은 불쌍했다.

그는 그저 아들의 복수를 하겠다는 순순한 마음뿐이었다.

지금 마을에 백리소소란 여자가 있는지 없는지 어떻게 알겠는가? 그리고 백리소소의 시댁이 이 마을에 있는지 어떻게 알겠는가? 짐작도 못할 일이었다.

다 재수가 없는 탓이다.

백리소소가 관복과 심씨에게 다가갔다.

두 부부는 너무도 흐뭇한 표정으로 그녀를 본다.

아무리 보아도 천상의 여자 같은 며느리였다. 그런 여자를 색시로 데려온 아들 관표가 참으로 대견스럽기만 하였다.

세상의 그 어디에 내놔도 자랑할 만한 며느리였다.

어디 얼굴만 예쁘고 몸맵시만 좋은가?

온순하고 시부모 말 잘 듣지, 동생들에게 사근사근 잘 대해주지, 밥 잘하고, 빨래 하나를 해도 그 손 맵시가 보통이 아니었다.

이래저래 하는 행동 하나하나가 조강지처로서 전혀 손색이 없었다.

관복과 심씨는 소소를 보기만 해도 마음이 뿌듯하고 자랑스러웠다. 그런 그녀가 다가오자 두 부부는 사랑스런 시선으로 바라보며 물었다.

"아가야, 힘들면 좀 쉬엄쉬엄 하거라."

"괜찮습니다, 어머님. 하는 일마다 즐겁기만 합니다."

말 한마디를 해도 참 예쁘게 말한다.

"원 애두, 그래도 처음부터 너무 무리하는 거 아니다. 쉬어 가면서 맘 편히 하거라."

말도 잘 듣는다.

"그렇게 하겠습니다, 어머님."

"호호. 애두 참."

심씨가 그저 좋은 표정으로 웃었다.

참으로 사심없는 웃음이라 보기 좋았고, 소소도 그 모습을 보고 기분이 덩달아 좋아지는 것을 느꼈다.

관복이 옆에 서 있다가 심씨를 보면서 말했다.

"이놈의 마누라가 푼수처럼 웃기는…… 그래, 얘야, 뭐 물어보고 싶은 것이 있는 거냐? 뭐든지 말해 보거라."

"잠시 마을 밖에 있는 밭에 좀 다녀왔으면 합니다."

"밭에 말이냐? 아니, 거긴 왜 간다는 것이냐? 가보았자, 뭐 구할 것도 없을 텐데."

"잠시 마을 밖을 구경도 하고, 혹시 숲 근처에 나물이라도 있으면 뜯어올까 하고요."

소소의 말에 관복과 심씨가 한숨을 쉬면서 말했다.

"휴……. 얘야, 인근 몇십 리 근처의 먹을 수 있는 나물이나 풀이라면 이미 씨가 말랐을 것이다. 몇 달을 제대로 된 곡식을 먹을 수 없었던 마을 사람들이 뭘 먹고살았겠느냐?"

관복이 만망한 표정으로 말하자, 오히려 소소가 무안해졌다.

소소는 관복의 말을 듣고 그 사정을 충분히 알아들을 수 있었다. 그리고 괜한 말을 했다고 자책하며 말했다.

"그냥 마을을 돌아보고 싶을 뿐입니다. 다른 말은 그저 핑계였을 뿐입니다, 아버님."

며느리의 배려에 관복이 웃으면서 말했다.

"그래, 그럼 관삼이나 관위를 시켜 길 안내를 하게 하면 되겠구나."

관복의 말에 소소는 미소 지으며 말했다.

"감사합니다, 아버님."

"허허, 뭘 그 정도로. 허험."

헛기침까지 하면서 며느리 얼굴을 보느라 여념이 없는 관복이었다.

소소가 관위, 관삼과 함께 마을 밖을 향해 걸어가는 모습을 본 심씨가 말했다.

"어쩜 걷는 모습도 저리 이쁠까? 참으로 곱구나. 세상에 우리 며느리보다 고운 애가 또 있을까?"

혼잣말로 중얼거리는 심씨를 관복이 나무랐다.

"며느리 자랑도 팔불출인 거여. 다른 사람들 앞에서는 그런 말 함부로 하지 말어."

관복의 말에 심씨가 눈을 흘기며 말했다.

"내가 언제 뭐라고 했어요."

"험, 여튼, 그리 알게. 으음……. 거참, 뒷모습도 어찌 저리 고울꼬."

관복의 감탄사에 심씨가 눈을 흘긴다.

도망치던 왕군은 기겁을 해서 제자리에 멈추었다.

그의 앞을 가로막은 것은 관표였다.

아주 오래전이지만 관표는 왕군을 본 적이 있었다.

마을을 떠나기 전에 있었던 일이다. 물론 왕군은 관표를 기억하지 못하고 있었다.

당시만 해도 왕군에게 관표는 관심 밖의 인물이었던 것이다.

하지만 지금은 기억하고 싶지 않아도 반드시 기억할 수밖에 없었다.

당장 자신의 생명이 왔다 갔다 하는 판이었고, 바로 관표의 말 한마디면 자신은 물론이고 왕가촌은 전부 죽은 목숨이라고 할 수 있는 상황이었기 때문이다.

그러나 왕군은 지금도 눈앞의 청년이 관표라고 믿지 않았다. 수유촌에서 자란 관표가 지금처럼 그런 무시무시한 힘을 지니고 있다는 사실은 납득하기 어려운 일이다.

사실 왕군은 눈앞의 청년이 관표란 사실을 생각하지 못하는 것은 어쩌면 지극히 당연한 일일지도 몰랐다.

왕군은 관표를 보자 얼굴이 파랗게 질려 버렸다.

상대가 관표든 아니든 그것은 둘째 문제였다.

무지막지한 바위를 던져 왕가촌의 성문을 부수던 광경이 떠오르자 오한이 들었다.

관표가 느긋한 걸음으로 왕군에게 다가왔지만, 왕군은 그 자리에 얼어붙어 덤빌 생각은 물론이고 도망갈 생각조차 못하고 있었다.

공포에 질린 왕군의 모습을 보면서 관표는 담담한 표정으로 말했다.

"아직도 내 동생들이 탐나나?"

그 말을 듣고서야 왕군은 상대가 관표란 사실을 알았다. 그렇다고 달라지는 것은 없었다. 오히려 지은 죄가 있으니 더욱 겁이 났다.

왕군은 겁에 질린 목소리로 겨우 대답할 수 있었다.

"저, 절대 아닙니다."

"그동안 수유촌에 베풀었던 은혜를 이제 돌려줄 생각이다. 그리 알도록."

왕군의 얼굴이 검게 죽어갔다.

대적할 생각은 아예 하지도 못했다.

장칠고는 둔기와 겨루면서 시간이 갈수록 신이 났다.

만약 관표를 만나기 전이었다면 감히 둔기와 겨룰 생각이나 했을까? 불가능한 일이었다. 그런데 지금은 녹림의 고수 중 하나라는 둔기와 지지 않고 싸울 수 있는 자신의 능력이 대견스러웠고, 자신을 여기까지 끌어준 관표가 고마웠다. 그리고 눈치 빠른 장칠고는 관표가 왜 자신을 도와주지 않는지 이유를 알 수 있었다.

자신을 비롯해서 녹림도원의 형제들 힘으로 해결할 수 있도록 기회를 준 것이다. 도와줘도 녹림도원의 다른 형제들의 힘을 얻어서 그들 스스로 해결해야만 그 성취감을 느낄 수 있고 사기도 오를 것이다.

장칠고는 이를 악물었다.

'형님의 은혜에 보답하기 위해서라도 반드시 내 힘으로 이겨야 한다!'

장칠고는 관표가 한 말을 항상 가슴속에 간직하고 있었다.

관표가 녹림도원의 두령들에게 무공을 가르치면서 해준 말 중 장칠고가 항상 가슴에 담아두고 있는 것은 세 가지였다.

첫째, 기백에서 절대 지지 말아라!

둘째, 자신이 익힌 무공을 정확하게 알고 상대와 싸워야 한다. 이는 자신의 실력과 상대의 실력을 정확하게 알고 있어야 한다는 말이었다.

셋째, 상대가 아무리 강해도 위축되어서는 안 된다.

세 번째는 첫 번째와도 연결되는 말이었다.

장칠고는 험하게 생긴 얼굴과는 달리 실제 상대와 싸워서 이긴 적은 별로 없었다. 그러나 남들과 달리 조금 독특하게 생긴 죄로 이유없이 싸움을 하게 되는 경우가 많았고, 단지 쳐다본다고 길 가던 무림고수에게 죽도록 얻어맞기도 했다.

쳐다봐서 기분 나빠서가 아니고 눈에 살기를 품고 자신을 봤다는 황당한 이유 때문이었다.

장칠고로서는 억울했지만 어쩌겠는가? 남들보다 조금 독특하게 생긴 외모와 그보다 조금 더 독특한 자신의 눈매를 원망해야 할 뿐이었다.

그러다 보니 그는 남들에 비해서 무수히 많은 싸움을 해야 했다. 그러면서 느꼈던 것들과 관표가 말한 가르침 중, 위에 세 가지가 가장 일치했던 것이다.

다행히 첫 번째의 경우 장칠고는 약간의 용기만 내면 기선 싸움에 상당히 유리한 조건을 지니고 있었고, 그것도 기백 중의 하나라고 우기면 우길 수 있는 상황이었다.

그렇게 여기저기서 싸우고 맞다 보니 는 것은 배짱과 험한 말, 그리고 눈치뿐이었다.

장칠고는 자신의 실력을 냉정하게 평가해 보았다.

그가 익힌 무공은 전부 세 종류였다.

가장 중점적으로 익힌 것은 섬광영(閃光影) 신법과 섬광삼절검(閃光三絶劍)이었고, 이 섬광삼절검을 보조하기 위해 배운 초식이 유성검법이었다.

원래 천검대 대주인 막사야가 중점적으로 익힌 무공이 유성검법이
었다. 이 유성검법은 모두 십삼 초지만 이 중 막사야가 배운 것은 가장
배우기 쉽고 기초가 되는 여섯 가지 초식이었다.

이를 따로 육절연환유성검법(六節連環流星劍法)이라고 불렀다.

서로 유기적으로 연환하여 펼치기 쉽고 비교적 배우기도 쉬운 검법
이었지만, 배우면 배울수록 위력이 강해지는 특성을 지닌 검법이었다.

지금 장칠고는 이 육절연환유성검법을 응용해서 둔기와 대결하고
있었다.

둔기보다 훨씬 앞서 있는 신법과 위험에 처할 적마다 펼치는 섬광검
법의 제일초식인 추혼발검(追魂拔劍)의 위력으로 인해 둔기와 대등한
결투를 벌일 수 있었다.

원래 섬광삼절검법은 살수의 검법이었다.

단 한 번에 상대의 숨통을 끊어놓는 쾌검으로 유명한데, 그중 추혼
발검은 발검술을 겸하고 있었으며, 지금 섬광삼절검법 중 장칠고가 펼
칠 수 있는 유일한 검초이기도 했다.

싸우면 싸울수록 장칠고는 지금 자신이 익힌 섬광삼절검법이 얼마
나 무섭고 뛰어난 검법인지 다시 한 번 깨우칠 수 있었다.

'내가 만약 두 번째 초식인 은광사혼(撚光死魂)만 제대로 펼칠 수 있
었다면, 아니, 추혼발검을 팔성만 터득했어도 일 검이면 족한데.'

장칠고는 그 점이 두고두고 아쉬웠다.

비록 관표의 개정대법으로 임독양맥이 뚫리고 내공은 섬광검을 익
히기에 충분했지만, 무공을 배우기 시작한 기간이 너무 짧았다.

바탕이 되었다고 무공이 그냥 느는 것은 아니다.

지금 장칠고의 추혼발검은 겨우 육성 수준이었다. 그러나 그것도 그

가 무공을 익히기 시작한 시간을 감안하면 엄청나게 빠른 진전이라 할 수 있었다. 비록 관표의 큰 도움이 있었던 것을 감안하더라도 말이다.

장칠고는 이번에 돌아가면 이를 악물고 무공 수련에 박차를 가하리라 결심하였다.

이때 연자심의 전음이 들려왔다.

"칠고, 둔기의 정신을 분산시켜라."

연자심의 말을 들은 장칠고의 눈이 날카롭게 빛났다.

관표의 직접적인 도움만 아니라면 녹림도원의 형제들끼리 서로 협력해서 상대를 이기는 것은 바람직하다고 생각한 것이다.

즉, 절대고수이자 대형의 도움이 아닌 자신들의 힘으로 이겨내는 것은 그 의미가 다르다고 생각한 장칠고였다.

어쩌면 대형은 그 부분을 기대했는지도 모른다. 그리고 서로 협력해서 싸우는 부분은 앞으로 중점적으로 훈련해야 하는 부분이기도 했다.

"이얍!"

고함과 함께 장칠고의 검이 육절연환유성검법의 연환수천(連環水喘)을 펼치기 시작했다. 이 검초는 상당히 투박하지만 상대를 거칠게 상대할 때 가장 좋은 초식이었다.

초식의 이름 중 수천의 천(喘)은 '헐떡거리다' 라는 뜻이다.

둔기가 장칠고의 거친 검초에 주춤하였다. 순간 장칠고의 검초는 탄검비성(誕劍飛星)의 초식으로 바뀌었다.

둔기는 주춤했던 자신을 돌아보며 밀리지 않으려는 듯 자신의 절기를 펼쳐 맞대응해 갔다. 맹렬하게 초식을 펼쳐 정면 공격을 감행한 둔기였다.

그러나 탄검비성에서 탄은 거짓을 말한다.

즉, 탄검비성은 교묘한 허초로 상대를 끌어들이는 초식이었던 것이다. 과연 상대가 탄검비성의 허술한 부분을 집요하게 뚫고 들어오려 하는 순간, 장칠고가 호흡을 멈추고 검초를 갑자기 바꾸었다.

섬광삼절검법의 추혼발검이 둔기의 목을 노리고 찔러갔다.

둔기는 가슴이 서늘해졌지만 당황하지는 않았다. 이미 장칠고의 검법 중 그런 무서운 초식이 있다는 것을 알고 조심하고 있었던 것이다.

둔기가 빠르게 몸을 옆으로 이동하며 장칠고의 검초를 피했을 때였다.

'퍽' 하는 소리와 함께 한 대의 화살이 날아와 둔기의 어깨를 관통하였다.

연자심의 활이었다.

'컥' 하면서 둔기의 신형이 휘청 하는 순간, 장칠고의 검이 둔기의 목에 닿아 있었다.

장칠고가 험하게 웃으면서 말했다.

"개 잡았군."

철기보.

섬서의 패자 중 하나라는 철기보의 자랑 제일철기대 부대주인 청룡월 우지황은 보주이자 대주인 몽각이 지켜보는 가운데 팔십여 기의 기마대를 이 열로 정렬시켰다. 그리고 그 앞에 청룡언월도를 비켜 들고 섰다.

다행히 마을 근교라 마을까지 들어가는 길은 그런대로 좋은 편이었다. 이곳까지 오면서 고생고생했던 험한 길과는 달랐다. 기마대를 몰고 단숨에 쓸어버리기에 충분한 길이었다.

눈치챘을 땐 기마대가 이미 마을로 진입했을 때리라.

우지황이 기마대를 돌아보며 엄숙한 표정으로 말했다.

"모두 들어라! 지금부터 우리는 소보주님의 복수를 위해 공격을 개시한다. 관표의 일행과 마을 사람들은 물론이고, 숨을 쉬는 것들이라면 굼벵이 하나라도 놓치지 말고 전부 죽여라! 여자들은 잡아놓았다가 즐겨도 좋다!"

"충!"

짧지만 사기가 충만한 목소리가 합창으로 답을 하였다.

우지황의 얼굴에 은은한 미소가 감돌았다.

이 맛에 부대주를 한다.

자신의 명령 한마디로 움직이는 기마대가 있고, 그 앞에 선 순간 자신이 살아 있다는 기쁨을 마음껏 즐길 수 있었다.

이제 자신의 청룡언월도가 생명을 자르고 지나가는 손맛만 더해진다면 관운장이 부럽지 않은 행복감을 느낄 수 있을 것이다.

철갑을 두른 우지황은 곧 그 기쁨을 누릴 수 있다는 기대감으로 가슴이 두근거리는 것을 느끼며 말을 돌렸다.

"자, 돌…… 저게 뭐냐?"

돌격 명령을 내리려던 우지황이 놀라서 물었다.

몽각은 물론이고 철기대의 대원들도 놀란 시선으로 우지황이 가리킨 곳을 보았다.

그곳엔 세 명의 기이한 인물이 나타났는데, 모두 복면을 한 괴인들이었다.

처음엔 놀랐던 우지황은 마음을 진정시키고 고함을 질렀다.

"뭐 하느냐? 모두 죽여라!"

그러나 명령을 내리는 순간 세 명의 복면괴인이 철기대를 향해 날아왔다. 그리고 그때부터 일방적인 결투가 시작되었다.

아무리 찔러도 창이 들어가지 않는 괴물.

한 번 손을 휘두르면 철기대의 수하들이 추풍낙엽이다.

생강시가 달리 생강시인가? 그중에서도 최고라고 할 수 있는 혈강시들이었다. 철기보의 철기대가 상대하기엔 너무 큰 강적이었다.

수수깡으로 철벽을 찌른다고 들어가겠는가? 어림도 없는 일이었다.

"이런 바보 같은 놈들! 비켜라!"

우지황이 고함을 지르며 복면괴인 중 한 명에게 달려들었다. 그의 청룡언월도가 무서운 기세로 혈발괴인의 목을 쳤다.

순간 '깡' 하는 소리가 나며 언월도가 튀어나온다.

그것을 본 몽각은 기가 질리고 말았다.

우지황은 손아귀가 찢어지는 아픔을 느끼곤 하마터면 무기를 놓칠 뻔하였다.

복면괴인의 공격에 말에서 굴러 떨어졌다가 일어선 우지황은 멍한 표정을 지었다.

그 모습을 본 몽각이 망설이지 않고 고함을 질렀다.

"끝까지 싸워라!"

명령을 내린 몽각은 돌아서서 내빼기 시작했다.

상황이 불리해졌고, 지금처럼 이미 기다리고 있는 상황이라면 승산이 없다고 판단한 것이다.

더군다나 세 명의 괴물 같은 인간들의 무공은 몽각으로 하여금 완전히 전의를 상실하게 만들었다. 그리고 여기에 관표까지 합세한다면……

생각하기도 싫었다.

살아야 복수도 하는 것이다.

'일단 물러서자.'

결심이 서자 몽각은 수하들에게 세 괴인을 끝까지 상대하라고 명령을 내린 후 도망치기 시작한 것이다.

우지황은 몽각이 도망치자 상황을 눈치챘다.

"모두 도망가지 말고 끝까지 싸워라! 아무리 괴물이라고 해도 찌르고 또 찌르면 창이 들어갈지도 모른다! 나는 보주님을 끝까지 호위하겠다!"

고함을 치고 그 뒤를 따른다.

참으로 어이없는 후퇴, 아니, 도망이었다.

주군 잘못 만난 수하들만 불쌍한 일이었다.

한참을 도망가던 몽각과 우지황은 약 이십여 리를 단숨에 도망가고 나서야 멈추었다.

몽각이 우지황을 보면서 말했다.

"그 악마 같은 놈들이 쫓아오는 것은 아니겠지?"

"당분간 철기대가 막고 있을 것입니다. 하지만 오래 견디지 못할 것 같으니 빨리 돌아가는 것이 좋을 것 같습니다."

"우 부대주 말이 맞네. 일단 돌아가서 백호궁에 도움을 청해야겠네. 그리고 관표가 이곳에 둥지를 틀었다고 알려줄 곳도 많지. 그렇게 되면 손 안 대고 복수도 가능할 것이다."

"옳으신 생각입니다. 특히 화산이나 당가에서 좋아할 것입니다. 혹시 관표가 나타날지도 모르니 빨리 철수하는 것이 좋을 것 같습니다."

"그렇지 그렇게 해야겠지. 관표 이놈, 어디 두고 보자!"

둘의 마음이 참으로 찰떡이었다.

그 주군에 그 신하였다.

둘은 마음을 굳히고 다시 신형을 날리려다가 멈추었다.

둘 앞에는 정말 믿을 수 없을 만큼 아름다운 여자가 나타나 있었던 것이다.

둘은 혹시 여우에게 홀린 게 아닌가 하고 손으로 두 눈을 부빈 후 다시 한 번 나타난 백리소소를 보았다.

분명히 꿈은 아니었고, 여우도 아닌 것 같았다.

"서, 선녀다……."

우지황과 몽각은 자신도 모르게 중얼거렸다.

그 말을 들은 백리소소가 차갑게 웃으면서 대답했다.

"말라비틀어진 감자같이 생긴 것들, 네놈들이 세상에 나가면 나와 서방님의 보금자리가 시끄러워지겠지. 그렇게 놔둘 수는 없지."

우지황과 몽각이 멍한 표정으로 백리소소를 보았다.

설마 저렇게 아름답고 순수해 보이는 여자의 입에서 이런 거친 말이 나올 줄은 예상도 못했지만, 말라비틀어진 감자 같은 것들이란 욕도 세상에 태어나서 처음 듣는 욕이었다.

두 사람이 어이없는 시선으로 백리소소를 보았을 때, 그녀는 품 안에서 낫 한 자루를 꺼내 들고 있었다. 그러나 위협적이기보다는 그조차도 매력적으로 보인다.

第十三章
강한 여자는 아름답다

어이없고 황당한 일을 당하고 나면 처음엔 당황하거나 상황 판단을 못하고 허둥거린다. 그리고 정신을 차리고 나면 화가 나는 경우가 많다.

특히 자신이 놀란 이유가 어이없는 일일 경우라면 더욱 그럴 것이다. 그러나 어린 계집에게 별 요상한 욕을 들은 두 노인, 몽각과 우지황은 화를 내지도 못하고 웃지도 못하는 얼굴로 백리소소를 보면서 어쩔 줄 몰라 했다.

화를 내야 하는데 너무 아름다운 백리소소고 보면 그것도 쉽지 않았다. 자신도 모르게 화가 사르르 가라앉았다.

우지황은 마음의 갈등을 달래며 말했다.

"허허. 얘야, 어른에게 그런 말을 쓰면 안 된다. 어서 사과하거라! 그럼 용서하고 너를 데려다가 내 귀히 쓰마. 내가 바로 섬서의 패자 중 하나인 철기보의 철기대 부대주란다."

군침까지 꿀꺽 하고 삼키며 우지황이 말하자, 몽각도 얼른 말을 보탰다.

"그래, 너 정도라면 내가 철기보의 안주인으로 삼아 평생토록 행복하게 살 수 있게 해주마."

말하는 몽각의 얼굴은 더없이 인자한 표정이었다.

음심이 발동한 눈빛만 빼면 더없이 좋은 어른으로 보인다. 그러나 몽각과 우지황의 말을 들은 백리소소의 얼굴에 조금씩 살기가 오르기 시작했다.

하지만 이미 백리소소의 미모에 넋을 잃은 두 노인은 그것을 눈치채지 못했다.

우지황이 몽각의 옆에서 속닥이며 말했다.

"보주님, 저 계집은 나에게도 좀 기회를 주십시오."

몽각은 조금 아쉬운 표정으로 고개를 끄덕였다. 지금 여기서 다투는 추한 모습을 보일 수 없어 고개를 끄덕였다. 하지만 마음은 달랐다.

'이런, 쳐죽일 놈! 감히 내가 점찍은 여자를 넘봐? 모과산만 벗어나면 넌 내 손에 죽었다! 주군의 여자를 넘보는 놈은 살려둘 수 없다.'

몽각은 결심을 굳혔다. 그러나 알고 보면 두 사람은 그런 짓거리를 꽤 즐긴 적이 있었고, 이는 두 사람 사이에 일종의 관행처럼 굳어져 있었으니 우지황의 잘못은 없었다.

그렇지만 이번의 경우는 달랐다.

백리소소의 미모라면 천하에 그 누구와도 나눌 수 없었고, 바꿀 수 없는 보물이라고 생각한 몽각이었다.

한데 아주 나직한 우지황의 목소리였지만, 백리소소가 못 들을 정도는 아니었다.

"이제 말 다 끝났겠지."

백리소소의 차가운 말에 몽각과 우지황은 다시 한 번 움찔하였다. 그만큼 백리소소의 목소리가 차가웠던 것이다. 그러나 몽각이나 우지황은 아직도 포기할 수 없었다.

포기하기엔 백리소소가 너무 아름다웠다.

그래도 남자랍시고 저런 아름다운 여성에게 폭력을 행사해서 납치하기는 싫었던 것이다.

둘이 다시 한 번 백리소소를 설득하려 할 때였다.

"오늘 이후 다시는 남자 구실을 못하게 해주마."

백리소소의 목소리가 낮게 깔리며 두 사람의 귓가에 맴돌았다. 그리고 그 순간 그녀의 신형이 바람처럼 두 사람에게 날아온다.

기겁한 몽각과 우지황이 백리소소의 공격을 피하려고 했지만 그것은 어디까지나 둘의 생각이었다.

사혼마겸은 아무나 피할 수 있는 무기가 아니었다.

백리소소의 겸이 섬뜩하게 빛났다.

한 번 휘두르면 반드시 피를 보아야 멈출 수 있다는 사대마병이 드디어 발동을 한 것이다.

너무 빠른 백리소소의 공격에 몽각과 우지황은 당황해서 피하거나 막으려고 하였다. 그런데 다가오던 그녀의 신형이 거짓말처럼 뒤로 물러섰다.

몽각과 우지황은 피하거나 막으려던 자세 그대로 어정쩡하게 백리소소를 바라보았다.

지금 무슨 일이 있었는지 제대로 보지를 못한 것이다.

우선 서늘한 감각이 날카롭게 공격해 오자 몽각은 급히 피하려 하였고, 우지황은 손에 들고 있던 청룡언월도로 그 기운을 막으려 하였을 뿐이다. 그런데 공격하던 백리소소가 갑자기 뒤로 물러선 것이다.

"잡것을 제거하는 데엔 낫이 최고지."

두 사람은 어렴풋이 그 말을 들은 것 같았다.

그리고 우지황은 들고 있던 자신의 청룡언월도가 반으로 툭 부러지는 것을 보았다.

"어… 어……!"

하는 순간 우지황의 두 다리가 잘라지면서 그 자리에 무너졌다. 우지황의 참담한 모습을 본 몽각은 놀라서 뒤로 물러서려 하였지만, 몸이 말을 듣지 않았다. 대신 그의 몸이 뒤로 넘어진다.

그의 두 다리도 무릎 위에서 잘려져 나간 것이다.

"끄아아!"

몽각과 우지황이 비명을 질러댔다.

둘의 얼굴은 이미 공포에 절어 있었다.

백리소소가 천천히 그들에게 다가와 섰다.

"엄살 부리지 마라, 그 정도로 죽거나 정신을 잃지는 않을 테니까."

백리소소의 태연한 말에 몽각과 우지황은 이제야 백리소소가 자신들 따위는 상상도 할 수 없는 절대고수란 사실을 알게 되었다.

"철기보의 몽각과 우지황, 너희들은 그동안 너무 많은 죄를 지었다. 지금 것은 그것에 대한 죄과라고 생각해라. 그럼 이제부터 나에게 무례한 죄와 감히 소소의 하늘 같은 서방님께 대든 죄를 묻겠다."

몽각과 우지황의 얼굴은 새파랗게 질렸다.

공포로 인해 그들의 뇌는 근육으로 뭉치면서 사고가 마비되는 것을 느꼈다.

"사, 살려주시오, 낭자, 아니, 선녀님!"

다급해지자 우지황의 입에서는 선녀란 말까지 나왔다. 하지만 그 말은 급해서 한 말이 아니라, 정말 백리소소가 자신의 죄를 벌하기 위해 하늘에서 내려온 선녀일지도 모른다는 생각이 들었던 때문이다. 그렇지 않다면 어떻게 나이 어린 여자의 무공이 이렇게 강할 수가 있겠는가?

우지황이 잘못을 빈다면 몽각은 충격으로 인해 입이 굳어져 말조차 하지 못했다. 한 방파의 보주였고, 부귀영화를 누리던 몽각의 입장에서 보면 자신에게 이런 일이 일어날 것이란 생각은 꿈에도 해본 적이 없었던 것이다.

백리소소는 낫을 집어넣고 발로 사정없이 두 남자의 세 개나 되는 다리 중, 하나 남은 다리를 걷어차며 말했다.

"죽이진 않으마. 하지만 고통은 좀 심할 거다."

'퍽' 하는 소리가 들리며 몽각과 우지황의 얼굴이 고통과 공포로 일그러졌다. 남자라면 그 아픔을 누구나 다 알리라.

"끄아악!"

"으허헝, 어무이!"

두 남자가 울면서 고함치는 소리가 모과산을 떨어 울렸다.

한동안 일방적인 구타를 감행한 백리소소는 그제야 분이 풀린 듯 동작을 멈추었다. 그리고 두 사람의 아혈을 짚었다. 이는 그녀의 특수한 묘법으로, 이후 두 사람은 평생 동안 말을 할 수 없으리라.

조치를 취한 후 그녀는 말 한마디 하지 않고 숲 사이로 사라져 버렸다.

세 다리 전부가 엉망이 되고 벙어리가 되어버린 몽각과 우지황에게 몇 명의 그림자가 날아왔다.

풍운대 대주인 철우와 풍운대원 세 명이었다.

그들은 뒤늦게 철기보의 공격을 알고 왔다가 이미 전부 으깨진 철기대를 보았다. 모두 엉망진창이 된 철기대를 보면서 대체 어떻게 된 상황인지 고민하고 있을 때, 멀리서 울부짖는 두 남자의 목소리를 듣고 단숨에 여기까지 달려온 것이다.

철우는 엉망으로 망가진 두 사람을 보고 황당하다는 표정을 지었다. 그들은 이미 살아 있되 산 사람이 아니었다.

한동안 그들을 살핀 철우는 그들이 몽각과 우지황임을 알고 더욱 놀랐다.

'대체 누굴까? 우리를 도와준 것 같은데. 누가 있어서 이들을 이렇게 처참하게 만들었을까?

큰 의문이었다.

철기대의 대원들에게 물었을 때, 그들은 복면의 괴물들이라고만 말하며 공포에 떨었다. 그러면 우지황과 몽각도 그런가?

한 가지 알게 된 것은 누군가가 자신들을 돕고 있다는 사실이었다. 이때 두 사람의 상태를 열심히 살핀 철우의 수하가 고개를 흔들며 말했다.

"누구에게 당했는지 모르지만, 아주 철저하게 깨졌습니다. 우선 온몸이 성한 곳이 없고, 불알 두 쪽은 잘 익은 홍시처럼 터져서 다시는 쓸 수 없게 되었습니다. 입은 점혈당해 말조차 할 수 없으니 어떤 새로운 정보를 알기엔 불가능합니다."

철우가 수하들을 보며 말했다.

"모두 죽여서 묻어버려라! 살려두면 쌀만 축나고 이곳이 위험해진다."

냉정하게 말한 철우가 돌아섰다.

이미 반고충에게 어떤 지시를 들은 철우였다.

살인은 관표의 가고자 하는 방향과 다를 수 있었다. 그러나 지금은 어쩔 수 없다고 생각한 반고충과 철우였다.

자칫하면 꿈을 펼치기도 전에 수유촌이 멸망될 수도 있었던 것이다. 그리고 무엇보다도 중요하게 생각한 것은 녹림도원의 형제들에게 빨리 살인에 대한 경험을 지니게 하고 싶은 반고충의 배려이기도 했다.

지금 관표에게 필요한 것은 강한 수하들이었다.

녹림도원의 형제들은 아직 그것에 많이 미치지 못한다고 생각한 반고충이었다.

그는 경험으로 잘 안다.

살인을 해본 자의 검과 아닌 자의 검이 얼마나 큰 차이가 나는지. 특히 실전에 돌입하며 그 차이는 하늘과 땅 차이였다.

반고충은 녹림도원의 형제들이 강해지는 조건 중 하나로 살인에 대한 경험이 반드시 선제되어야 한다고 생각했다. 그래서 아직 그 경험이 없는 형제들에게 수유촌을 공격해 들어온 자들을 죽이도록 철우에게 미리 언질을 주었던 것이다.

반고충은 앞으로 관표와 녹림도원의 형제들이 가야 하는 길이 얼마나 험한지 능히 짐작하고 있었기에 지금부터 독해져야 한다고 생각했다.

철우 또한 그동안의 경험으로 반고충의 말이 옳다는 것을 인정한 상황이었다.

강해지면 모든 것에서 자유로울 수 있지만, 아직은 아니었다. 그리고 그렇게 되기 위해서는 앞으로 얼마나 많은 피가 흘러야 할지 아무도 모른다.

몽각과 우지황의 목을 자른 녹림의 수하는 아직 한 번도 살인을 한 적이 없는 자였다.

두 사람의 목을 친 수하는 몇 번이나 망설이다가 도를 휘둘렀다.

이렇게 죄 많은 인생을 살던 몽각과 우지황은 세상을 하직하고 말았다.

두 사람을 죽인 녹림도원의 수하가 그 자리에 앉아서 몸을 덜덜 떨고 있었다.

철우가 다가가서 그의 어깨를 토닥거린다.

사람을 죽이고 난 후의 기분.

철우가 어찌 그것을 모르겠는가? 보통 녹림의 산적 출신들답게 녹림도원의 수하들은 모두 몇 번씩의 살인 경험을 지니고 있었다.

그렇다고 양민을 함부로 죽인 것이 아니라, 관에 쫓기고 알량한 영웅심을 지닌 무리들에게 쫓기며 살기 위해 상대를 죽였던 것이다. 그러다 보니 제법 뼈대있는 자들만 살아남았고, 그들이 바로 지금 녹림도원의 주축이 된 것이다.

그러나 모든 사람이 이쪽에서 잔뼈가 굵은 것은 아니었다. 나중에 합류한 자 중에는 단 한 번의 살인 경험도 없던 자가 있었던 것이다.

관삼과 관위는 기지개를 켜면서 일어섰다.

어떻게 잠이 들었는지 기억도 나지 않았다.

중요한 것은 잠이 들었고 지금 깨어났다는 사실이었다. 그리고 두 형제의 앞엔 너무 아름다운 형수님이 맞은편 바위 위에 묵묵히 앉아 있었다.

그녀는 두 형제기 일어서자 바위 위에서 일어서며 말했다.

"잘들 주무셨어요?"

관삼이 사방을 둘러보면서 말했다.

"형수님, 저희가 언제 잠이 든 것입니까?"

관위 역시 궁금한 표정으로 백리소소를 바라보았다.

"족히 한 시진은 되었습니다. 아주 곤하게 주무셔서 깨우지 않았습니다. 집에서 기다릴 것 같으니 서둘러 돌아가야 할 것 같습니다."

백리소소의 말에 두 형제는 민망한 표정을 지었다.

두 형제로서는 백리소소가 수혈을 짚어 잠재웠다는 사실에 대해서는 전혀 상상도 하지 못했다. 그러나 무엇인가 이상하다는 눈치 정도는 가지고 있었다.

두 형제는 무엇인가 기억하려는 듯 머리를 쥐어짠다.

그 모습을 본 백리소소가 배시시 웃으면서 말했다.

"도련님들이 주무시는 것을 보니 많이 피곤하셨던 모양입니다."

'도련님.'

참 좋은 말이다.

그것도 절세미녀에게 그 말을 들으면 더없이 기분 좋아진다. 더군다나 저 웃는 모습이라니……

관삼과 관위는 자랑스런 형수님의 한마디에 모든 것을 깨끗이 잊어버리고 말았다.

여자의 철저한 이중성을 알기엔 두 형제는 너무 순진했고, 백리소소는 너무 영악했으며, 그 모든 것을 다 가리고도 남을 만큼 아름다웠다.

두 형제는 도련님이란 말에 다리가 다 떨려온다.

형이 그저 자랑스럽고, 형수님이 그저 좋다.

하긴 동네에서 친구들이 두 형제에게 보내는 부러움이란 것은 말로 표현하기 어려울 정도였다.

이미 마을에서 두 형제는 또래의 대장이었다.

마을을 구할 영웅의 동생에, 선녀를 형수님으로 둔 행운아들 아닌 가? 그리고 관표는 이미 모과산의 전설이 말하는 영웅으로 승격된 지 오래였다.

바로 선녀가 선택한 영웅.

"예, 형수님."

두 형제의 대답은 아주 씩씩했다.

백리소소가 환하게 웃었다.

정말이지 너무 아름답다, 혈강시가 울고 갈 정도로.

형제가 넋을 잃고 본다.

백리소소는 참으로 강하고도 아름다운 여자였다. 어쩌면 그 강함 자체도 백리소소의 또 다른 아름다움일지 모른다.

관표가 왕가촌을 치고 마을로 돌아온 지 열흘.

그동안 관표의 수하들은 왕가촌과 둔가채를 완전히 평정해 버렸다. 사실 그들 실력으로 관표를 상대한다는 것은 처음부터 무리한 일이었 다.

잡혀온 둔기는 관표가 바로 녹림왕이란 사실을 알고는 대항을 포기 하고 말았다.

그가 마지막으로 한 말은 이랬다.

"처음부터 녹림왕이라고 했으면 반항도 안 했을 것입니다."

그 말을 듣고 장칠고가 눈을 흘기며 고함을 질렀다.

"이놈아! 그럼, 네가 그동안 쌓아온 업보를 어떻게 단죄하란 말이냐?"

"그, 그것은 살고자……."

"너 살자고 그 많은 사람들을 죽였단 말이냐? 꼭 그렇게 안 해도 네놈 하나 살아가는 데 뭐가 부족했단 말이냐?"

장칠고는 화가 나서 고함을 질렀다.

약했던 서러움을 톡톡히 알고 있는 그로선 강자로서 마음대로 악행을 한 둔기를 용서할 수 없었다.

둔기는 어떻게 하든지 살고 싶었다.

"그건, 그렇게 안 하면 귀찮아져서……."

"자꾸 개처럼 짖으면 삶는다!"

장칠고가 눈에 살기를 담고 노려보며 말했다.

정말 물을 끓이고도 남을 기세였다.

둔기는 입을 다물고 장칠고의 눈치만 봐야 하는 신세가 되었다.

관표에게 있어서 왕가촌이나 둔가채는 여러 가지로 문제가 많은 곳이었다.

싹 쓸어버리자니 그것도 문제고, 반대로 그냥 두자니 수유촌에 관표가 있다는 말이 그들로 인해 밖으로 유출될 수 있는 상황이었다.

추가 후발대로 온 둔가채의 산적들은 관표의 수하들이 전부 처리해 놓았다.

그 후 그의 수하들은 둔가채를 토벌하였고, 그걸로 인해 얻은 노획물은 상상 이상으로 많았다.

결국 둔가채의 산적들을 짐꾼으로 이용해 곡식을 옮기고, 그 외에 비단이나 보물들은 녹림도원의 형제들이 모두 옮겨왔다. 그리고 붙잡힌 왕가촌의 촌장과 왕씨 형제들, 그리고 그의 식솔들은 모두 마을로 데려왔다. 그들이 마을로 잡혀오자, 마을 사람들 사이에서는 한바탕 난리가 났었다.

왕가촌, 촌장의 마누라인 조개비는 마을 여자들에게 집단으로 난타를 당했다.

삼 년 동안 조개비가 수유촌의 여자들을 무시하고 구타하거나 오만방자하게 행동한 것들을 전부 합치면 그 정도도 약하다고 생각하는 수유촌의 여자들이었다.

여자의 한은 참으로 무섭다는 것을 새삼 느끼는 순간이었다.

일단 수유촌의 주변은 정리가 되었지만, 왕가촌과 둔가채의 처리는 고심해야 하는 부분이었다.

먼저 둔가채의 산적들을 수하로 받아들이자는 의견도 있었지만, 관표는 단호하게 거절하였다.

그 부분은 반고충도 마찬가지였다.

일단 둔가채는 힘을 지니고 있으면서도 너무 많은 악행을 저질렀다. 그리고 둔기 밑의 수하들 역시 두목을 닮아 그 성정을 믿을 수 있는 자가 많지 않았다.

그리고 그들이 저지른 악행 중에는 용서받기 어려운 것들도 적잖게 있었기에 관표와 반고충이 반대를 한 것이다. 그렇다고 그들의 성정을 일일이 가려서 받을 수도 없었다.

다행이라면 둔가채의 수하들은 아직 수유촌의 정체에 대해서 정확하게 모르고 있었으며, 관표의 존재에 대해서도 아직 모르고 있다는 점이었다.

결국 관표의 정체를 눈치챈 소두목들과 둔기를 제외하고는 모두 무공을 폐지한 후 둔가채를 해체해 버렸다. 그리고 왕가촌은 왕씨 형제들을 제외하고는 전부 마을에서 쫓아내 버렸다. 그들이라면 관표가 녹림왕이란 사실을 알 수 없을 터였다.

물론 그들에게는 이주에 필요한 약간의 돈이 쥐어졌다.

관표로서는 차후 수유촌을 중심으로 무림문파와 결전이 있을 경우 이들이 피해를 당할까 우려해서 모과산 밖으로 쫓아낸 것이다. 아무리 결전이었다고 해도 무공조차 모르는 왕가촌의 일반민까지 원한의 대상으로 삼고 싶지는 않았다.

그리고 왕씨 형제는 무공을 폐지하고 노예로 팔아버렸다.

그들이 장가촌에 한 짓 그대로 당한 셈이었다.

죄를 지은 자는 지은 죄 이상의 응징을 받아야 한다는 것이 반고충과 관표의 생각이었고, 그들은 그것을 실행하는 데 조금도 주저하지 않았다.

그리고 얼마 후, 이번에는 대과령이 과문 일행과 함께 마을에 도착하였다.

과문 일행이 녹림도원의 일행이 되는 것은 아주 쉬운 일이었다. 사실 마을로 오기 전에 이미 대과령과 이야기가 된 상황이었고, 대과령의 보고와 녹림도원의 형제들이 서로 인사를 주고받는 것으로 모든 일은 마무리되었다.

그리고 과문은 새롭게 만들어진 기마대의 대주가 되었다.

第十四章
강시는 배신을 하지 않습니다

　왕가촌과 둔가채의 일을 전부 마무리하고 나자 관표는 마을 촌장과 이제 완전히 건강을 되찾은 조공과 조산, 그리고 관복, 녹림도원의 두령들을 한곳에 모이게 하였다.

　이윽고 전 인원이 모이자 관표가 일어섰다.

　그의 곁에는 백리소소가 다소곳이 앉아 있었다.

　모든 시선이 관표에게 모아졌다.

　관표는 먼저 수유촌의 촌장을 보면서 말했다.

　"촌장님, 전에 부탁 드린 것은 어찌 되었습니까?"

　관표의 물음에 촌장이 자리에서 일어섰다.

　모두 긴장한 시선으로 촌장을 본다.

　촌장은 관표를 보면서 말했다.

　"먼저 자네에게 묻겠네."

"말씀하십시오."

"자네 말을 따른다면 정말 우리가 다시는 굶주리지 않을 수 있는가?"

"약속할 수 있습니다."

촌장은 관표를 믿는다는 표정으로 바라보면서 말했다.

"이미 마을의 결정이란 것은 자네를 세상에 내보낼 때부터 결정되어 있는 것이나 마찬가지였네. 어차피 그러자고 자네에게 많은 투자를 했던 것 아니었나. 우리는 무조건 자네의 의견을 따르기로 합의하였네. 어떤 상황이라도 지금처럼 산다면 언제나 끼니 걱정을 하면서 살아야겠지."

"감사합니다."

관표가 허리를 숙여서 인사하였다.

"그게 뭐가 감사할 일인가. 오히려 우리가 고맙고 감사하지."

촌장이 말하며 눈물을 글썽였다.

이제 서럽게 안 살아도 된다는 안도감과 함께, 희망이 생긴 것에 대한 감격이었다.

이때, 반고충과 자운을 비롯한 수많은 녹림도원의 형제들이 일어서서 촌장에게 포권지례를 하면서 말했다.

"우리를 받아주신 촌장님께 감사드립니다!"

촌장이 얼른 일어서며 말했다.

"무슨 말씀을. 마을 사람들은 여러분 같은 영웅들과 함께 생활할 수 있는 것을 영광스럽게 생각하고 있습니다."

반고충이 녹림도원의 형제들을 대표해서 말했다.

"그럼 이제 우리는 한식구가 되었군요."

촌장이 활짝 웃으면서 대답하였다.

"그러게 말입니다."

모두들 개운한 표정으로 웃으면서 서로 인사들을 주고받으며 잠깐의 시간이 흘렀다.

어느 정도 정리가 되자, 촌장은 정색을 하고 관표를 보면서 말했다.

"이제 나도 촌장의 자리에서 물러서려 하네. 아무래도 이 마을을 위해서는 자네 같은 젊은 사람이 촌장의 자리에 앉아 마을을 이끌어가는 것이 좋을 거란 생각일세. 그래야 지금 마을 사람들이 된 분들과 이전의 마을 사람들이 자네를 중심으로 자연스럽게 뭉칠 것 아니겠는가. 이젠 자네가 이 모든 사람들을 이끌어주어야 할 것일세."

분명히 촌장의 말은 일리가 있었다. 하지만 그 문제는 누가 함부로 나서서 말하기 어려운 문제라 모두 관표를 보았다.

관표는 담담한 표정으로 촌장을 보면서 말했다.

"그 부분은 제가 생각한 게 있습니다. 촌장 자리가 탐이 나서가 아니라, 아무래도 지금 상황이라면 제가 촌장을 맡을 수밖에 없을 것 같습니다. 그러나 그렇다고 해도 마을을 이끌어오신 분은 촌장님이십니다. 그래서 전에 말한 것처럼 마을 전체를 녹림도원의 테두리에 두고 촌장님과 아버님, 그리고 백부님께 장로의 신분을 드리려 합니다. 장로원의 역할은 아직 경험이 미숙한 저에게 조언과 쌓아온 경험을 나누어주는 곳입니다. 그리고 장로원에 계신 네 분의 합의된 상황이라면 아무리 촌장인 저도 따라야 한다는 규칙을 두려고 합니다. 촌장님과 백부님, 그리고 아버님은 거절하지 마시고 허락해 주셨으면 합니다."

관표의 말에 세 노인은 서로의 얼굴을 본다.

싫을 리가 없었다. 그리고 촌장은 자신에 대한 관표의 예우가 너무 고마웠다.

관표는 세 어른의 표정을 본 후 다른 말이 나오기 전에 얼른 결론을 지어버렸다.

"그럼 세 분이 모두 찬성한 것으로 알겠습니다."

그 말이 떨어지기가 무섭게 녹림도원의 형제들이 모두 일어서서 포권지례를 하며 고함을 질렀다.

"녹림의 형제들이 장로님들께 인사드립니다!"

그 고함 소리가 너무 커서 밖에 있던 수하들이 놀라서 임시 회의장으로 쓰이는 촌장 집을 바라보았다.

촌장과 조산은 태어나서 처음으로 이런 환대를 받아본지라 감격해서 말문이 막혔다. 그것은 관복 역시 마찬가지였다.

이렇게 촌장 문제가 해결되고, 반고충을 합해 네 명의 장로가 결정되자, 그 외에 녹림도원과 관련된 일들은 일사천리였다.

관표는 조공에게 용호단의 단주 직을 주었으며, 대과령에게는 우호법을, 자운에게는 좌호법의 직책을 주었다.

추후 무림에서 녹림쌍절로 강호를 질타할 녹림도원의 좌우 호법은 이렇게 탄생하였다.

아무도 관표의 결정에 반론을 제기하지 않았다.

지금은 촌장이 하는 일에 힘을 실어주어야 한다는 것을 누구나 알고 있었기 때문이며, 관표를 믿기 때문이기도 했다.

자운의 경우는 아직 그의 실력을 모르는 다른 사람들이 이의를 달 수 있었음에도 모두 인정하는 눈치였다.

절대고수인 관표라면 이미 자운의 무공을 짐작하고 그에 걸맞은 직책을 주었으리라 믿었기 때문이다.

그 외 조공이 맡은 용호단은 마을 사람들을 비롯해서 과문과 함께 온 가족들 중에서 뽑아 조직했는데, 무공을 몰라도 장사와 셈에 능하고 글을 아는 사람들 위주로 뽑았다.

용호단은 녹림도원으로 바뀐 수유촌의 재정과 여러 가지 잡다한 일들을 도맡아 하는 곳이었다.

그 안에는 의방을 비롯해 마을에 필요한 의식주를 준비하는 모든 기관이 집결되었다.

물론 아직 의방을 맡을 만한 사람은 없기에 공석이었다.

일단 조직 정비가 끝나자 관표가 일어서서 말했다.

"앞으로 녹림도원의 형제들은 호칭에 있어서 많은 유의를 해주시기 바랍니다. 대주나 부대주, 그리고 단주, 부단주를 비롯한 녹림원의 두령들을 제외하면, 나머지 형제들은 녹림도원의 제자들이라고 부르도록 하겠습니다. 그 이유는 우리에게는 우리만의 독특한 무학이 있고, 이것을 중심으로 해서 녹림의 도적이 아닌 하나의 문파로 재탄생할 생각이기 때문입니다. 그리고 녹림도원의 제자들은 누구를 막론하고 의무적으로 무공을 수련해야 합니다."

관표의 말에 조산이 물었다.

"촌장."

조산의 말투에 전 수유촌의 촌장이었던 이장생이 버럭 화를 내었다.

"지금은 촌장님일세. 말을 가려서 하게."

조산이 얼른 허리를 숙여 사과를 한 후 다시 말을 이었다.

"우리 노인이나 여자들도 그 무공이란 걸 배워야 합니까?"

"해야 합니다."

관표의 대답은 단호했다.

누구라도 예외는 없다는 표정이다.

"대신, 나이 드신 분들과 실전 무공을 배우기에 여러 가지로 어려운 분들은 간단한 내공만 수련합니다. 그것만으로도 잔병이 없어지고 수명이 길어지며 힘이 세어집니다. 또한 녹림도원의 일에도 큰 도움이 됩니다."

관표의 말에 촌장이나 조산은 더 이상 아무 말도 하지 않았다. 잔병이 없어지고 오래 산다는데 싫어할 사람은 없었다.

"그리고 앞으로 녹림도원의 제자들은 모두 녹봉을 받습니다. 녹봉의 책정은 지위에 따라 달라지며, 공로와 상황에 따라 다시 성과금이 있을 것입니다. 그리고 내일부터 제가 생각한 대로 마을을 개조할 것입니다. 이는 반 사부님과 저, 그리고 많은 분들의 의견을 종합해서 결정할 것입니다. 아울러 오늘부로 이 수유촌의 이름은 녹림도원입니다."

관표의 선언이 있은 후 회의는 일사천리로 진행되었고, 몇 가지 세부적인 상황이 만들어졌다.

무엇보다도 녹봉을 받을 수 있다는 사실과 무림문파로서 개파한다는 사실은 녹림도원의 제자들에게 자긍심과 안정감을 주었다. 그리고 발표된 녹봉은 보통 제자들의 경우 사 인 가족이 먹고살기에 충분할 정도로 넉넉하게 정해졌다. 여섯 명의 식구라도 조금씩 아껴 쓰면 생활하는 데 여유가 있을 정도로 적지 않은 금액이었다.

그 외에 공이 있으면 그에 기준하여 성과금이 있을 뿐만 아니라, 녹림도원의 일로 인해 다칠 경우 완전히 나을 때까지 치료를 해주도록 규칙을 정해놓았다.

또한 녹림도원의 일로 다쳤을 경우, 상황에 따라 공로금을 주도록 만들었다.

만약 전투 중에 생명을 잃을 경우, 공로에 대한 성과금과 함께 십 년치의 녹봉이 한꺼번에 가족에게 지급되고, 평소 받던 녹봉의 절반 정도가 십 년간 계속 지급된다고 하니 이는 모든 녹림도원들이 생각했을 때 획기적인 일이었다.

이로써 녹림도원의 제자들은 아무리 말단이라 해도 남부럽지 않게 살 정도가 된 것이다.

원래 강탈하거나 훔친 보물들은 모두 두목이 소유하고 수하들은 겨우 몇 푼씩 받아 쓰는 녹림의 전례와는 완전히 다른 규칙이었다.

녹림도원의 수하들은 사기충천할 수밖에 없었다.

그 외에 관표는 앞으로 녹림도원이 지속적인 수입 사업을 함으로써 자생적인 무림문파로 커나갈 것을 선언하였다.

뿐만 아니라 마을 내에서 젊은 사람이 없어 녹림원의 제자를 배출하지 못한 가족에게는 곡식과 필요한 물품을 싸게 공급하여 상점을 열도록 해주는 방향으로 가닥을 잡았다.

그리고 일할 수 있는 여자가 있다면 녹림원의 허드렛일을 도우며 녹봉을 받도록 해주었기에 마을 사람들은 그 누구나 혜택을 받을 수 있었다.

그리고 아이들은 의무적으로 녹림도원의 수련생이 되어 무술을 익히게 하였고, 어느 정도 실력이 되면 차기 녹림도원의 제자로 인정해서 녹봉의 삼분의 일을 지급하도록 규칙을 정하였다.

그 외에 녹림도원의 행동 방침을 정했다. 그리고 이를 어길 경우 강한 벌로써 다스릴 수 있게 규칙을 엄중하게 만들었다.

이렇게 녹림도원의 기틀이 마련되었다.

하지만 이제부터 시작이라고 할 수 있었다.

'우선 집부터 지어야 한다. 그리고 마을을 정비해야 한다. 그러기 위해서는 물자가 자유롭게 오갈 수 있도록 길을 넓혀야 한다.'

관표는 처음 해야 할 일을 결정했다. 그러나 문제가 있었다.

일을 해야 할 인원이 부족했던 것이다.

왕가촌이나 둔가채의 산적들을 노예로 사용할 생각을 했다면 수월할지도 몰랐다. 그러나 관표는 그들에게 미련을 두지 않았다.

이미 나름대로 계획을 세운 일이 있었던 것이다.

비록 잔머리에 능숙한 관표는 아니었지만, 반고충에게 많은 지식을 배운 후로는 깊이 생각하는 버릇이 생겼고, 그것은 관표의 정신 세계를 깊고 넓게 만들어주었다.

특히 세상의 모든 것에서 배우고 응용하라는 경중쌍괴의 말은 관표에게 많은 것을 시사하였다.

그들이 전해준 엉뚱한 무공은 응용하기에 따라 아주 무서운 무공이 된다는 사실을 알면서 세상을 보는 시선이 많이 달라졌다. 결코 고정되지 않은 시선을 지니게 된 것이다.

이는 앞으로 관표가 살아가는 데 가장 큰 도움이 되는 깨우침이라 할 수 있었다.

관표는 반고충과 마주 앉아 있었다.

반고충은 관표를 바라본다.

관표의 옆에는 백리소소가 다소곳이 앉아서 반고충과 관표의 찻잔에 차를 따르고 있었다.

반고충이 관표를 보면서 물었다.

"그래, 어쩔 셈인가? 우선 무엇부터 할 것이냐고 묻고 있는 것일세."

"마을을 정비하고 집과 건물을 새로 짓고 싶습니다. 그리고 새로운 인재들도 필요합니다. 제가 원하는 인재란 꼭 그들이 이 마을에 와서 살지 않더라도 사람들에게 지식을 가르쳐 줄 수 있는 사람이면 됩니다."

"무사가 문이 필요한가?"

"필요하다고 생각합니다. 세상을 살아가는 데 필요한 지식은 이미 사부님께 배웠습니다. 그러나 글과 몇 가지는 더 배워야 한다고 생각합니다. 저뿐 아니라 녹림도원의 사람들이 배워야 합니다. 그래서 녹림도원의 사람이라면 누구라도 글을 배워서 쓰고 읽을 줄 알게 할 생각입니다. 무식하지 않아야 어떤 작전을 구사해도 빨리 알아들을 수 있고, 세상에 나가도 무시당하지 않을 거란 게 제 생각입니다."

반고충은 관표의 말에 찬성하였다.

"좋아. 그 점은 나도 인정하네. 글 사부 구하는 것은 그리 어렵지 않을 것일세. 대우만 좋다면 어디서든 못 구해오겠나. 그런데 마을을 정비하는 일은 인부가 많이 필요하지 않겠는가? 그 규모가 어느 정도나 되는가?"

"생각보다 많이 큽니다. 우선은 마을에서 관도까지 넓은 도로가 필요합니다. 물자를 마차로 실어 날라야 하기 때문입니다. 그리고 도로가 넓혀지면 바로 마을을 정비하고 집들을 새로 지으려 합니다."

"길을 말인가?"

반고충이 놀란 표정으로 물었다.

"그렇습니다."

"여기서 관도까지는 적지 않은 거리일세. 그리고 굉장히 거친 지역이던데, 생각보다 많은 시간과 인부들이 필요할 것일세. 동네 사람들만으로는 어려운 일이고."

관표가 고개를 흔들었다.

"시간을 많이 잡아도 안 되고 외부에서 인원을 데려올 수도 없습니다. 대규모의 인부들을 쓰게 되면 자칫 소문이 날 수 있습니다. 그렇지 않아도 저를 찾는 무리가 적지 않습니다."

"그럼 우리 힘만으로 할 것인가?"

"노예가 필요합니다."

"노예 말인가?"

"그렇습니다. 많은 노예가 있어야 합니다."

"그렇다면 둔가채의 산적들을 노예로 쓰지 그랬나."

"신경 쓰입니다. 일일이 감시해야 하고, 나중에 처리하기가 곤란해집니다. 노예로 적합한 무리도 아닙니다. 제가 원하는 노예는 힘있고, 말 잘 듣고, 뭐든 시키는 대로 할 수 있는 그런 노예여야 합니다."

반고충이 어이없는 표정으로 관표를 보며 말했다.

"대체 그런 노예를 어디서 구할 수 있겠나?"

"그래서 물어보고 싶은 것이 있습니다."

"뭔가? 말해 보게."

"강호무림의 문파 중에서 강시를 전문으로 다루던 곳이 있다고 들었습니다."

"강시?"

"그렇습니다. 특히 백골노조란 자가 강시에 있어서는 강호제일의 전문가이고, 그가 만든 강시는 아주 독특하다고 들었습니다."

"그렇긴 하지만. 그런데 서, 설마……."

반고충은 무엇인가 짐작이 가는 듯 관표를 바라보았다.

"얼마 전에 싸운 생강시들 말입니다, 생각해 보니 노예로는 정말 최고더군요. 힘 좋고 말 잘 듣고 돈 안 들고."

반고충은 입이 딱 벌어지고 말았다.

반고충뿐만 아니라 옆에서 듣고 있던 백리소소 역시 놀람을 감추지 못했다.

그녀 역시 반 장난으로 혈강시를 하인으로 사용하려 하였고, 지금도 유용하게 이용하고는 있지만, 강시를 인부 대용으로 사용할 생각은 하지 못했다.

관표는 두 사람이 놀라거나 말거나 자신의 의견을 계속 말하였다.

"백골노조의 강시들은 손발의 관절이 인간처럼 자유롭게 움직인다고 들었습니다. 그 강시들이라면 마을을 건설하고 다리를 놓고, 길을 닦는 데 최고의 인부들이 될 것이라고 생각합니다."

"그, 그게 그럴 수도 있긴 하겠지만……."

반고충은 전혀 생각해 보지 못한 일이라 목소리가 떨려 나왔다. 강시는 전투용은 있어도 일꾼 대용이 있다는 말은 들어본 적이 한 번도 없었다. 그런데 관표는 강시를 지금 인부로 쓰려고 하는 것이다. 그러나 놀라움은 거기서 끝나지 않았다.

"농사일에도 강시들을 쓸 생각입니다."

"컥……!"

반고충은 놀라서 어제 먹었던 고기 한 점이 목이 걸리는 기분이었다. 강시 농사꾼이라니…….

한동안 놀란 눈으로 관표를 보다가 말했다.

"농사라니, 강시가 말인가?"

"그렇습니다. 산을 개간하여 논과 밭을 만들고 쟁기를 끌 것입니다.

땡볕에도 끄떡 안 하고 힘도 좋고 쉬지도 않을 테니 그야말로 제격이죠."

생각해 보니 그럴듯했다. 하지만 반고충은 고개를 흔들었다.

"백골노조가 그것을 허락할 것 같은가? 그가 어떤 인물인데 자신의 생명과도 같은 강시들을 인부 대용으로 쓰게 하겠는가. 더군다나 백골노조를 어떻게 회유해서 강시들을 데려올 생각인가?"

"뜻이 있고 의지가 있다면 가능할 것입니다. 잊었습니까? 우리는 녹림인입니다. 비록 제가 음지에서 양지를 지향하지만 세상을 살아가는 데는 양지만으로도 힘들고, 음지만으로도 힘들다고 한 분이 바로 사부님이십니다. 음지는 양지의 활성화를 위해서도 반드시 필요하다는 것이 제 생각입니다."

반고충은 관표를 새삼스런 눈으로 보았다. 그리고 옆에 다소곳이 앉아 있던 백리소소는 박수라도 치고 싶은 심정을 꾹 눌러 참았다.

'가가 말씀이 맞습니다. 남자가 뜻을 가졌으면 이루고자 노력해야 하고, 양지만 고집하는 고리타분한 방법으로는 세상을 살아가기 어렵습니다.'

백리소소는 어디까지나 속으로만 열심히 관표를 응원하였다.

관표는 반고충을 보면서 다시 말을 이었다.

"사부님은 백골노조가 어디 있는지 아신다고 들었습니다. 그리고 그곳이 모과산에서 아주 먼 곳이 아니란 이야기도 이미 들었습니다."

반고충은 멍한 시선으로 관표를 보다가 물었다.

"강시를 인부나 농사꾼 외에 또 무엇으로 사용할 생각인가?"

"만약 백골노조를 끌어들일 수 있다면, 돈 많은 상인들에게 호위무사로 팔 생각도 하고 있습니다."

"뭐, 뭐라고! 그게 가능한가?"

"강시는 배신을 하지 않습니다."

너무 간단한 대답에 반고충이나 백리소소가 놀라서 그를 바라보았다.

"돈이 많은 족속들은 사람을 잘 믿지 않습니다. 그들이 믿는 것은 돈뿐이라고 들었습니다. 그런 사람들에게 뛰어난 강시를 파는 겁니다. 강시라면 언제나 안심하고 자신과 돈을 맡길 수 있죠. 강시라면 배신하거나 돈을 가지고 도망갈 염려가 없기 때문입니다. 상인들에게는 절대적으로 매력적인 호위병이나 경비병이 될 것입니다. 한 구당 엄청난 금액을 받고 팔 수 있을 겁니다."

반고충은 일리있는 말이라고 생각했다. 그리고 백리소소는 획기적이고 확실한 장사라는 판단을 내렸다.

잘만 하면 수십 배 이상으로 남는 장사가 될지도 몰랐다.

백리소소는 하고 싶은 말이 많았지만 꾹 눌러 참았다.

관표가 반고충을 보며 단호한 어조로 말했다.

"그 부분에 대해서는 할 말이 아주 많습니다. 단순히 파는 것으로 그칠 생각은 없습니다. 임대하는 방법도 있을 것이라 생각합니다. 많은 부분을 두고 생각한다면 강시를 이용한 장사가 상당한 이익을 줄 것이라 생각합니다. 물론 그것은 백골노조를 제 사람으로 만든 다음이고, 그의 허락이 있어야 가능한 일입니다. 그러나 만약 백골노조가 거절한다면 강제로라도 강탈하거나 끌고 올 생각입니다."

반고충은 관표를 보고만 있었다. 할 말은 있는데 입에서만 맴돌고 있었다.

"어차피 강시를 만들기 위한 시체는 그도 강탈해 왔거나 훔친 경우가 많을 것입니다. 그자가 섬서성 북쪽에 자리잡은 이유도 전쟁터가 가까워 죽어가는 병사들이 많기 때문일 것입니다. 죽은 자를 이승에 묶어놓은 죄는 큽니다. 우리가 강시를 강탈한다고 해도 그는 말할 자격이 없다고 봅니다. 어차피 만들어진 강시라면 우리가 가져다 유익하게 쓰면 나름대로 가치가 있을 것이라 생각합니다."

핑계도 제법 그럴듯했다. 물론 따진다면 반격받을 만한 요소가 많았지만, 아주 틀리지만도 않은 말이라고 반고충은 생각하면서 말했다.

"우선 자네가 모르는 것이 있는데, 내가 아는 백골노조는 괴팍하지만 결코 질 나쁜 마인은 아닐세. 그리고 설혹 잘된다 해도 그 부작용은 심각할 것일세. 우선 자칫하면 정파의 무리에게 공적이 될 수도 있단 말일세. 강시를 사용하면 그것만으로도 완전히 사도 방파로 지적당할 우려가 있지. 백골노조가 무림의 흉인 중에 한 명으로 지적당해서 무림 공적이 된 것은, 오로지 그 강시 때문이라고 생각하면 맞을걸세."

"우리는 녹림입니다. 우리가 아무리 아니라고 해도 그들은 어차피 우리를 공적으로 만들 것입니다. 그리고 제 생각에서도 많은 부분 보완해야 할 점도 있고, 더 연구해야 할 부분도 많습니다. 그 부분은 백골노조를 만나보고 나서 생각할 작정입니다. 이제 그가 있는 곳을 말해 주십시오."

반고충은 마른침을 삼키면서 말했다.

"자네 생각이 그렇다면 나도 돕긴 하겠네. 하지만 백골노조가 있는 곳은 나도 확실히는 모르고 있네. 대충 그 근교를 알고 있을 뿐이지. 그리고 그게 벌써 삼십 년 전이라 아직도 그곳에 살고 있는지도 확신하지 못하겠네."

"거저 되는 일은 없습니다. 그 정도면 충분합니다. 제가 사부님께

들은 지식으로는 강시를 만드는 사람들은 쉽게 자리를 이동하지 않는다고 했습니다. 강시를 제련하기 시작하면 기간도 상당히 오래 걸린다고 들었습니다. 그렇다면 아직 희망은 있습니다."

그 말에 반고충은 새삼스런 표정으로 관표를 본다.

우직한 줄만 알았는데 생각이 깊고 넓다는 사실을 새삼 깨우친다.

지식을 아는 것과 그것을 토대로 응용하는 것은 다르다.

관표는 자신에게 배운 지식을 지금 제대로 써먹으려 하고 있었다. 비록 엉뚱한 생각이었지만, 다시 생각해 보니 아주 획기적이기도 했다. 아직 성공할지의 여부를 떠나서 어쩌면 가능할지도 모른다는 생각이 먼저 들었다. 하지만 반고충 자신도 어떻게 받아들여야 할지 확신을 못하고 있긴 했다.

그 정도로 무인들이나 일반 백성들이 강시에 대해서 가지는 생각은 고정되고 한정되어 있었다.

하지만 관표의 곁에 있던 백리소소의 눈은 별처럼 반짝거리고 있었다. 알면 알수록 정말 대단하고 자랑스런 사람이란 생각이 들었던 것이다.

그녀는 관표가 한 말이 가능성이나 수익성에서 확실하다고 믿었다. 충분히 가능한 것은 물론이고, 잘만 하면 강호무림사에서 가장 황당한 일이 벌어질지도 모른다고 생각하는 중이었다.

어쩌면 관표는 강시를 이용한 그 이상의 생각을 하고 있을지도 모른다.

갑자기 관표가 하려는 여러 가지 일들이 더욱 궁금해지는 백리소소였다. 하지만 아직은 얌전해야 한다.

그녀는 다시 한 번 자신의 마음을 다스리고 다소곳하게 앉아만 있었다.

참으로 그림처럼 아름다운 모습이었다.

안휘성엔 유명한 산이 둘 있는데, 강호에서는 이 두 산을 일컬어 다음과 같이 말하였다.

황산의 신비는 천추에 빛나고 고불산의 연화는 소림과 견준다.

황산은 너무 유명해서 만민이 다 아는 명산이기에 굳이 그 산을 설명할 필요는 없으리라. 하지만 황산에서 불과 오십여 리 떨어진 거리에 있는 고불산은 강호인만이 알고 있는 산으로 아무도 그 산 가까이 가려 하지 않았다.

무림에서 가장 까탈스럽고 괴팍한 성격의 대비단천 연옥심의 거처가 바로 고불산에 있었기 때문이다.

육십 년 전 고불산에 연화사를 만들고 그 안에 주지로 들어간 연옥심은 원래 보타산 대비암의 후예였다.

그녀의 뛰어난 무공 자질은 보타암 역사상 그 유례를 찾아보기 어려울 정도였다고 한다. 그러나 괴팍하고 잔인할 뿐만 아니라 탐욕스런 성격의 연옥심은 결국 사매에게 보타암의 암주 자리를 내주어야만 했다.

이를 견디지 못한 연옥심은 보타암을 뛰쳐나와 세상을 떠돌며 무공에만 정진하였다.

그녀의 사부인 보령 신니는 제자들을 시켜 그녀를 데려오게 하였지만, 그녀는 이미 보타암에서 마음이 떠난 다음이었다.

그녀의 사매들은 무공으로 연옥심과 겨루기엔 힘이 달려 대항 한 번 제대로 못하고 돌아갈 수밖에 없었다. 결국 보령 신니가 직접 나섰고, 제자와 스승은 황산 근교에서 무려 사백여 합이나 겨루어야만 했다.

연옥심은 그 결투에서 겨우 목숨만 붙여 도망친 후 무림에서 사라졌다. 그 후 수십 년의 세월이 흐른 후, 연옥심은 대비암에 다시 나타났다.

그녀는 보타암의 무공을 바탕으로 새롭게 자신의 무공을 만들어내었고, 그 무공을 이용해 스승을 쓰러뜨린 후 보타암을 떠났다.

그 결전의 결과로 당시에 불문에서 가장 강한 고수 중 한 명이었던 보령 신니는 큰 상처를 입고 말았다.

그녀는 자신이 패하자 제자였던 연옥심을 인정하고 보타암에서 파문을 인정하였다.

이렇게 보타암과 인연을 끊은 그녀는 고불산으로 들어와 연화사를 짓고 스스로 지주가 되어 제자들을 받아들였다.

그것이 육십 년 전의 일이었다.

그 이후 발전을 거듭한 연화사는 어느새 소림과 어깨를 나란히 할 정도로 발전하였다.

반대로 보령 신니가 죽은 후 보타암은 무림에서 그 위세를 급격하게 잃고 말았다.

이런 사연이 있는 연화사의 깊은 곳에 작은 암자가 있었다.

지금 그곳에서 한 명의 여자가 열심히 검을 휘두르고 있었다.

바로 불괴라 불리는 대비단천의 성명절기인 대비연화구검(大比蓮花九劍)이었다.

연옥심이 불문의 최고 고수 중 한 명이자 자신의 스승이었던 보령 신니를 이긴 검법이기도 했다.

그녀의 검이 앞으로 찔러갔다가 바람을 타고 화전하며 아름다운 곡선을 그리며 돌아갔다. 순간 그녀의 검끝에서 세 개의 연꽃이 피어나면서 회전한다.

마치 하늘의 선녀가 하강한 듯이 아름다운 광경이었다.

한동안 검무를 추던 그녀의 신형이 멈추었다.

그녀가 천천히 심호흡을 하고 검을 내렸을 때였다.

'짝짝짝' 하는 손뼉 치는 소리가 들리면서 한 명의 여승이 그녀에게 다가왔다.

"과연 대단해, 수연 사매. 벌써 삼연수화(三蓮修化)의 초식을 구성까지 터득하다니. 사부님이 사매가 머리를 깎지 않았는데도 직전제자로 받아들인 이유를 알 것 같아."

하수연은 나타난 여승을 보면서 합장을 하고 웃으면서 말했다.

"금연(吟蓮) 사저께서는 너무 과찬을 하십니다."

하수연의 말에 금연이 곱게 눈을 흘기면서 말했다.

"과찬이라니, 그럴 리가 있어? 내가 보아도 하 사매의 무공 재질은 금화(吟火) 사매만큼이나 대단한 것 같은데."

"제가 어찌 금화 사저랑 비교될 수 있겠습니까?"

하수연은 뒤로 한 발 물러서듯이 말하면서도 기쁜 빛을 감추지 못했다. 사실 연화사의 일대제자 다섯 명 중에서도 금화 사태의 무공 실력과 재질은 단연 뛰어난 편이었다. 이미 대사저인 금정 사태와 겨루어도 크게 뒤지지 않는다는 평이었다.

강호무림에서는 연화사의 일대제자 다섯을 일컬어 오대연화라고 불렀다. 그러나 지금은 하수연을 포함해서 육대연화라고 해야 옳을 것이다.

"너무 겸손해하지 마. 뛰어난 것은 뛰어난 것이니까."

금연이 웃으면서 말하자 하수연은 가볍게 웃고 만다.

그 모습을 보던 금연이 조금 정색을 하며 말했다.

"수연 사매, 화산에서 소식이 왔어."

하수연이 놀란 시선으로 금연을 봤다.

"관표란 자, 드디어 무림에 나타났대."

순간, 하수연의 고운 눈에서 새파란 살기가 쏟아져 나온다.

"뿌드득."

이 가는 소리가 금연 사태의 몸을 진저리치게 만들어놓았다.

하수연은 이를 악물었다 놓으며 말했다.

"개자식, 드디어 나타났구나! 내 반드시 잡아서 거시기를 뿌리째 뽑아버리겠다."

하수연의 말에 금연마저 오싹한 기분이 들었다.

'대체 얼마나 원한이 맺혔으면……'

금연은 애틋한 시선으로 하수연을 바라본다.

그녀가 어찌 하수연의 아픔을 알겠는가? 한 번 그곳의 털을 한꺼번에 강제로 뽑혀 보아라. 그러면 그녀의 한을 짐작할 수 있으리라.

이렇게 하수연이 강호로 나왔다.

대비단천의 무공을 지니고…….

사천당가의 오죽원 지하.

한 명의 청년이 내공 수련을 하고 있었다.

얼마나 많은 시간이 지났을까? 그의 신체가 마치 먹으로 그려진 것처럼 검은색으로 변한 채 반질거린다. 그렇게 얼마나 지났을까. 그의 살색이 원래 지니고 있던 제 모습으로 나타나더니 청년은 천천히 눈을 떴다.

청년의 앞에 있던 중년의 미녀가 만족한 표정으로 웃음을 머금었다.

"참으로 훌륭하구나. 불가능할 거라 생각했던 절명금강독공(絶命金剛毒功)을 칠성이나 연성해 내다니. 이젠 한 번의 탈퇴환골을 했으니 이전의 상처도 다 나았고 몸도 거의 금강불괴에 다다랐을 터이니, 강호의 후기지수들 중에 너를 이길 자가 없을 것이다."

"그렇지 않습니다. 이미 고조모께서는 절명독공을 십성 대성하신 것으로 알고 있습니다. 거기에 비해서 제 경지는 너무 미미합니다."

그 말에 당진진이 웃었다.

"너는 욕심도 많구나. 나는 이미 지닌 내공과 독공의 경지가 너와 달랐었다. 출발점이 달라서 내가 앞섰을 뿐이다. 네 나이와 무공으로 그 정도의 경지란 것도 거의 불가능에 가까운 일이다. 그러니 이제 자신감을 가지거라!"

"고맙습니다. 모두 고조모님 덕분입니다."

당진진은 그저 웃기만 하였다.

"이제 네가 내 뒤를 잇는다면 사천당가는 대를 이어 튼튼할 것이다. 이제 네가 있으니 나는 안심하고 강호에 나갈 수 있겠구나."

당진진의 말에 당무영이 놀라서 그녀를 바라본다.

"강호에 나가려 하십니까?"

당진진이 고개를 끄덕였다.

"아직 한 번도 내 재량을 다 펼쳐서 누군가와 겨루어보지 못했다. 이제 네가 있으니 안심하고 한 번 내 뜻을 펼쳐 보려고 한다."

당진진의 얼굴엔 자신감이 가득했다.

그녀는 지하에 숨어서 당가의 금기 독공과 암기를 모두 재현해 냈다. 지금 그녀의 무공 수준은 그녀 자신도 모르고 있었다.

그렇기에 그녀는 나이가 더 들기 전에 세상에 도전해 보고 싶었던 것이다.

그리고 오래전부터 궁금한 것 중의 하나.

과연 십이대초인이라고 불리는 고수들끼리 겨룬다면 누가 이길까 하는 점이었다.

소문으로는 천군삼성이 가장 강하고 칠종과 쌍괴가 비슷할 거라고들 하였다.

그러나 당진진은 그 의견에 찬성할 수 없었다. 같은 칠종 중에서도 무공의 고하 차이는 분명히 있을 것이라고 판단하는 중이었다. 그녀는 어쩌면 칠종 중에 진정으로 무공이 강한 자는 숨어 있을지도 모른다고 생각했다.

바로 그녀 자신처럼.

그녀는 이제야 자신의 숨겨진 실력을 제대로 발휘할 때라고 생각했다.

당진진의 말에 당무영이 결심을 한 듯 말했다.

"저도 강호로 나가겠습니다."

"너도 말이냐?"

"더 이상 이 안에서 무공을 수련하는 것도 한계에 달했다는 생각입니다. 절명독공이 칠성에 달한 것도 벌써 일 년 전입니다. 이제 나가서 조금 더 경험을 쌓으며 관표, 그놈을 찾아볼 생각입니다."

관표란 이름을 말하면서 당무영은 이를 갈았다.

인간은 이렇게 간악하다. 자신이 저지른 잘못은 생각하지 않고 자신이 당한 것만 가지고 따진다.

당진진은 당무영의 생각에도 일리가 있다고 생각했다.

"그럼 네 뜻대로 해라."

"감사합니다, 고조모님."

당진진은 담담한 표정으로 당무영을 보았다.

이제 강호로 다시 나간다고 생각하니 가슴 두근거리는 승부욕이 그녀의 몸을 흥분으로 감싸 안는 듯했다.

〈제3권 끝〉